작은 그릇에 담은 귀거래사

작은 그릇에 담은 귀거래사

발　행 ｜ 2018년 7월 5일

지은이 ｜ 이재봉
펴낸이 ｜ 신중현
펴낸곳 ｜ 도서출판 학이사
　　　　　　출판등록 : 제25100-2005-28호
　　　　　　주소 : 대구광역시 달서구 문화회관11안길 22-1(장동)
　　　　　　전화 : (053) 554~3431, 3432
　　　　　　팩스 : (053) 554~3433
　　　　　　홈페이지 : http : // www.학이사.kr
　　　　　　이메일 : hes3431@naver.com

ISBN _ 979-11-5854-139-2　　03800

작은 그릇에 담은 귀거래사

이재봉 지음

學而思 | 학이사

 일찍이, 두보杜甫(758)는 그의 곡강이수曲江二首에서 인생칠십고래
희人生七十古來稀라고 했다. 이전以前에는 사람이 70세까지 사는 것이
드물어 생존의 의미意味를 크게 부여했다. 그러나 오늘을 살아가는
60~70대는 제2의 인생장년壯年이며, 80~90대가 노년기라고 한다.
생명과학과 재생의학의 발달은 인간의 수명을 연장하고, 유전자
치료 등으로 건강 100세의 실버시대가 다가왔다.

 이렇게 급격히 변화하는 시대를 맞이하면서도 70을 맞이하여 그
동안 거쳐 온 세상을 작은 그릇으로 살펴보았다. 인간은 태어나면
누구나 숙명적인 삶의 여행길을 떠나야 한다. 인생이란, 저 끝 간
데를 모르는 무한대로 펼쳐진 시공時空에서 바람처럼 왔다가 구름
처럼 떠나가는 나그네들의 수필隨筆문학이요 철학이기도 하다.
 인생길은 사유思惟하는 생명체의 고귀한 존재의 길이며 같은 시
대를 살아가는 사람들과의 소중한 만남이요, 대화對話의 장場이다
이것은, 그가 처한 사회적 환경요소와의 결합이기 때문이다.

제1부는 철부지 유소년 시절부터 지방행정 최일선에서 보고 듣고 느끼고 살아온 공직생활 정년停年과 이순耳順에 걸친 여정旅情을 지켜보았다. 참 바쁘게 살아왔고 왜 이렇게 허둥대며 살아왔는지 모르겠다. 어쩌면 내 인생의 부끄러운 행적일 수도 있다

　제2부는 밖에서 보는 우리의 모습을 살펴보고 제3, 4부는 정년퇴직 후 일상적인 모습을 피력했으며, 제5부는 우리나라 지방제도와 지방자치 역사를 간략하게 정리해 보았다.

2018년 2월,
금오산 자락에서
이 재 봉

■ 차례

제1부 내가 살아 온 작은 세상

제2부 밖에서 보는 세상

제3부 세상 살아가는 이야기들

제1부

내가 살아 온 작은 세상

一名 : 나의 地方行政記

영남대로, 한양 과거科擧길의 고향

상주는 예부터 땅이 비옥하고 물산이 풍부하여 일찍부터 농경 사회가 발달하였고 수륙水陸으로 교통이 원활하였다. 더욱이 조선 초기(1392)부터 중기에 이르기까지 경상감사가 상주목사를 겸직하는 등 대구감영이 정착(1601)되기까지 지역의 대표성을 유지하여 왔다. 조선 실학자 이중환李重煥은 그의 저서 택리지擇里志에서 상주를 일명 낙양洛陽[1]이라 하였으며, 경상북도지명유래총람[2]에서도 기록하고 있다. 낙양은 중국의 낙양성洛陽城을 본 따서 붙여진 이름이다.

그 낙양(현재의 洛陽洞 중심)의 동쪽을 낙동洛東(오랫동안 상주 관할에서 1906년에 의성군에 편입된 단밀면 낙정洛井리)이라 하고 그 흐르는 강을 낙동강이라 했다. 그리고, 서쪽을 낙산洛山(현재의 내서면 낙서리), 남쪽

---

1) 洛陽 : 중국 황하의 상류. 허난성으로 後漢. 晉. 隨 등의 都邑地였음.
2) 慶尙北道教育委員會(1984.8.18일. 慶北印刷社).

을 낙평洛平(현재의 청리면 청하리), 북쪽을 낙원洛院(현재의 낙상동)이라 하는데 이것이 상주 낙양의 동서남북 4대 방위方位 시각인 것 같 다. 낙양을 비롯하여 이곳에는 모두 교통·통신기관인 역참驛站이 있었다.

이렇게 국토지리를 중국과 비교하는 것은, 천하 중심지가 곧 낙 양洛陽이라는 그 당시의 중화中華사상에서 비롯된 것이지만 오늘날 에도 인문 지리적 특징만은 되새겨 볼 만하다. 그만치 주거생활과 경제, 교통, 사회 등의 중심지 역할을 하였다는 의미라고 생각된 다. 역제驛制가 실시된 지역은 그 당시 교통과 산업의 요충지요 국 가의 대동맥이었다. 오늘날에도 고속도로 등 교통망이 산업사회의 중추로서 큰 역할을 담당한다.

나는 상주시 낙상동洛上洞 463번지에서 1950년 6.25사변이 일어나기 한 해 전에 태어났다. 낙상동은 원번대기, 샘골목, 큰 마을, 삽주골의 4개 자연부락이 합쳐진 마을이며, 낙상洛上의 지명은 비로소 낙동강이 시작된다는 낙동洛東의 상류지역에 위치하므로 행정구역 개편(1914)시 작명했다고 한다.

나는 어릴 때부터 고향을 탐탐치 않게 여겼다.

상주 시가지의 가장 변두리 지역에 위치하여 버스 등 대중교통을 전혀 이용할 수 없는 특이한 지역이기 때문이다. 지금도 시내버스가 마을 앞에 들어오지 않는 유일한 지역이다. 더욱이 1950~60년대는 장마철이 되면 낙동강 지류가 범람하여 앞들이 물에 잠기기 일쑤였고 동네 앞 임시교량이 원만치 못하여 교통에 어려움을 겪기도 했다.

그런데, 언제부터인가 고향이 구한말舊韓末까지 교통의 요충지였고 영남대로嶺南大路의 중요한 길목이었으며, 한양 과거길의 자료가 남아 있는 역사적 사실 때문에 눈여겨보게 되었고 그 흔적을 찾아보았다. 새로운 발견이었고 역사 인식의 반전反轉이었다.

마을 전체가 남북으로 길게 뻗어 중심 산봉우리가 양쪽으로 아늑하게 감싸고 있으며, 마을 앞으로 시내가 흐르고 동네 앞에 넓은 평야가 펼쳐져 있어 전형적인 배산임수背山臨水형태라고 볼 수 있다. 낙상동 뒷산은 삼한시대에 축성되었다는 이부곡토성이 마을 북동쪽과 사벌면 금흔리 사이에 성안산(170.8M) 정상을 중심으로 계곡을 이루어 둘러싸고 있다. 그리고, 고려시대부터 조선 후기까지

왕명의 전달 및 보고, 주요 군사 정보 및 민심의 전달 등을 위한 주요 교통·통신기관인 낙원역洛院驛[3]이 소재하였다고 기록하고 있다. 오늘날까지도 구두로 낙원, 나원, 나온 등으로 불리기도 한다.

마을 뒷산 샘골목에 공동 우물[井]이 있고 그 산비탈을 100여m 오르면 중턱 아래에 마당馬堂이 있었다. 그 당시 말[馬]의 노고勞苦를 제사祭祀지내는 곳이라고 하는데 1960년대까지 비바람에 훼손된 채 방치되어 있었고, 1990년대 후반 중부내륙고속도로 건설공사로 흔적도 없이 사라졌다. 또한, 이전에 말을 관리하는 숙소가 있었고 동리에 비각정碑閣亭이 있었다는데 현재는 그 흔적을 찾을 수 없다.

우리나라 역참驛站제도의 기원은 신라 소지왕 9년(487) 각 지역에 우역郵驛을 설치한 이래 고려, 조선을 거쳤다. 중앙집권체제를 확립한 고려 6대 성종(960~997)은 22개 역도驛道 525개 역驛을 정비했고, 조선시대는 고려의 역제를 대부분 그대로 이어 받았다. 특히, 한양을 중심으로 전국을 9개 도로로 나누고 554개 역으로 확정했다고 경국대전(1460~1470)에 기록하고 있다. 도로망이 정비되고 통행의 길목에는 10리, 30리마다 거리와 지명을 표시한 이정표里程標를 세웠으며 도로는 병조兵曹에서 관할했다.

주요 교통로를 중심으로 역도驛道를 묶고 수(십)개 역을 소속시켜 찰방察訪(종6품) 또는 역승驛丞(종9품)이 관리하고 각 역에는 역장驛長 등을 두었으며 관둔전官屯田 등이 지급되었다.(그러나, 조선사회는 실

---

3) 慶尙道7百年史. 제1권 通史. 慶尙北道7百年史編纂委員會. 弘益出版印刷社(2006)

사구시와 상·공업 중심이 아닌 유학儒學 및 신분제 등 폐쇄된 사회로서 국가산업의 대동맥인 교통망 등을 적극 개발·장려·활용하지 못하여 훗날, 쇠망의 길로 접어든 원인 중의 하나라고도 볼 수 있다.)

세계적으로 역참이 가장 왕성한 시기는 13세기 몽고의 칭기즈칸 통치시기에 시작되어 쿠빌라이 칸에 완성된 원元제국(1206~1368)이다. 그 용도는 중앙집권체제 확립 및 정치, 군사에 관한 것으로 문서전달, 각 지역 간 상품경제 촉진, 안전하고 순조로운 여행 보장 등이었다. 그 당시에 10, 15, 20리 간격으로 전국에 1,500여 개소를 두었고, 하루에 200km(긴급 문서전달은 400km)를 전령병이 달리는 세계 최고의 통신수단이었다고 한다.

그들은, 동서東西에 걸친 광대한 유라시아(Eurasia)대륙을 이러한 역참제도로 지배했던 것이다. 그 신속, 정확한 빠르기가 오늘날 정보통신분야 및 인터넷의 전주곡前奏曲이라 할 수 있다.

조선의 역참제도는 한양을 중심으로 전국 각지로 연결하는 9개 역참도로이다. 그 중의 하나인 한양과 부산(동래) 간을 연결하는 제4간선도로인 영남대로嶺南大路의 교통 요충지 중간지점에 낙원역이 소재하고 있었다. 이 도로는 한양에서 부산(동래)으로 가는 중심도로이고 최단 코스이다.

그 당시의 한양에서 부산(동래) 구간은, 한양 → 한강나루 → 판교 → 용인 → 양지 → 충주 → 문경새재 → 유곡역 → 덕통역(함창) → 낙원역(상주) → 낙동강 나루(낙정역) → 선

그 당시 동래東萊는 조선말까지 부사府使가 있던 곳으로 부산을 대표하는 중심지였으며, 오늘날 부산광역시의 전신前身이다.

17

산 → 장천 → 동명(칠곡) → 대구 → 팔조령 → 청도 → 밀양 → 황산역 → 양산 → 동래(부산)였으며, 주요 교통수단은 역마, 파발, 보행 등이었다.

낙원역은 한양에서 부산(동래)까지의 영남대로 중 한가운데 지점에 위치하고 있으며, 두 지점 간을 수많은 관리官吏와 역마, 선비, 나그네가 이용하였다. 즉, 과거를 보러 오간 영남 선비들, 일본을 오간 조선통신사朝鮮通信使 행렬, 임지로 부임하거나 전임지로 떠나는 지방관地方官들, 암행어사, 보부상 및 나그네 등 유·무명인들이 모두 이 길을 오고 갔을 것이다. 이 길은 영남 좌(우)도로보다 지름길이다. 그 당시 낙원역이 한양·부산 간의 중간中間 지점이란 것이 역사적歷史的 사실로 확인되었다.

1827년(순조 27) 4월, 부산(기장) 거주 변양오卞養吾 등 젊은 선비 8명이 청운의 꿈을 품고 걸어서 한양 과거 길을 오르면서 한양 천리 14일간의 기행문을 남겼다. 부산 출발 7일째인 26일에 낙원역에 도착하여 숙상주낙원宿尙州洛院을 기록한 풍월축風月軸 4)에 의하여 알려졌다. 그들은 후에 익종翼宗으로 추존된 왕세자 이호李旲 (1809~1830)의 대리청정을 축하하는 경과慶科에 응시하러 가는 길이었다.

그들은 부산(기장)을 출발하여, 동래 → 삼랑진(작원관) → 밀양 →

---

4) 2015년 11월 2일(기장군보. 기장 사람들) 청운의 꿈을 풍월축風月軸에 기록하다-
  1827년 기장 선비 8명의 한양 천리길 과거 여정 기행문(부산광역시 기장군 향토문화
  연구소장 및 국사편찬위원회 사료조사위원 황구黃龜 소장본所藏本)

청도(원동객점) → 대구(오동점객점) → 칠곡 → 장천 → 해평객점 → 상주(낙원객점) → 문경(유곡) → 조령(판교객점) → 충주(대조원객점) → 음죽 → 양지 → 판교(현재의 성남시) → 한양입성 구간 14일간의 기행문을 남겼다.

그들이 지나는 길목마다 남긴 기행문에는 그 당시의 사회상社會相과 행적이 잘 나타나 있다. 특히 대구, 칠곡, 장천을 지나 해평객점(구미시)과 낙원객점(상주시)의 유숙 기록을 살펴보자.

그들은 칠곡을 떠나 천생산을 지나면서 곽재우의 애국심을 읊었고 해평객점에서는 손님을 상대하는 모습이 잘 묘사되었으며, 낙동강 변에는 때마침 농사철이라 강물을 퍼 올리며 영농준비에 바빴다. 낙원객점에서는 심신이 너무 피로하여 잠자리에 고단한 몸을 쉬었던 것 같다.

즉 4월 25일, 그들은 장천면을 지나 천생산天生山을 왼편으로 두고 해평까지 80리 길을 걸었다. 천생산에는 임진왜란 때 망우당 곽재우가 의병을 이끌고 진을 쳤던 산성이 남아 있는 곳이다. 일행은 곽망우당郭忘憂堂의 행적을 회상하며 시를 한 수씩 읊었다. 해평객점에 이르니 작은 객점의 젊은 여인이 손님을 환대하며 수다를 떨었다. 남붕거南鵬擧가 자못 흥취가 있어 칠언절구七言絕句 한 수를 읊었다.

全坪如海挹江波 (전평여해읍강파)

稠密人家果幾何 (조밀인가과기하)

小店佳娥能喚客 (소점가아능환객)

懷春意味語中多 (회춘의미어중다)

온 들이 바다와 같이 강물을 퍼 올리니

조밀한 인가는 과연 얼마나 될까?

작은 객점 고운 아가씨 손님을 잘도 부르는데

묘한 말투에 회춘의 의도가 많았구나

　4월 26일 일행은 해평객점에서 낙동강을 따라 올라 낙동강 황포 나루에 있는 이름난 누각 관수루觀水樓에 올라 경관을 감상하고, 강을 건너서 상주 낙원洛院객점에 유숙했다. 즉, 이날은 하루 종일 100리에 가까운 90여 리 길을 걸어 부산 떠난 지 7일째로 다리에 힘이 풀려 심신이 피로하였는데 변양오, 남붕거, 신광호 선비가 오언절구五言絶句 각 한 수씩 지어 객고客苦를 토로하였다.

　그 중 30세의 변양오卞養吾의 글을 소개하면 다음과 같다. 부산을 출발하여 낙원역까지 걸어서 7일째로 심신이 몹시 지쳤는데도 마음을 새롭게 하고 평생 갈 길을 다짐하는 일행들의 소중한 기록이기도 하다. 그 당시 한양 과거 길 낙원객점에 유숙하면서 읊은 숙상주낙원宿尙州洛院 중 현재까지 발견된 세 분의 기록 중 하나이다.

昔聞爲客苦 (석문위객고)

今因行路知 (금인행로지)

困步能百里 (곤보능백리)

春日太遲遲 (춘일태지지)

객지는 고생이라고 이전에 들었는데

길을 다녀보니 이제야 알겠구나

피곤한 몸으로 백리를 걸었더니

봄날이 너무도 지루하구나.

그들은 이렇게 고달픈 몸으로 잠자리를 뒤척이면서도 어사화御賜花 금의환향 부푼 꿈으로 지친 몸을 달랬으리라! 다음날 27일, 그들은 낙원객점을 떠나 새재鳥嶺로 향하였으나 일행이 모두 지쳤고 남붕거가 발병이 나서 50여 리를 걸어 문경의 유곡幽谷에서 유숙하였고, 그 이튿날 28일에 새재관문을 넘어 충주를 거쳐 한양으로 과거 길을 올라간 사례이다.

과거제 시행은 고려 4대 광종(958)때 중국 후주 쌍기의 건의에 의해 시행되었으며, 조선 왕조는 건국 2년 후(1394)부터 갑오개혁(1894)으로 폐지되기까지 500여 년간 이어졌다. 특히 순조(1790~1834)의 재위기간(34년간)에도 우수인재를 등용하기 위하여 수 많은 과거 시행이 있었지만, 외척의 세도정치와 부정·부패의 폐단이 만연하였고 뜻있는 선비들이 출사出仕를 하지 못하는 등 조선왕조 쇠망을 재촉하는 내리막길에 접어들었다.

이러한 낙원역을 거쳐 간 영남대로, 한양 과거 길은 구한말舊韓末과 일제강점기 조선의 식민지배, 병참기지화에 따라 서울~부산 간 다른 지역으로 경부선京釜線이 개통(1905)되고, 새로운 지역으로 도로가 개설(신작로新作路라 부른다)됨에 따라 그 역할과 기능이 역사 속으로 사라졌다.

낙원 한양 과거 길(낙상동) 역시 마을 앞을 흐르는 동천을 따라 남,

(마을 앞을 흐르는 동천)　　　　(낙상배수장 건물)　　　　(宿尙州洛院)

낙상배수장 건물 위치는, 헌신동 '한양 나들이 길'에서 낙원역에 들어오는 입구(청랑 끝)라고 전한다. 산 위에도 오솔길이 있었다.

북을 오가는 통로였는데 그동안 일제강점기 및 해방 이후 근래에 이르기까지 하천정비, 경지정리 등으로 편입되어 옛길은 흔적조차 찾을 수 없다.

다만, 냇물이나 강물은 물줄기가 흐르는 길道이다. 따라서 냇가, 강변에는 반드시 길이 있으므로, 그 당시 남쪽 헌신동 방향에서 냇가 길을 따라 마을 앞을 흐르는 청량 끝으로 진입하여 마을로 들어오고 북쪽으로 한양 나들이를 하였다고 전해지고 있다.

이제 낙원역을 오가던 영남대로, 한양 과거 길을 대체하여 오늘날, 마을 뒷산 중턱을 남북으로 가로질러 경부고속도로가 아닌 여주를 우회迂回하는 중부내륙고속도로가 달리고 있으며 서울은 물론 전국 각지로 연결되어 있다.

나그네가 쉬어가는 고속도로 나들목 역시 낙원역으로 들어오는 길목 헌신동 옛 '서울 나들이길'에 나들목(상주IC)이 세워져 세월의 부침을 말해 주고 있다. 뒤이어 북상주(공검·역곡), 남상주(가장동), 동상주(낙동·구잠) 나들목이 들어서 상주는 고속도로 생활권으로 흡수·재편되었다.

즉, 이전의 영남대로, 한양 과거 길을 대체하여 오늘날 서울~부산 간을 KTX, 고속전철, 경부선 열차, 고속도로, 자동차전용도로, 자가운전시대 개막 등으로 전국이 1일 생활권으로 접어들었고, 한양 과거 길은 옛 이야기로 묻히고 있다.

또한, 그 당시 한양 과거 길에 고달픈 몸을 이끌고 숱한 애환을 남기면서 쉬어갔던 낙원역에 그들이 남긴 시문詩文과 행적도 세월 속에 묻히고 있는 것 같아 안타깝기도 하다.

돈키호테의 모험과 좌절

나는 경주인慶州人으로 신라 개국공신 표암공 알謁자 평平자 어른을 시조로 하고 소판벼슬을 하신 거居자 명明자 어른을 일세조一世祖로 하며, 분파分派는 고려 말 문하시중을 지낸 제현齊賢 어른의 익제공益齊公이시다.

상주로 들어 온 선대 입향조入鄕祖께서 이곳에 정착한 시기는 자세히 알 수 없지만 16세기 임진왜란 전·후로 추정된다. 마을 뒤 산수목이 수려할 뿐만 아니라 동네 앞으로 냇물이 흐르고 앞들이 넓어 전형적인 배산임수背山臨水형태의 이곳에 정착한 것이 아닌가 생각이 된다. 부원동 초림이 뒷산에 선산先山이 있다. 선영의 묘소 및 벌초 등을 위하여 산지기가 있었으며, 그 비용에 충당하기 위하여 봉답으로 논 4마지기(800여 평)를 산지기가 관리했다. 또한, 앞들에 2ha의 전답이 있었으며 그 당시 농사일을 돕기 위하여 일꾼을 두었다.

조부님은 철哲자 우雨자이고 조모님은 함창 김씨咸昌金氏 오五자 동同자이며 슬하에 상문相文, 상인相仁, 성희成熙, 영희永熙 4형제를 두셨다. 첫째 백부 상문은 주로 만주滿洲에서 생활하시다 광복 후 귀국하셨으며 슬하에 재칠在七 등 남매를 두었다. 둘째는 나의 아버지이고 성희 셋째 숙부는 서울에서 생활하셨으며 재욱在旭, 재현在賢 등 3형제를 두었다.

영희 막내 숙부는 상주 공립농잠학교 부설 사범과를 졸업하고 초등학교 교사로 재직 중 1950년 6.25사변으로 그해 9월 10일 입대(징집)한 지 20일 만인 9월 30일 전사했다고 하셨다. 20대 청춘에 뜻을 펴지 못하고 치열한 전투에서 산화散華했으며 시신을 찾지 못하여 '국립서울현충원'에 위패位牌가 모셔져 있다. 전사 소식을 접하고 조부께서는 한동안 식음을 전폐하셨다고 한다. 어릴 때 집 앞 출입구 조부님 문패 옆에 그 당시 보훈청에서 제작·교부한 '충절의 집' 간판이 함께 걸려있었다.

나는 부父, 상相자 인仁자 와 모母 달성 서씨達成徐氏 해海자 분粉자 사이에 5남 2녀 중 5째로 태어났다. 부모님은 위로 재임在任, 재선在宣, 재준在俊 형을 두었고 아래로 재언在彦, 문숙文淑 등을 두었다. 내가 어릴 때는 4대가 함께 살았다. 조부모와 부모님, 형제자매, 조카와 질녀 모두 13~4명의 대가족이었는데 나는 조부님과 같이 사랑방에서 거주했다. 조부님까지는 술을 전혀 못 하셨다. 그 원인은 선대先代어른들께서 풍류에 취한 나머지 취기를 가누지 못해 밤늦은 시각에 귀가하시기 일쑤였고, 다음날부터 주점酒店마다 술값 치루기에 지치셨으며 이후 술을 멀리하게 되었다고 하셨다.

　1958년 3월에 중덕동에 소재한 상주북부초등학교에 입학했다. 출생신고가 늦어 늦은 나이에 입학했다. 학구學區는 낙상동을 비롯하여 중덕 1,2리, 초산1,2리, 부원1,2리, 죽전동의 8개 동리였다. 1학년 입학생은 125명(남77,여48)이었으며 1~6학년까지 전교생은 600여 명의 소규모 학교였다. 나는 1, 2학년을 제외하고 3학년부터 6학년까지 4년간 급장을 하고 6학년 때는 어린이 회장을 겸했다. 총무는 여학생이 맡았는데 글씨를 깨끗하게 참 잘 썼다.

　초등학교시절에 만화책을 즐겨 보았다. 그것은 군·경유자녀인 초산동 거주 김용수 덕택이었다. 만화는 상상력을 키워주었고 특히, 박기당 등의 작품을 즐겼다. 아마 그 당시 군·경유자녀에게 보훈처에서 만화, 어린이 잡지 등을 정기적으로 제공한 것 같다. 그 당시에는 오늘날처럼 어린이들에게 게임방이나 스마트폰, 인터넷 등이 없었기 때문이었다.

　또한, 부원동 거주 이대용 친구는 가끔 그 부친이 구독하고 있는 성인잡지 여원女苑을 빌려주기도 했다. 그 잡지는 그 당시 여성들에게 읽을거리와 지위 향상 국·내외 여성 관련 주요 기사를 다루었던 것으로 기억하고 있다.

　나는 그림 그리기에도 약간 소질이 있었든 것 같다. 그 당시 교내 사생대회에서 수차례 입선하였다. 또한, 교육청에서 관내 학생들을 대상으로 사생대회를 열었는데 다른 친구와 같이 학교 대표로 참석하였다. 선생님의 자전거 뒤에 타고 상주 시내까지 이동하여 행사장에 도착하니 각 지역 학교에서 온 많은 참가자들로 붐볐다. 나는 무양동 변전소 앞에서 가을 풍경을 그려서 제출하였다.

점심으로 선생님이 그 당시 중화요리로 유명한 '진태원' 식당에서 처음으로 '짜장면'을 사 주어 맛있게 먹은 기억이 있다. 며칠 후 그림에 입선하여 아침 조회 때 상장과 부상으로 연필 1다스를 받았다. 그 당시는 연필이 귀하여 가난한 시절이라 '몽당연필'을 즐겨 사용하던 때였다. 그 연필을 옆 자리의 친구들에게 나누어주기도 했다.

1963년 3월에 상주중학교에 입학하면서 축구, 유도 등 스포츠에 관심이 많았고 삼국지, 초한지, 징기스칸, 나폴레옹, 풀다크 영웅전 등 역사소설 및 위인전을 즐겨 보았다. 또한 임진왜란 시 상주성城을 탈환한 정기룡 장군 유적지와 신도비가 있는 금흔리 일대를 자주 찾았다. 학교 성적은 바닥이었고 별 흥미를 느끼지 못했다. 교재가 이해력보다 암기 위주여서 필요할 때에 한꺼번에 해도 되는 줄 알았다.

상주고등학교 1학년에 입학하여 백재현, 피규환과 같이 자전거 통학하면서 자주 만났다. 등·하교 길이 같은 사벌 통로였기 때문이었다. 재현이 부친이 사벌초등학교장 사택에 거주하셨으며 여름 방학 때 빈 교실에서 공부를 하기도 했다. 또, 그는 조부(白南軾.1901~1964. 2. 3대 국회의원)의 저서(小冊子)를 보여주기도 했고, 일본 최고의 검성劍聖으로 추앙 받고 있는 미야모토 무사시(宮本武藏)의 무협소설을 빌려주기도 했다.

2학년 후반기에 김용태가 많은 후보를 물리치고 학생회장에 당선되었다. 나는 학생회 간부 선도부장(기율부장)에 임명되었다. 선도부는 나를 포함하여 김재현, 전석호, 성백룡, 곽영길, 정무진, 이재석, 이지영, 김동열, 조성태, 우봉구 11명이었다.

2-2학기부터 김용태, 변혁주 등과 자주 어울렸는데, 김용태는 2등 입학한 재원으로 뜻이 높았지만 집이 가난하여 어려움이 무척 많았고 인봉동에서 자취를 했다.

변혁주 역시 집이 가난하여 토, 일요일에 형들이 거주하는 대구, 김해 등으로 수업료 구하러 다녔다. 그 당시 상주고등학교는 사립으로 국·공립에 비하여 수업료가 다소 비싼 것이 흠이었지만, 상주 지역에서는 유일한 인문계로서 선택의 여지가 없었다.

3학년 중반이 되자 나는 그동안 밀린 학업에 다급해졌다. 지금까지 '농땡이 대장' 하면서 잘 놀아먹었다. 그런데 동기들은 대학입학시험 준비로 모두가 부산하였다.

나는 밀린 학업을 단기간에 정리한다고 여름방학을 맞아 낙동면 비룡리 갑장산 중턱에 위치한 풍양 조씨 재실齋室에 머물러 학습하기로 하고 변혁주와 같이 갔다. 며칠 후 풍양 조씨 후손인 선배와 그 친구가 와서 같이 지내기도 하였다. 여름방학을 마치고도 학교에 나가지 않고 혼자 학습하기로 했다

학생회 선도부

10월이 되자 학교에서 연락이 왔다. 더 이상의 장기결석을 인정할 수 없다는 것이었다. 한시바삐 출석 수업을 독촉하였지만 나는 좋은 학교에 입학해서 학교와 개인의 명예를 올리겠다며 참아달라고 했다. 학교에서는 일반 학생 같으면 벌써 제적대상이지만, 학생회 간부이기 때문에 어쩔 수 없이 인근의 고등학교로 전학을 시켜주겠다고 하였다. 그러나 나는 거부했다. 3년 가까이 다닌 학교를 그만두고 생면부지의 타 학교로 전학하여 그곳에서 졸업장을 받지 않겠다고 했다. 교무주임과 담임선생님이 적극 권하셨지만 나는 이에 응하지 않았다. 그해 11월, 나는 마지막으로 수업료를 내지 않았고 스스로 자퇴를 택했다.

그야말로 초한지의 항우項羽 고집이었고, 현실과 환상을 구분 못하여 풍차를 향해 달려가는 세르반테스의 돈키호테와 같았다. 길들여지지 아니한 한 마리의 야생마野生馬였던 것 같았고, 나무가 비탈에 서고 말았다. 결국 지방 명문 '사립고등학교 졸업장'이 아닌, 돈 안 들어가는 '국립 고등학교(검정고시를 그렇게 불렀다.)와 국립 대학교(대학원) 졸업장'을 받아야 하는 계기가 되었다. 가사 사정과 직장 등으로 홀로서기를 해야 했다.

학업 중단 이후, 화엄사 도피생활, 군 제대 및 취업 등으로 분가, 독립하고 직장생활을 하면서 학업을 병행하는 등 만학晩學을 했다. 직장생활 틈틈이 두 번이나 사법시험에 응시하였으나 1차에 불합격하는 등 학습시간 절대 부족으로 방황하였다.

일선기관의 말단 직장 생활은 너무나 혹독하였고 퇴근 후 술과 피로로 지쳐 쓰러지기 일쑤였다. 직장을 그만 두어야 하는데 결단을 내리지 못하고 시간이 지나갔다.

체계적인 학습을 위하여 검정고시를 거쳐 1984년 한국방송통신대학(교) 법학과에 입학하였는데 학사과정 5년제였다. 재학 중 성적우수(B+ 3.3이상)장학금은 단 한 번 받았을 뿐이고, 전 학년 성적은 비실(B, C)했다.

1980년대 학사과정으로 개편된 본 대학은, 교육부의 대학설립준칙주의와 정원 자율화(1996)등 이전에는 200만 동문을 자랑하는 전국 최고의 매머드 국립대학이었다. 대학이 흔치않았던 그 당시 중앙 각 부처·지방행정기관, 초등 교사 및 공기업체 등 가족 생계와 학업을 병행하는 직장인들에게 큰 인기가 있었다, 학사 학위를 받을 수 있는 유일한 대안이었다. 졸업증서에 교육법에 의거 등록한 것을 증명하는 문교부장관 직인職印이 찍혔으니, 정부가 인정하는 '대한민국 학사 자격증'이라고 했다. 다만, 입학하기 쉬워도 졸업하기 어려워 중도 탈락자가 많은 것이 흠이었다.

나는 오랜 고심 끝에 직장생활을 그만두고 학업에 전념코자 대학원 석·박사과정으로 서울대학교 행정대학원 석사(주간반)에 1989년 11월에 응시하였으나, 영어는 과반득점(객관식)에 그쳤고 행정학, 정치학 등 전공 및 선택과목은 주관식 출제로 난이도가 있어 학습량 부족으로 실패하였다 또한, 시험 당일 새벽에 흉몽凶夢을 꾸었다.

1년간 다시 학업을 정리하여 가까운 대구의 경북대학교 행정대학원에 응시하여 영어, 행정학 1차 시험과 면접을 거쳐 합격하였다. 5학기제 수업이었다. 재학 기간 학점 이수 및 졸업평가시험, 외국어(영어), 논문심사 및 발표 등을 거쳐 1994년 2월에 행정학 석사 학위를 받았다. 학사관리가 엄격하여 입학생 50명 중 18여 명이 최종 논문 통과하여 졸업한 것이다. 그 당시는 상주에서 대구까지 대중 교통수단인 기차, 버스, 택시 이용 등으로 어려움이 많았다. 이후 직장 관계와 원遠거리 거주로 나는 더 이상 학업을 계속하지 못했다. 대도시로 전출하였으면 학업 기회가 많았을 텐데, 일찍 고향을 떠나지 못한 것이 가장 큰 아쉬움이었다.

경북대학교 행정학 석사 졸업기념 - 본관 앞

지리산 화엄사 산감山監과 상좌上佐

　내가 좌충우돌하고 방황하던 시기에 지리산 화엄사에 잠시 머물러있을 때의 이야기이다. 사람은 누구나 평생을 살아가면서 수많은 사람들을 만나면서 살아간다. 좋은 사람을 만나서 깊은 가르침을 받는 것도 큰 행운이다. 사람의 인연이란 서로가 맺어야 한다. 그러나 훌륭한 사람을 만나도 가르침을 받지 못하거나 인연을 맺지 못할 때에는 시간이 지난 다음에 후회가 찾아온다.

　1968년 11월, 상주 버스정류장에서 김용태 친구와 헤어져 무작정 지리산智異山 화엄사華嚴寺로 발길을 돌렸다. 옷차림은 학생 복장 그대로였다. 상주에서 김천, 거창, 함양, 구례로 가는 길을 택했다. 큰 가방에는 즐겨보던 PSSC물리, 순수이성비판 등으로 너무 무거웠지만 겨우 버스에 실었다. 그 당시 버스길은 비포장 산길이었고 완행이라 날이 저물어서야 겨우 함양에 도착했다. 버스정류소 옆 여인숙에 숙박했다. 시설은 낡았지만 여인숙 아주머니가 친절하게 안내

했다. 이튿날, 오후 무렵에 전남 구례군 마산면 황전리 화엄사에 도
착하여 출가하려고 왔다며 도움을 요청하여 숙식하게 되었다.

　화엄사는 대한불교 조계종 제19교구 본사로서, 백제 성왕 22년
(544)에 창건된 사찰이다. 도착 후 강당에서 여느 스님들과 같이 숙
식하게 되었으며 스님들의 식사를 제공하는 보살님의 일을 거들었
고, 며칠 후 산감山監으로 지정하여 사찰 경내를 단속하도록 했다.
그 당시 지리산 일대는 1950년 6.25사변 및 빨치산 토벌사건 이후,
주민들이 땔감 등을 구하기 위하여 수십·수백 년 된 나무를 마구
베어내는 산림훼손사건이 빈번하게 일어나, 그 당시 동아일보가
집중 취재·보도하는 등 도벌사건이 빈번히 일어나던 곳이었다. 오
늘날은 가스, LPG, 전기 등으로 난방용 연료가 넘쳐나지만 그 당시
에는 땔감이 유일했기 때문에 주민들은 밥만 먹으면 산에 나가 땔
감을 구하는 것이 생활의 일부였던 시절이었다.

나는 사찰 경내의 산을 오르내리면서 많은 주민들을 만났다. 그들은 낮에는 도벌할 나무를 살펴 미리 작업을 하거나, 야간에 운반하는 일이 많았다. 그들은 산감인 나에게 무척 친절하면서도 경계를 했다. 그들은 만날 적마다 저녁에 민가에 내려와 식사와 술 한 잔하자고 꾀었는데 나는 거절했다. 그들은 순수한 주민이지만 그들을 뒤에서 조종하는 큰 끄나풀이 있을지도 모르기 때문이었다.

나는 저녁 후에 계곡에서 바위에 걸터앉아 흐르는 물소리를 들으며 처량한 신세를 탓하여 가끔 울음을 터트리기도 했다. 어느 날, 주지스님께서 찾으신다는 연락이 왔다. 내가 계곡에서 울고 있다는 얘기가 주지스님의 귀에 들어간 모양이었다. 10여 세 정도의 어린 동자승은 주지스님을 일명 '천안대사'라고 부르고 있었다. 주지스님은 50대 후반의 젊고 보통 키 수준이었는데 강당에서 모든 스님이 모여 찬불을 할 때에는 앞줄에서 꽹과리를 힘차게 두들기는 아주 당찬 모습이었다.

나는 저녁식사 후 숙소에 들어가서 주지스님께 큰절을 올렸다.

주지스님께서는 "듣자하니 계곡에서 울고 있다는데 무슨 사연인가?" 하셨다. 나는 지금까지의 겪어 온 일을 말씀드렸다. 그리고 중이 되겠다고 이곳에 찾아온 것은 거짓이고 임시방편이며 수신제가修身齊家하여 뜻을 펼쳐보는 것이 소원이라고 하였다.

그러자 스님께서는 "이 세상에서 네가 추구하는 목적이 무엇이냐?"고 하셨다. 나는 법대를 진학하고 적정한 시기에 정치에 입문하는 것이 나의 희망이었기에 "세상을 구할 수 있는 길은 권력權力"이라고 말씀드렸다. 나는 큰 그릇이 되지 못하고 흘러넘치는 것을 항상 경계하지 못하는 작은 그릇의 속된 인간이었기 때문이었다. 그러자 스님께서는 권력에 앞서 먼저 '인격人格'이라고 말씀하셨다.

"이 세상은 둥근 공[圓]과 같다. 평평한 공간에 공을 굴리면 끝없이 잘 굴러간다. 그러나 모[角]가 나거나 돌출한 부분이 있으면 굴러가지 않는다. 모가 나지 않는 인생을 살아야 한다." 하셨다.

스님께서는 나의 나이를 묻고 "너는 절에서도 살 수 있고 세속에서도 살 수 있다. 그것은 너의 선택에 달려있다"고 하셨다. 그리고 "이곳에 있으면 공부시켜 주겠으니, 상좌上佐가 되어 내 옆에 있어라." 하셨다. 그 당시 스님께는 2명의 상좌가 있었는데 한 분은 10여 세 정도의 어린 동자승이었고 또, 한 분은 나와 같은 연령대였는데 그와 함께 형제같이 친하게 지냈다. 상좌가 되면 천수경, 반야심경 등을 공부하고 새벽에 일어나 범종梵鐘을 쳐야 했다.

그 후 나는 화엄사에 몇 달째 있었지만 마음은 항상 콩밭에 있었다. 불경을 외우는 것도 마음에 와 닿지 않았고 새벽에 일어나 범종치는 것도 수월하지 않았다. 주지스님의 깊은 뜻을 헤아리지 못하는 한낱 우둔한 미물微物에 불과했다. 나는 화엄사를 떠날 것을 며칠간 고민했다. 그러나 지금까지 베풀어주신 주지스님께 떠나겠다는 말씀을 감히 드릴수가 없었다.

어느 날, 주지스님께서 서울에 있는 사찰에 볼일이 있어 가신다고 하셨다.

그날 아침, 이른 새벽에 '도라꾸 화물차량' 운전기사가 주지스님을 모시고 출발하였다. 나는 이때다 싶어 주지스님이 서울로 떠나시는 것을 지켜보고 아침 식사 후 도망치듯 사찰을 빠져 나왔다. 화엄사를 벗어나 한참동안 걸었다. 하동을 거쳐 저녁 무렵에 진주 시내 포교당에 도착하였다. 하루 종일 걸어 몹시 피곤하였고 점심을 먹지 못해 시장기를 느꼈기 때문이었다. 진주 포교당에서 숙식을 하고 응석사 여승女僧을 만나 그 사찰을 함께 돌아보게 되었다.

이튿날, 여승의 도움을 받아 완행버스를 타고 거창, 김천을 거쳐 상주에 도착하였다. 상주에 도착하면서 그 동안 궁금했던 친구들의 소식을 알아보기 위하여 낙동면 유곡리 거주 변혁주한테 저절로 발길이 갔다.

그 후, 반세기의 세월이 흘렀다.

공직생활을 정년퇴직하였고 2017년 10월 7일 가족 휴가를 맞아 화엄사를 방문하고 사찰을 돌아보았는데 참 많이도 변해있었다. 2018년 1월에 지나온 과거 행적 등을 정리하면서 그동안 궁금했던 당시의 주지 스님을 화엄사 종무소 및 대한불교 조계종에 수차례 문의하였으나 그동안 오랜 세월이 흘렀고, 그 당시 전산기록미비 등으로 확인에 어려움이 있다고 한다.

나는 그동안 큰스님의 가르침과 인연을 맺지 못하여 초라한 인생을 살아왔기에 그분이 남긴 향기가 더욱 새롭게 다가오는 순간들이다. 그동안 인생을 둥글게 살지 못하여 많은 어려움을 스스로 자초했다. 세상살이에 앞서 먼저 인격人格을 갖추지 못한 인간이었음을 스스로 부끄러워했다. 화엄사는 내 마음의 고향인 것 같기도 하다. 실로 짧은 만남, 긴 여운餘韻이었다.

만남과 결혼

내가 현재 살고 있는 아내의 만남이다.

화엄사를 나오면서 변혁주 친구에게 들렀다. 참으로 반가웠다. 혁주 모친은 택호宅號가 송곡댁이었는데 고교시절부터 친구들이 찾아오면 항상 반갑게 맞아주셔서 며칠간 놀기도 하였다. 그 당시는 먹고 사는데 어려움이 많은 시절이었지만 조금도 끼니 걱정을 내색하지 않으셨고 편안하게 친구들을 대해주셨다. 남편을 일찍 여의고 자식들을 뒷바라지하며 묵묵히 살아온 전형적인 외유내강형의 현모양처였다.

어느 날, 혁주 친구의 집안인 관동댁(후에 장모님이 되셨다.)이 조용히 나를 불러 그 장녀와 혼사 문제를 말씀하셨다. 지난밤에 꿈을 꿨는데 "고랫등 같은 기와집에 서가書家에는 만 권萬卷 서적이 놓여 있고 대청마루에 놓인 어항에는 금붕어 두 마리가 놀고 있었는데,

그대가 붉은 갑옷을 입고 이 집에 장가왔다."고 하신다. 곧 부모님을 만나 뵙자고 하셨다. 나는 내 꿈을 대신 꿔주신 것으로 생각하고 부모님의 허락을 받기로 했다.

내가 현재의 아내인 선주와 알게 된 내력은 고등학교 2학년 때로 변혁주, 김용태 등과 어울려 지내며 자주 친구 집에 왕래하고 부터였다. 그해 가을 어느 날, 낙동면 운평리에서 주민 노래자랑대회가 열렸다. 그 당시에는 요즘처럼 TV, 라디오, 인터넷, 스포츠중계 등 대중매체가 없던 시절로서, 각 동네마다 노래자랑대회 개최가 유행이었고 어쩌다가 군청에서 공보영화가 찾아와 볼거리를 제공하던 시절이었다.

어둠이 깔린 저녁에 운평에서 개최된 노래자랑대회에 인근에서 많은 주민이 참석하여 성황을 이루었고 나는 혁주 친구와 같이 있었다. 그 중에서 노래 곡목 출연자 중 '경상도 청년'을 부르는 아가씨가 있었다.

'저 아가씨가 누구일까?' 하는 호기심에서 옆에 있는 혁주에게 물었더니 집안 동생이라고 대답하였다. 그러면 '여동생' 하자고 하여 알게 되었다. 그 후, 혁주한테 자주 들렸는데 관동댁이 관심 있게 보았다고 하셨다.

관동댁은 결혼 얘기를 하시면서 딸의 태몽胎夢을 말씀하셨다.

어느 날, 부부가 함께 뒷간에 갔는데 갑자기 천둥 번개가 치고 왕방울 같은 두 눈을 부릅뜬 용龍이 나타나 "내가 누구인줄 아느냐" 하면서 등천하였는데 머리[頭]만 있고 꼬리[尾]는 없었다 하신다. 부부가 함께 꾸었다 하셨다.

결혼 축하해 주신 친구 분들

그 후, 남자아이가 태어나는 줄 알았는데 여자아이가 태어나서 실망하여 점성가에게 물어보기도 했다 한다.

관동댁과 함께 부모님을 만나 뵙고 승낙을 받아 우선 간단한 약혼식을 하기로 했다. 옛날이나 지금이나 남자는 병역 의무를 마쳐야 한다. 군軍 입대 전이고 아직 직장을 가지기 전이라 많은 고민이 필요했다. 더욱이 군대생활 3년간은 이 땅에 살고 있는 남자들에게 고난과 인내의 기간이 아닐 수 없었다. 학업과 취직, 각종 경쟁에서 타인에게 뒤처지는 절대적 손실기간이요, 무엇보다 누구에게도 보상받을 수 없는 기간이기 때문이다.

그러나, 아내는 병역의무 3년간을 기다리기로 하고 1971년 2년 14일(음력 1월 19일) 결혼식을 올렸다. 그 당시 처가는 매우 가난한 형편이라 옛 방식대로 꼬꼬재배 했다. 결혼식에 백재현, 조호구, 김국진, 박세근, 김상섭, 이종범, 변혁주 등 친구들이 참석하여 축하

해 주었다. 그 당시는 결혼식 축사를 친구들이 읽어주는 것이 유행이었다.

결혼식 축사를 김국진 친구가 카랑카랑한 목소리로 장문長文을 읽었는데 그 문장이 진지하고 내용이 깊어 참석한 사람들이 감탄했다고 한다. 그 축사는 당시 초등학교 교장 선생님을 하시던 백재현 친구의 부친 백영기 교장 선생님께서 친히 쓰셨다는데, 결혼식에 참석한 손님들이 그 문장에 감탄하여 그 후에 동네 주민들이 돌려가면서 읽는 등 유명세를 탔다고 한다.

결혼식 이후 처가에서 며칠간 머물렀다. 그러나 나는 결혼식에 참석한 친구들과 교장 선생님께 고맙다는 인사도 하지 못했다.

며칠 후 부산에 거주하던 김용태 친구가 소식을 받지 못했다며 멀리서 찾아왔고, 장모님께서는 술상을 차려 접대했다. 친구는 떠나면서 장모님께 축의금을 드리고 갔다. 우리는 동네 앞길에서 버스를 기다렸으나 오지 않아 그는 걸어서 상주로 갔다.

결혼 직후 아내에 대한 에피소드 한 토막이다.

처가 입구에는 동네 주민이 이용하는 얕은 우물이 있는데 바가지로 물을 뜨는 소규모 샘이었다. 식수로 이용하기도 하고 생활용수로 이용하기도 한다. 어느 날 아침, 아내가 물을 뜨러갔다가 세수하면서 손가락에 끼는 반지를 돌 위에 벗어놓고 깜박 잊고 그냥 돌아왔다. 한참 후에야 생각이 나서 우물가에 가보니 이미 반지가 없어졌다. 아마, 그 다음에 우물을 이용한 사람이 주워가지고 간 것이 분명한데 심증은 갔지만 물증이 없었다.

이것을 되찾을 방법을 고민하던 아내가 즉시 아이디어를 냈다. 샘가에서 주워간 반지를 내일까지 그 장소에 갖다 놓지 않으면, 주워간 사람이 평생 반신불구가 되는 '양밥'을 해 놓았다며 온 동네에 소문을 냈다. 그 다음날 우물가에서 반지를 찾았는데 아내의 기지와 식견에 감탄했다. 또한 주민들의 순박함에 감사했다.

장인어른은 수洙자 창昌자이며 본관은 원주原州이고 고려 말 부원군府院君을 지낸 변안렬邊安烈 공公 후예로서, 조선시대에 선비로서의 지조를 지켜왔으며 봉화奉化 집성촌에서 상주로 들어온 가계였는데 매우 가난하게 살았다. 현재 일부가 상주에 거주하고 있다. 장모님은 성姓은 밀양密陽 박朴씨이고 점点자 순順자 여사이다. 부군과의 사이에 1남 3녀를 두셨다.

논산훈련소 신병훈련과 소원수리 소동

나의 군대생활에 대한 에피소드 한 토막이다.

1971년 5월에 논산훈련소에 입대했다. 군대생활 3년간은 참으로 길고 지루하기에 잡념을 뿌리치기 위하여 영어사전을 구입하고 틈틈이 들여다보기로 했다. 그 당시는 1968년 1월 21일 청와대 무장공비 습격기도 및 동同 11월 울진·삼척 무장공비사건 등 해마다 간첩 침투 등으로 안보가 매우 강조되던 시기로서, 훈련소 신병교육은 전반기 6주, 후반기 4주로 매우 엄격했다.

논산훈련소장은 청렴, 결백하고 정예신병 육성과 부정, 부패 일소 등에 소문난 정봉욱 육군 소장이라 했다. 입소한 훈련병들은 제식훈련, 총검술, 각개전투, 독도법 및 개인화기로 칼빈, 엠원M1, 수류탄 투척, 공용화기로는 기관총 LMG, 박격포 등 기초과정을 훈련받았다.

드디어 신병교육이 끝나 자대배치를 앞두고 훈련병들은 소원수

리를 쓰게 되었다. 훈련병들은 그동안 힘들고 어려웠던 순간들의 고통과 불만, 부대에서 조치할 사항 등에 대하여 부족한 점 등을 지적하기에 충분했다.

그러나 나는 훈련기간 동안에 중대장 및 교관, 조교들이 훈련소장의 지침에 따라 훈련병들과 함께 고생을 하며 직접 교육을 가르쳐 주신 것에 대하여 진심으로 고맙고, 지금까지 배운 것을 기초로 열심히 병영생활을 하겠다고 '감사의 편지'를 썼다. 소원수리는 그렇게 마감되었다.

그런데 야단이 났다.

소원수리를 접수한 결과 훈련병들은 하나 같이 불평, 불만, 미흡한 점만 지적하는데 비하여, 유난히 그동안의 훈련을 가르쳐 준 중대장 및 조교들에게 고맙다고 감사의 편지를 쓴 최초의 훈련병을 찾는다며 일대 소동이 벌어졌다. 논산 훈련소 생긴 이래 이러한 일은 처음이라고 한다.

나는 신분을 밝히지 않고 가만히 있었다.

중대장은 그 사람을 찾아 반드시 좋은 부대로 보내주겠다고 하는 등 신원 파악에 야단이었지만, 그래도 나는 가만히 있었다. 그러자 이번에는 훈련병들을 모두 집합시켜 다시 한 번 글씨를 쓰게 하는 등 비슷한 글씨를 쓰는 사람을 찾는 2차 소동이 벌어졌다.

나는 쓴 웃음을 지었다. 무더위 속에서 열심히 가르쳐 준 중대장과 조교들에게 감사하고 고마움을 느끼는 것은 너무도 당연한 일이었는데 왜 이렇게 소동일까 하면서 끝까지 신원을 밝히지 않기로 하고, 글씨를 알아보지 못하게 더욱 삐뚤삐뚤하게 써 냈다. 그러자 이번에는 더 우스운 일이 벌어졌다. 비슷한 글씨를 쓰는 사람이 뜻밖에도 같은 고향에서 입대한 친구로 밝혀졌다고 한다. 그는 당사자가 아니라고 했다지만 부대에서는 당사자가 되는 것 같았다. 어쨌든 그는 스타가 되었다.

그 후, 그는 나보다 상급부대에 배치를 받았는데 그의 적성에 맞는 해안경비대 사진사 근무를 하며 여유로운 군대생활을 하는 것 같았다. 나는 38사단 115연대 소속으로 동해안 경비사령부가 관할하고 있는 삼척, 묵호 해안경비중대 등에서 1, 3종 보급 및 경계근무 등을 마치고 1974년 4월 4일 고향에 돌아왔다.

제대 후, 43여 년의 세월이 흘렀다.

2017년 10월 어느 날, 친구 아들 결혼식에 참석하였다가 상주예식장에서 우연히 '감사의 편지' 주인공으로 선택된 그를 만났다. 우리는 커피를 한잔하면서 그 당시의 논산훈련소 얘기가 저절로 나왔다. 그는 분명하고 또렷하게 그 당시의 상황을 잘 기억하고 있었다.

"아, 바로 너였구나!" 하며 감격하여 나의 두 손을 잡았다. 그리고 지난날을 생각하며 서로가 한바탕 웃었다.

일선 공직사회에 첫발을 딛다

육군 만기 복무하여 고향에 돌아오자 맏형은 동네 이장里長을 맡고 있었다. 조부모님과 부모님, 형제 및 조카, 질녀. 또한, 제대를 앞두고 처가에서 데려온 아내와 한 살 된 아들 건호가 기다리고 있었다. 4대가 함께 있는 대가족이었다.

형은 사법시험 등은 생각도 말고 우선 취업하여 처자식을 먹여 살리도록 분가하라고 독촉이었다. 아내 또한, 층층시하 시집살이에 진력이 나서 한시바삐 분가하자고 하였다. 막다른 골목에서 선택의 여지가 없었다. 형은 다음 5월에 공무원 시험이 있으니 응시하라며 5급 행정직(현재의 9급 행정직) 수험도서를 시내 서점에서 구입해서 가져왔다. 수험 기간은 한 달뿐이었다.

1974년 5월 12일, 경상북도에서 객관성·공정성 유지를 위하여 각 시·군별 소요 인력을 취합하고 공개경쟁 채용시험을 일괄 시행하였다. 지금까지의 공개경쟁시험은 각 시·군별로 자체 선발 시행되어 왔는데 그동안 객관성·공정성 문제가 수차 제기되어 왔다고 한다. 이번에 이를 해소하기 위하여 최초로 경상북도에서 지역별 소요 인력을 취합하여 일괄 선발하게 된 것이며, 인사권은 여전히 각 시, 군에 있다 하였다.

시험 하루 전에 대구에 도착하여 필기시험 고사장 주변 여관에 투숙하였다. 여관 주변에는 경상북도 각 지역에서 올라온 응시생들로 붐볐다. 내가 지원한 상주에는 20명 모집에 105명이 응시하였는데 다행히 5순위로 1차에 합격했다. 2차 면접시험은 경상북도지방공무원교육원 강당에서 시행되었는데 면접관은 나에게 임진왜란을 간단하게 설명하라고 주문하였다.

나는 머뭇거리지 않고 즉시 "조선 선조 25년, 서기 1592년에 일본 전국시대를 통일한 히데요시가 정명가도征明假道를 요구하며 일으킨 조선과 일본과의 7년 전쟁"이라고 답변하였다.

그러자, 고시告示와 공고公告의 차이를 물었다. 나는 한마디로 "고시는 기간의 제한이 없고, 공고는 기간의 제한이 있습니다."고 답변하였다.

면접관들은 이번에 경상북도에서 가장 우수한 인재들을 뽑았다고 말하는 것을 귓전으로 들었다.

곧 이어 경상북도지방공무원교육원에서 1달 동안 집합 및 합숙 교육을 받았다.

합숙교육 중에도 기본교육에 관심없이 타 시험과목인 행정·법원·사법시험 등에 한눈파는 교육생이 많았다. 교육원에서는 수료와 동시에 1차 수료자들이 인사 발령되었다고 우리들에게 알려주었다. 각 시·군에서는 교육 수료와 동시에 인사발령을 했는데 나는 첫 발령지가 상주군 모서면이라고 하였다. 나는 이렇게 원치 않았던 직장 선택으로 다급하게 사회에 첫발을 내딛었다. 그러나 이러한 일선 행정 근무가 평생직장이 될 줄은 꿈에도 생각지 못하였다.

쌀 2말[斗]의 홀로서기와 친구들의 만남

첫 발령(1974년 7월 8일)을 받아 상주군 모서면에 갔더니, 결혼한 신규 직원의 생활안정을 위해서라며 이보다 더 산간벽지인 정산리 소재 서부출장소에 배치하여 업무를 맡겼다. 초라한 건물과 주거시설공간이 전부였다. 너무 실망했고 기가 막혔다.

내가 결혼하지 않았으면 그만두었을 것이었는데 선택의 여지가 없었다.

그 당시 교통과 생활이 불편한 산간벽지로 상주군에서는 화북, 화서, 모서, 모동 등이었다. 배치 받은 직원들은 방을 얻어 자취하거나 하숙하였으며 주요 교통수단은 보행 또는 자전거였고 완행버스가 가끔 비포장도로에 먼지를 날리면서 달리는 시절이었다. 첫 발령은 어느 직종이든지 누구나 산간벽지 등으로 보낸다 하였다.

상주군 모서면 서부출장소 관할은 충북도 영동군 황간면, 옥천

군, 경북도 금릉군과의 경계를 이룬 산골짜기였다. 법정동으로는 유방 1, 2, 3리, 백학리, 정산1, 2리, 호음1, 2리였으며 업무는 호적, 주민등록, 예비군, 인감 등 주민들과 밀접한 민원분야였다.

관내 기관은 모서중학교 백학분교, 유방초등학교, 정산초등학교, 모서농협분소 등이 있었고 직원 및 교사들 대부분이 자취, 하숙, 살림을 했으며 유방리에 월명광업소가 있어서 많은 광산 인부들이 종사하여 흥청거렸다.

고향을 떠날 때 맏형한테서 한 달간 양식으로 쌀 2말을 받고 분가했다.

아버지는 병환 중이셨고 어머니는 더 이상 도움을 주지 못하는 것에 눈물지으셨으며 장독 단지 하나를 주셨다. 당장 용돈과 셋貰방 구할 돈이 없어서 중형한테 부탁하여 봉급 타서 갚는다며 우선 2만 원을 빌렸다. 그러나 오늘날까지 키워주신 부모님께 감사했고 형제간에도 고마워했다. 또한, 장독 단지 및 살림 도구를 소달구지에 싣고 시내까지 동네 친구 박희수가 운반해주었는데 너무 고마웠다. 나는 이렇게 고향을 떠났다. 이젠 홀로서기를 해야 했다.

정산리(감산동)소재 서부출장소에 도착하니 그곳에는 연배 되는 김용온 님이 출장소장을 겸하여 혼자 근무하고 있었는데 방을 구하고 살림하는 데 많은 도움을 주었다. 방을 구했는데 우연히도 주인아저씨가 마음씨 좋은 박희수 님이었고 그 부인과 자녀들이 매우 착했으며 연세 많으신 할머니가 계셨다.

출장소 업무는 김용온 소장이 호적과 전반적인 업무를 총괄하고, 나는 주민등록과 예비군, 인감 등을 맡았다. 얼마 후, 총무계 최인홍 등 직원들이 인접한 충북 영동군 황간면 소재지 유명 식당에서 환영회를 베풀어주었다.

그 당시 주요 업무는 여름이면 보리 등 하곡수매, 가을이면 벼에 대한 추곡수매로 식량증산에 대한 정부의 노력이 극대화되는 시기였고, 새마을운동으로 지붕개량, 안길 포장 등 조국 근대화 기치 아래 일선행정에서는 어려움이 많던 시절이었다. 모든 정부시책은 중앙집권식으로 주도면밀하였으며, 그 처리 결과는 일선행정에서 어김없이 이뤄지는 시기였다.

담당 부락은 충북 영동군 황간면과 경계인 호음(월봉, 담낭, 대간동)1, 2리를 분담하였으며 도보 및 자전거로 다녔는데 이장, 반장, 새마을지도자 및 주민들이 매우 친절하였고 협조해 주셨다.

그해 겨울, 함박눈이 내렸을 때 어머님이 먼 길을 찾아오셨다. 집 떠날 때 분재分財를 주지 못하여 미안스럽다며 자식이 어떻게 사는지 궁금하여 큰 걸음을 하셨지만 변변히 대접을 하지 못해 오늘날까지 후회스럽다. 어머니께서 유일하게 물려주신 장독 하나 만은 아내가 조심스레 간직하고 있다. 어느 날은 중형도 다녀가셨다.

일선 행정은 산적한 업무에 비하여 그 당시 급료는 너무 박봉薄俸이었고 생활하기가 불편했다. 수험도서 및 교재 한두 권 구입하면 당장 표가 났다. 몇 번이나 이 직업을 그만두고 시험공부에 전념코자 하였으나 당장 먹고 살 형편이 되지 않아 엄두를 못 냈다. 직장과 학업을 병행한다는 것이 너무나 어렵다는 것을 느꼈고 한편, 절망했다.

이듬해 1975년 2월 8일, 전역 후 복학復學한 백재현과 조호구가 두메산골을 찾아왔다. 그 당시 전국은 유신헌법維新憲法과 박정희 대통령 신임을 묻는 국민 투표일을 앞두고, 일선행정에서는 각 가정에 투표통지표를 교부하느라고 한창 바쁠 때였다.

그날도 담당 마을인 호음리에 가서 투표통지표를 교부하고 오후 5시경에 늦게 돌아오는 참이었다. 오랜만에 친구들을 만나니 너무나 반가웠다. 이 멀리 산골짜기에 찾아온 것에 대하여 너무나 고마웠다. 그때 아내는 아들 건호를 데리고 대구로 출타를 했다.

반가운 친구들이 찾아왔지만 음식을 장만할 수 없었다. 마침 마을 주민이 뒷산에서 산토끼 잡은 것을 구입하여 식사와 술안주를 준비하였다. 우리들은 그동안의 안부와 당면한 시국時局에 대해 대화하고 새벽 2시경에 술자리를 끝내고 잠이 들었다.

이튿날 아침 8시경 두 친구는 정산리 농협분소 앞에서 상주행 완행버스를 타고 떠났다.

그해 6월 30일, 상주초등학교 징병검사장에서 초중고 동기 박지훈과 김상섭이가 갑자기 찾아왔다. 나는 그때 모서면 징병검사 대상자들을 인솔하고 있었다. 지훈이가 징병검사 온 김에 상섭이를 만나 얘기를 듣고 왔다며 반가워하였다. 그는 징병검사에서 두 번이나 무종처분을 받고 아직까지 병역이 확정되지 않아 늦게까지 징병검사를 받고 있다 하였고, 상섭이는 보험회사에 다닌다고 하였다.

그해 7월 19일, 출장소에서 본 면本面으로 이동하여 모서면 전체 주민등록업무를 담당하였다. 숙소를 면소재지 삼포리 시장가에 방을 구했다. 전 거주지 감산동 주민들이 거의 나와 농협 차량에 이삿짐을 실어주고 섭섭해 하였다. 가난했던 시절이라 조그만 성의 표시라며 성냥과 새우깡을 주기도 하였다. 참으로 고마운 분들이었다.

정부의 제2차 주민등록증 갱신 작업이 전국적全國的으로 일제히 시행되었다. 기존의 신분증인 주민등록증 사용이 오래되어 위, 변조 및 훼손 등이 심하여 생년월일 기준으로 주민등록번호가 바뀌는 새로운 갱신 작업이었다. 즉, 생년월일, 성별, 등록지역, 순위 등에 따라 13가지 주민번호가 개인별로 부여되는 작업을 했다.

일선기관 담당부서 및 담당자는 매일 야근에 시달렸다. 개인별 주민등록번호가 끝나고, 주민등록증 발급이 시작되었다. 주민등록증 발급신청서에는 신원 확인을 위하여 반장, 이장, 담당 직원 등의 인장이 들어갔다. 낮에는 파출소 경찰과 같이 이동별里洞別 현장에 가서 주민등록증住民登錄證을 발급하였고, 일과 시간 후에는 퇴근하지 못하여 발급에 따른 부표작성 등 잔무처리에 매달렸다. 퇴근 후 집으로 돌아오면 지쳐 쓰러져 버리기 일쑤였고, 가끔 직원들과 소주, 막걸리에 취하면 잠들기 일쑤였다.

이러한 공적으로 12월 말에 면장이 추천하여 군수 표창을 받았는데 상장 주변에 대한민국 휘장을 두르고 규격(가로 53. 세로 39cm)이 커서 특별하였다. 요즈음 규격인 가로 21 × 세로 28cm 정도의 2배 정도였다.

그해 8월, 마지막 무더위를 보내고 연호가 태어났다. 장모님이 오셔서 며칠간 산후조리를 해 주셨다. 장모님이 돌아가신 후 비좁은 단칸방에서 주변의 주택가 아래채에 방을 구하고 이사했다. 시장가 보다 조용하고 생활하기가 편리하였으며 주인 성成씨 부부는 너무 친절하셨고 그 분의 아들 관호, 향란 학생은 예의가 깍듯했다.

1976년 5월 5일, 예비군 업무 때문에 점촌에 갔다가 우연히 초·중학교 동기 김영종과 김용수를 만났다. 영종이는 군 제대 후 문경 농촌지도소, 용수는 문경 시멘트공장에 근무하고 있다고 하였다. 특히, 용수는 군경 유가족으로 초등학교 때 만화책을 빌려주어 밤새 보던 기억이 새롭다. 오랜만에 너무나 반가워서 영종이가 대포한잔 하자며 골목길로 들어가 세貰들어 살고 있는 집으로 안내했다. 마침 첫아들 백일百日이라며 그의 부인과 장모님이 반갑게 맞이해 주셨다.

백일 떡과 막걸리를 대접받고 그동안의 얘기를 나누었다. 병역의무를 마치고 갓 사회에 진출한 어려운 시기였는데 친구들은 취업하여 모두가 열심히 살고 있었다.

[김영종이는 그 후, 경북도 농업기술원을 거쳐 상주시 농업기술 센터 소장으로 퇴직을 했다.]

병무행정을 담당하다

1976년 10월 11일 상주군 인사에 따라 낙동면으로 발령 받아 병무업무를 담당했다. 전임자가 연령도 많고 후임자를 물색하던 중이었다. 담당자의 추천 및 주위의 권고로 업무를 맡아야 했다. 병무업무는 교육, 근로, 납세, 국방의 국민 4대 의무 중 하나로서, 모든 국민은 법률이 정하는 바에 의하여 국방의 의무를 진다. 국방의 의무는 헌법·병역법 및 향토예비군법 등의 적용을 받는다. 남북으로 분단된 우리 현실과 자주국방을 외치는 그 당시의 실정으로 일선 행정에서 주요한 국가 업무 중의 하나였고, 담당자는 II급 비밀 취급인가를 받아야 했다.

병무행정은 국가위임 사무로 국방부 병무청 소관이었고, 호적을 관리하는 읍면에서는 주요한 국가 사무 중의 하나였다.

병역의무 부과는 해마다 징병검사 대상자를 호적부戶籍簿에서 발췌하여 제1국민역 신고를 받고 징병검사를 실시한다. 그 후 현역 및 보충역 처분, 행방불명자 색출 및 관리를 한다. 전역 후 예비군 전출입자 관리, 동원예비군 및 보충역자원 관리 등 병무행정 전반에 대한 징집, 소집, 동원, 민원 등이 주요 업무였다. 병역의무 부과의 기초자료는 호적부였다.

그리고 호적부 징병검사 대상자 색출은 본적, 성명, 본관, 출생신고 주소 등이 모두 한자漢字로 기재되어 있기에 주의하여야 했다. 오늘날처럼 한글전용이 아니고 전산화되지 않았기 때문에 모두 수작업手作業으로 직접 해야 하는 시절이었다. 병적기록표 작성 역시 개인별 손수 작성해야 했다. 내곡 2리장 등 일부 이장들은 병무담당 직원을 조선시대의 병조판서兵曹判書라고 농담하여 부르기도 했다. 그 당시에는 한 가정에 5~6명이 되는 등 병역자원이 많았다. 나는 병역의무 부과에 적합지 않는 자원은 병역면제하거나, 병역법 21조에 의한 가사사정 등 해당자는 징(소)집 면제 조치하도록 했다.

병무보조 인력으로 방위병 4~5명이 전담 배치되어 근무했으며 복무 확인을 했다. 또한, 지역 내 낙동리와 용포리에 각각 예비군 중대가 소재하였는데 예비군 교육 및 동원훈련 때문에 중대장과 긴밀하게 협조해야했다. 예비군 중대장은 예비역 육군 중위 김희수 등 두 분이 재직하였다. 예비군 전·출입자는 일일 결산이다. 나는 무엇보다 징병 기피 및 행불자를 색출하여 징병검사를 종결 처분시켰으며, 현역 입영 기피자를 소재 파악하여 병무청 및 입영 부대에 입소시키는 등 업무에 만전을 기했다.

1978년 4월 1일 예비군 창설 10주년 기념으로 육군본부 예하의 제5관구사령관의 감사장 및 부상으로 탁상시계를 받았다. 예비군 창설의 날은 북한이 청와대를 습격하기 위하여 1968월 1월 21일 김신조 등 무장공비 침투와 미국 첩보함 '푸에블로호' 납치사건을 계기로, 같은 해 4월 1일 조직되고 5월 29일 향토예비군법이 공포·시행된 것을 기념하는 날이다.

그 당시에 동원예비군 편성 및 관리 업무는 현역병 징집 못지않게 병무 직원의 주요한 업무 중의 하나였고 입소 부대까지 병력 자원을 인계해야 했다. 향토예비군은 현재까지도 국토방위에 지대한 역할을 하고 있다.

나는 숙소를 처가인 유곡리 관터에서 자전거로 출·퇴근하기도 했다.

중·고등 동기인 김종인은 재무계에 성실하게 근무하고 있었고, 조금 후 변혁주가 신규 발령되어 함께 근무하게 되었다. 변혁주는 산업계 양정, 양수기 등의 업무를 맡았는데 그 무거운 양수 장비를 직접 청소하고 주민들이 가뭄 시 즉시 이용할 수 있도록 기름칠하는 등 근면·성실하여 직원들과 계장·부면장·면장한테 절대적 신임을 받았다.

그 후 김종인은 군청을 거쳐 경북도로 가고, 변혁주는 군청을 거쳐 내무부로 갔다

농지세 부과와 친구 자랑

1979년 1월 24일 인사이동에 따라 사벌면에 갔다.

처음 산업사무를 담당하다가 재무사무를 맡았다. 그 당시 지방세는 도세로서 취득세, 등록세, 면허세, 군세로서 주민세, 자동차세, 농지세, 도축세, 재산세, 담배판매세, 목적세로서 도시계획세, 공동시설세, 사업소세 및 기타 세외수입이 있었는데 그중에서 취득세, 주민세, 농지세 등을 담당했다.

특히, 취득세는 부동산, 차량, 중기, 임목 등의 소유권이 이전되는 유통과정에서 그 취득자에게 부과되는 일종의 유통세였는데, 주민들이 논·밭 등의 매매사항을 숨기고 '특별조치법'으로 암암리에 넘기는 일이 많았다.

주민들에게 이해관계가 많은 농지세는 농지의 소유자 또는, 경작자에게 부과되는 조세로서 벼에 대하여 부과하는 갑류甲類농지세와 과수, 차, 인삼, 묘목, 연초, 소채류 등 일정한 특용작물에 과

세하는 을류乙類농지세로 구분한다.

사벌면 전체가 들판이 넓어 벼 재배가 유일한 농사였고 특히, 원홍리 평야는 상주 곡창지대 중의 하나여서 갑류농지세 부과가 매우 많았다. 한 농가에 수십 가마니, 한 마을에 수백 수천의 가마니가 부과되어 농가의 관심과 이해가 지대하였기에 신중을 기하여야 했다. 가을 수확철이 되면 농지세 부과로 1개월 이상을 인부 사역하거나 야근하였으며 밤늦게 피로하여 술에 취해 귀가하는 것이 일과였다.

어느 날, 을류농지세 부과 때문에 과수果樹재배농가 작황조사를 동료직원 함창호와 같이 마을을 순회하고 있었다. 한 과수 농가를 방문하였는데 주인이 매우 불친절하였다.

군청 담당계장이 친구라며 우리를 처다보지도 않았다. 조사를 하든지 말든지 마음대로 하라는 것이었다. 그러나 우리는 이에 개의치 않고 식수 면적에 대하여 주수株數와 평균 생산량을 곱하여 과세 대상임을 알렸다.

그 다음에 작황조사 결과 및 과세 금액을 군청 담당부서에 제출하였는데 역시나 담당계장이 감면 조치를 부탁하였다. 나는 계장한테 그러한 사람을 친구로 상대하면 추후에 화禍를 입을 수 있으니 감면할 수 없다며 서류를 제출하고 뒤도 돌아보지 않고 나왔다. 나의 단호함에 놀란 담당계장은 다행히 더 이상 붙잡지 않았다.

과세금액 그대로 세금이 부과되고 징수되었다.

그 후에 과수농가 주인은 이웃에 깍듯이 인사를 하였고, 더 이상 친구 자랑을 하지 않았다고 한다.

감바우[感巖]의 추억

1981년 5월 1일 인사이동에 따라 이안면에 발령받았다.

나는 자그마치 이곳에서 5년을 근무했다. 인사부서에 부탁하지 않으면 계속 근무하도록 방치하는 것 같았다. 한마디로 아쉬운 소리를 하지 못하는 요령 부족이었고 우둔했다. 그렇다고 아는 사람에게 부탁도 못 하는 성격이었다. 나는 이러한 성격 탓으로 대인관계와 조직 생활에서 손해를 많이 본 것 같다.

출근 첫날, 이른 새벽에 시내에서 자전거로 출발하여 국도를 따라 함창을 거쳐 이안면에 도착했다. 관내 출장은 자전거를 이용해야 했기에 미리 사무실에 갖다 놓으려고 한 것이다. 사무실에 도착하여 인사를 나누고 아천 1리(감바우)를 담당 부락으로 지정받았다. 그런데 오후 2시 반경에 동네 뒷산에서 산불이 났다고 긴급 연락이 왔다.

모든 직원이 달려가니 마을 산등성이로 검은 연기가 피어오르고 있었다. 전 주민을 비상소집하여 다행히 2시간여 만에 진화되었다. 성년 주민이 50여 명 이상 모였기에 신경식 면장이 산불진화에 수고하였다며 주민들의 노고를 치하하고 막걸리 한 말[斗]을 희사하시면서 사무실로 귀소하셨다. 일부 직원들과 주민들은 잔불 정리 등으로 현장에 남아있었다.

주민들이 모두 모인 기회를 이용하여 나는 오늘부터 마을을 담당하게 되었다고 인사를 했다. 그런데 "만나자 마자 산불을 일으켜 온 동리를 소란하게 하여 분담직원을 맞이하는 법이 어디 있느냐, 두 번 다시 산불을 내면 동네에서 술잔치를 하지 못하도록 할 것이다."고 농담을 하였다. 그러자, 주민 한 분이 손을 들고 "처음 오시는 날 산불이 났으면, 앞으로 더 좋은 일이 일어날 것"이라고 웃으면서 대답하였다. 꿈보다 해몽이었다.

대화하는 중에 막걸리가 부족하였다. 내가 추가로 한 말 반을 더 시켜 참석자들과 넉넉하게 술잔을 주고받았다. 주민들은 모두 기뻐하였으며 이렇게 경험 많고 소통하는 분담 직원은 처음이라고 말했다. 그 당시 1970~80년대의 '막걸리 대화'는 이렇게 지역 주민과 소통하는 유일한 수단이었다. 그 당시 마을 이장은 김동수 님이었다. 이렇게 해서 지역 주민과 첫인사를 나누었다.

아천리는 마을 중앙에 은척중학교 아산분교, 아산국민학교가 소재한 산간지역으로 일제강점기에는 이안면주재소利安面駐在所가 있었고 1970년대 초까지 5일장으로 시장市場이 섰다고 한다. 그 당시까지도 도로변 주택 건물에 일부 주점酒店의 흔적이 남아있었다.

지형적으로는 함창읍, 대현리, 은척면으로 통하는 삼거리에 위치해 있다.

주변에 지평支坪저수지(또는, 경들 못이라고도 한다.)가 있어서 낚시꾼이 많았고, 임진왜란 시 남양 홍씨의 충효를 기리는 감바우, 감암感岩 또는 감암정感岩亭이라 부르는 비각이 있었다.

내용 인즉, 1592년 임진왜란이 터지자 홍약창이 의병으로 참여하여 전사하자 그의 아들이 통분하여 싸움터에 나가 역시 전사하고 말았다. 때마침 며느리가 유복자를 잉태하고 있었는데, 고부姑婦간에 약속하기를 아들을 낳으면 훌륭하게 키워 대代를 잇고 딸을 낳으면 3대 여자가 모두 자결하기로 했다. 그로부터 큰 바위 옆에 칠성단을 모으고 정성껏 기도하니, 하늘도 땅도 감동하여 득남했다고 붙여진 이름이라고 한다.

오늘날은 의학이 발달하여 사전에 성별性別 구분이 가능하지만, 그 당시에는 출산하기 전까지 성별 구분을 알 수 없던 시절이었다. 그 바위는 1930년대 도로가 개설되면서 땅속에 묻혔고 비각은 당초 위치에서 북쪽으로 20미터 옮겨지었다 한다.

이안면에 와서 다시 병무兵務를 담당하게 되었다.

그 당시 신경식 면장께서는 관내에 병역기피자가 생기는 등 업무가 산적하여 군청 병사계의 질책을 받는 등 어려움이 많다고 하셨다. 면장의 적극 권유와 추천으로 병무를 담당해야만 했다. 병무업무는 국가위임사무로서 병역법, 향토예비군법, 주민등록법, 호적법 등 법령에 따라 병역의무자의 신분이 바뀌는 법정사무로서 일선기관에서 전문성專門性을 요구했다.

나는 징병기피자 및 행방불명자 등을 서울, 성남시, 부천시 등을 며칠간 현지 출장하여 병역의무를 부과 받도록 하고, 동원훈련소집 기피자를 찾아내어 관련 부대에 입소시키는 등 업무에 만전을 기했다. 또한, 병역의무에 적합지 않은 자원은 면제 조치하거나, 가사 사정 등에 의한 자원은 징(소)집 면제하도록 조치했다.

병무 보조 인력으로 방위병 2~3명이 전담 배치되어 근무했으며, 관내에 예비군 1개 중대가 있었다. 면대장은 이명훈 예비역 육군 대위 출신으로 군인의 모범이었으며 착실한 기독교 신자였다.

일선 읍면행정은 그야말로 종합행정으로서, 자기가 맡고 있는 고유 업무 이외에 전체로 담당하는 산업행정이 대부분을 차지하는데, 중앙정부의 각 시책이 시, 군을 거쳐 읍, 면에서 최종 소화가 되는 시스템이었다. 따라서 일선 행정은 상부기관의 명령과 지시, 현장 확인 및 지도가 중심이지만 공무원 중에서 직급과 대우가 가장 열악했다고 볼 수 있다.

이안면은 중촌, 소암리 앞들이 국도변에 위치하여 빈번히 영농 현장에 나갔는데 나는 산업계 김관식의 오토바이 뒤에 타고 나가는 경우가 많았다. 그는 예의가 깍듯하였고 매우 근면, 성실하였으며 후에 사무관으로 승진하고 이안면장을 역임했다.

이렇게 영농행정의 중심에 일선 공무원들이 있었다. 그야말로 작업복을 입고 일, 공휴일도 없이 국가의 상머슴 노릇을 담당했지만 처우는 열악했다. 이러한 영농정책은 1990년대부터 농산물 개

방 및 국제화 시대 돌입으로 한국, 칠레, 미국 등 자유무역협정
(FTA) 체결이 이뤄지고, 1995년 7월 지방자치제 전면 실시 등으로
점차 사라졌다. 즉, 중앙집권식 행정체제에서 지방자치시대로 전
환되기 전前까지의 행태였다.

1981년 9월, 추석을 사흘 앞두고 새벽 4시경 아내가 인수寅守를
출산하였다. 그동안 산기를 느껴온 아내가 새벽에 진통을 느껴 산
부인과에 긴급 입원하려고 집 앞에 택시를 잡으러 간 사이에 출산
하고 말았다. 다행히 같이 거주하던 변원주 처남댁이 산고産苦를
도왔다. 그동안 맏이를 잃고 슬픔에 젖어있던 나에게 큰 기쁨을 주
었다.

1982년 12월 30일, 한 해가 저물어가는 시점이다.

퇴근을 하면서 6시 40분경에 함창버스 정류소 부근에서 육군 소
령 계급장을 단 고교 동기 정종진을 우연히 만났다. 그가 먼저 나
를 알아보았다. 서로 반가워서 가까운 '귀로다방'에서 차茶 한잔을
하며 그동안의 의견을 나누었다. 그는 내서면 북장리가 고향이고
처가妻家가 있는 함창 덕통리에 가는 중이며, 현재는 진급을 앞두
고 경남 진해에 있는 육군대학에 재학 중이라 했다. 나는 헤어지면
서 그가 군인으로 성공하기를 기원했다.

1984년 3월 8일 중·고교동기인 박성래가 7급 행정직으로 신규
발령받아 왔다. 군청 행정계 근무하는 이세근 동기가 안내하여 같
이 왔다. 참으로 반가웠다. 그는 경북대 화학과 졸업 및 대학원 1년

을 중퇴하고 중·고등 교사를 하였으나 뜻하지 않게 그만 두었고, 기업체에 입사하여 특허를 내는 등 무언가 해보려고 하였으나 사회생활에 고비가 많아 재차 그만두었다 했다. 그 후 안정적인 공무원 시험에 응시하였다 한다. 그와 같이 상주에서 버스를 타고 출·퇴근하는 경우가 많았다.

그런데 며칠 후 미묘한 갈등이 일어났다. 후배지만 먼저 임용된 선임자 7급들이 같은 급수지만 연배 되는 박성래 동기에 대하여 신고식申告式을 받아야겠다고 나에게 의사 타진을 하였다. 나는 펄쩍뛰며 동기생에 대하여 차마 그럴 수 없다고 완강히 반대하였다. 결국 신고식은 이뤄지지 않았다. 그 후 박성래는 후배 연하年下들에게 신고식을 하지 않아 만날 적마다 고맙다고 인사하였다.

그 당시 나는 복룡동 소재 홍익병원장 박준철·최영애 부부의 배려로 그의 소유 일반주택에서 독채로 살고 있었기 때문에 친구와 한 골목에 살았다. 아침 출근 시에는 은척중학교 아산분교 근무 중인 교사 차량으로 카풀하기도 했다.

수년 후, 박성래와 1986년 1월 1일 시·군청 분리로 헤어졌다가 1995년 1월 1일 시·군 통합으로 상주시청에서 같이 만났다. 1996년 5월 도민체전을 같이 준비하기도 했다. 내가 상주 시민운동장 관리사무소장을 하고, 그는 사회진흥계장을 할 때였다. 경북도민체전을 함께 준비하면서 빈번하게 만나기도 했다. 그 후, 그는 공성면장, 사회복지과장을 하였고 정년퇴직을 앞둔 2009년에 애석하게도 고인故人이 되었다. 그가 술[酒]을 너무 폭음한 것이 원인이라고도 한다. 참 아까운 친구였다.

민방위와 을지연습

1986년 1월 1일, 지방자치법 제7조에 따라 전국적으로 인구 5만 명 이상의 도시지역都市地域이 시市로 승격이 되었다. 이에 따라 상주시와 군이 분리되었고, 나는 상주시로 전출되어 중앙동을 거쳐 이듬해 7월 민방위과로 발령받았다.

그 당시 전반적인 사회구조가 농업중심사회에서 탈피하여 산업화사회로 이행하는 과정이었고, 도시중심 지역이 농촌 인구를 흡수하는 시기였다.

민방위과 조직은 과장을 중심으로 민방위계, 교육훈련계, 병무계로 구성되어 있었고 인원은 12명이었다. 과課 전체 주요 업무는, 전시민방위계획 및 전시인력동원계획, 민방위대 편성 및 조직관리, 민방위 교육 및 훈련, 병력동원 업무, 징병검사, 징집 및 소집, 예비군 자원 관리 등이었다.

민방위과 업무 중 가장 큰 행사는, 매년 8월 중순에 6일간 실시하는 을지연습乙支鍊習이었다. 그 당시 민방위계장은 김정열 님이었는데 사건 메시지 작성 등 노고가 많으셨다. 나는 과課 서무 및 실무자로 자그마치 5년간 비상대비업무를 담당했다. 나는 남들처럼 타부서 이동 신청을 부탁하지 않는 요령 부족으로 장기간 한 부서에 근무한 것이다.

을지연습은 국가비상사태에 능동적으로 대처하기 위하여 범정부차원에서 종합적으로 비상대비업무를 수행하는 훈련이다. 월요일 새벽에 비상소집이 발령되면 토요일 오전 중에 끝난다. 5박 6일간이다. 전시체제로 전환되면 가장 먼저 공무원 비상소집, 전시수행기구설치, 종합상황실 설치, 중요시설물 방호 및 테러대비, 민관군 합동훈련, 주민참여 실제훈련, 민방공 대피훈련, 등화관제 등으로 모든 업무가 순차적으로 실시된다. 중앙 및 지방행정기관, 주요 공공기관 등이 모두 참여한다.

을지연습이 발령되면 우선적으로, 충무 계획에 따라 각 부서별로 전쟁 징후부터 발발, 방어와 격퇴에 따른 선행 및 후속조치를 해야 한다. 즉 민방위 사태에 따른 피해복구, 화생방, 인력동원, 주민통제 등 소관 업무를 숙지해야 하는데, 전 직원이 2교대로 편성하여 주·야간으로 근무하는 형태이다.

주요한 사건 및 메시지는 꼭 밤 12~1시 사이에 벌어진다.

통제반 고참 직원들이 자정 무렵에 각 부서 근무자를 소집하여 주요 사건 및 메시지를 전달하여 그 처리결과를 이른 새벽까지 제

출케 한다, 근무자들이 졸음에 눈을 붙이지 않도록 골탕 먹이는 사례가 많았다. 그야말로 전투는 밤낮이 없기 때문이다.

그 당시는 오늘날처럼 컴퓨터, 복사기가 널리 보급되는 시기가 아니어서 글씨 한자 한자에 직접 수작업을 해야 하고 전시계획을 참조하여 상급자에게 결재를 득해야 하는 등 어려움이 많았던 시절이었다.

그 당시 청사廳舍 및 종합상황실(1987년 8월)은 오늘날 같이 4층 현대식 건물이 아니라 서성동 소재 구舊 상주군청 단층 목재 건물이었다. 또, 민방위 복장은 날씨가 무덥거나 한밤중에 비가 내리는 날이면 소집된 근무자들이 땀에 범벅이 되어 눈물인지 빗물인지 모를 지경으로 아우성을 치기도 했다.

그날은 밤 12시에 비가 억수로 쏟아 붓고 통제반 담당 계장이 어느 부서 직원이 가져온 처리 결과에 대하여 잘못 조치되었다며 반려하고 재작성해 오라는 지시가 떨어졌다. 그 당시까지는 계층사회가 상명하복上命下服의 권위주의 전성기였다.

회의가 끝난 후 그 직원은 "아니꼬워서 못해먹겠다."며 빗물에 눈眼 훔치며 하소연을 했다. 눈물과 빗물에 설움이 한꺼번에 쏟아졌다. 그날 야간 근무자들은 상황실 옆에서 비를 피하며 담배 연기를 연신 뿜어댔다. 그 후 그 직원은 사직하고 일반기업체에 갔다. 그만큼 훈련의 강도가 높았던 시절이었다.

이러한 을지연습 및 군관민軍官民 주도의 훈련 방식 등은 1961년 5.16 군사정변 이후 박정희, 전두환, 노태우 정권에 이르기까지 강력한 국방 우선 정책으로 지속되어 왔다. 그러나 1993년 김영삼 문민文民정부가 들어서고 김대중, 노무현, 이명박 시대를 거치면서 훈련기간 단축(4일) 및 내용 등이 축소, 완화되어 실시되는 것 같다. 또한, 훈련 주도 역시 군관민이 아니라 민관군民官軍으로 바뀌었다.

그동안에 전국적으로 획일적인 민방위과 조직도 지방자치(1995년 7월 1일) 이후 자율화되어 과課명칭이 없어지거나, 계係 단위로 겨우 연명되는 등 지역 특색에 맞게 조정되었다. 이후 병무행정도 호적부 폐지 및 전산화 등으로 업무가 병무청으로 이관되었다. 그나마 모든 행정업무가 전산화되고 복사기 출현 등으로 주요 사건 대처 방안을 미리 준비해 놓는 등 일하는 방법과 요령이 늘었다고 할 수 있다.

산불감시 활동의 애로

1991년 1월 1일 지방행정주사主事로 승진되어 신흥동 사무장으로 발령받았다. 9급에서 17년 만에 겨우 6급으로 승진한 것이다. 시·군 지방행정조직은 중앙이나 도道 근무에 비하여 일반적으로 승진이 늦고 상위 직급에 자리가 없어 그에 상응하는 신분적인 대우를 받지 못하는 경우가 많다. 그만큼 인사가 정체되어 있고 직급이 낮은 것이 지방 근무자의 한계였다.

그러나 주사 직급에게 주어지는 그 당시 시청의 계장·사무장은 지금까지의 평직원의 신분을 벗어나 중견 간부로서 소속 직원을 관리·감독하고 결재권決裁權을 갖는 절대적인 존재로 관리자管理者의 역할을 담당해야 했다. 중앙·도道 단위 같으면 사무관事務官급이라 할 수 있었다.

신흥동장은 행정 경험이 많고 조용한 성품을 가진 김학률 님이었으며, 그 분은 대외적인 업무만 맡고 내부 업무는 모두 사무장이

관장했다. 직원은 정규직, 일용을 포함하여 16명이었고 운전기사 차량과 함께 배치되어 관내 순찰을 정기 및 수시로 하였다.

지역관할은 법정동으로 신봉동, 가장동, 양촌동, 오대동, 홍각동이었는데, 신봉동 상주공설운동장 옛 터에 동아아파트가 건축 중에 있어서 관련 민원이 많았고 완공 후에는 많은 인구가 유입되었다. 따라서 신설되는 동아아파트 통·반 조직은 여성들을 통장으로 임명해야 했다. 또한, 관내에는 상주산업대학교, 상주고등학교, 상주남부국민학교가 있어 학생들과 유동인구가 많았다.

사무장으로 있으면서 잊지 못할 일을 두 가지만 소개하고자 한다.

그 하나는 산불예방활동 인부 노임에 관한 에피소드이고, 두 번째는 한창 일하는 중에 다른 지역으로 갑자기 전출되어 지역주민들이 인사담당 부서로 항의하는 등 섭섭해 할 때의 이야기이다.

산불예방활동은 1960년대 후반 산림청이 발족되어 내무부 산하로 들어오면서 전국의 헐벗은 민둥산은 지속적인 치산치수治山治水, 산림녹화山林綠化정책으로 산림이 울울창창하였으며 이제는 산불이 발생하면 걷잡을 수 없는 막대한 인명과 재산피해를 가져오는 문제점으로 대두되었다.

내무부는 중앙의 다른 부처보다 시도 - 시군구 - 읍면동을 아우르는 거대한 지방행정조직을 이끌고 있어서 정부정책을 국민에게 주지시키는 가장 힘든 일을 도맡아 왔다. 특히, 내무부 산하 지방행정조직은 중앙 각 부처, 기관단체의 공무원 중에서도 최악의 열악한 일선 근무환경이며 관련 민원이 많은 종합행정으로서, 환자로

치면 종합병원이었다.

그 후 정부조직개편에 따라, 내무부가 총무처와 통폐합되어 행정자치부 → 행정안전부 → 안전행정부 등의 정권에 따라 명칭이 변경되어 왔지만 지방행정에 대한 지도 감독과 그 역할만은 변치 않은 것 같다. 따라서 일선 행정은 지역별로 산불감시요원을 선정하여 매년 9월부터 익년도 4월까지 인력을 운영한다.

산불감시요원은 그 지역 실정을 잘 아는 분들을 선정하여 1일 근무에 따라 노임을 지급한다.

어느 날 산불감시요원이 첫 노임을 받았다며 담당직원에게 고맙다고 음료수를 사왔다. 직원도 감사하다고 응대했다. 그런데 며칠 후 그 분으로부터 엄중한 항의가 들어왔다. 사유인 즉, 산림과에 가보니 타 지역 감시요원의 노임이 우리가 지급한 액수보다 많고, 자기들은 더 적게 받았다는 이의제기였고 불만이었다. 야단이 났다.

그 후 담당 직원 및 산림과 직원들이 지역별 근무일지를 상호 대조 확인한 결과 초과 지급 원인이 밝혀졌다. 어느 지역이 비雨가 오는 날은 휴무인데 정상 근무한 것으로 취급하여 지급한 것이다. 오히려 신흥동 근무자만이 올바르게 정상 처리했다고 칭찬하였다. 그 산불감시요원은 소란을 피워 미안하다고 사과했다. 나는 그 분에게 고생하는데 노임이 적어 오히려 더 미안하다고 위로해 주었다.

올해는 꼭 '부자富者' 되세요

1992년 1월 25일 지역 사정을 익혀 한창 일하는 시기에 갑자기 타 지역으로 이동시켜 당황했다. 함께 일하던 통장 및 새마을 지도자, 부녀 회장, 번영 회장, 바르게살기 회장, 시의원 등 이임 인사도 할 여유가 없을 지경이었다. 지역주민들이 총무과 인사 부서에 항의抗議 전화를 하기도 하였다.

며칠 후(2월 1일) 그동안 무척 가깝게 지냈던 양촌동 거주 박준형 시의원市議員 댁에 이임 인사차 들렀다. 박 의원은 최초 시의원으로 당선되어 지역 발전에 많은 기여가 있었다. 때마침 박 의원은 출타 중이었고 '남부자南富子' 사모님이 무척 반가워하시며 맞아주셨다. 그분은 부군과 함께 초등학교 교사를 역임하셨다 한다.

남부자 사모님은 신봉동 동아아파트 거주 시 연초年初가 되면 만나는 분들에게 올해는 꼭 "부자富者 되세요" 하고 농담을 하시던 분으로 유머 감각이 풍부한 멋있는 분이었다. 한글과 한자로서 음

이 같은 이름 '부자富子'를, 보통명사 '부자富者'로 연상시키는 발음이다. 사모님께서 더 많은 일을 하시고 떠나야 하는데 너무 섭섭하다고 손을 꼭 잡아 아쉬워하셨다. 나중에 알고 보니 큰 형수와는 여자 중학교 동기이며 모임을 하고 계셨다. 박준형 시의원과는 업무상 자주 만났고 많은 협조를 해 주셨다.

그 후 박 의원은 1995년도에 상주시의회 의장 등을 역임하시면서 많은 일을 하셨다.

1992년 1월 25일 계림동 사무장으로 이동되었다.

관할 법정동은 냉림동, 계산동, 화산동, 중덕동, 낙상동이다. 2,900여 세대에 인구는 9천여 명이었고 직원은 정규직과 일용을 포함하여 17명이었다. 박두승 동장님은 곧 명예퇴직으로 떠나셨고 업무에 의욕이 넘치신 권영진 님, 직원들을 자상하게 보살펴주신

유재훈 님과 함께 순차 근무했다. 특히, 유재훈 선배님은 나를 아껴 주었다.

최일선 근무는 고달프기도 하였지만 직원들이 열심히 근무하였고 업무에 우수한 능력을 가진 직원들이 많았다. 내가 사무장을 마치고 떠난 후 석사과정을 마친 직원은 대학교수로 전출하였고, 전국 소양고사에서 성적 우수를 한 직원은 행정자치부로 떠났다.

1994년 3월 11일 경북도에 근무하는 손상길 중학교 동기와 이제신 후배가 계림동 일선 근무를 마치고 떠나면서 '현장근무' 기념으로 휴지걸이 40개를 기증하였다. 나는 그것을 직원들과 통장들에게 배부하였다.

1994년 4월 8일 상수도관리사업소 관리계장으로 이동되었다.

상수도관리사업소는 시민들에게 안심하고 마실 수 있는 양질의 수돗물을 공급하기 위하여 상수원보호구역을 정기 및 수시로 순찰하고, 취·정수장의 원수, 정수를 정기 및 수시로 검사하며 상수도 관련 각종 시설물을 운영·관리하고 있었다.

직제는 소장을 중심으로 관리계, 기술계, 시험계로 조직되어 직원은 19명이었다. 특히, 상수도보호구역을 정기 및 수시로 순찰하여 각종 오염원을 예방 및 관리하여야 했다.

상주 시민운동장 관리사무소장의 하루

1995년 1월 1일 법률 제4774호로 상주를 포함한 전국의 도·농 복합도시 50여 시·군이 통합 출범하였다. 도농복합도시都農複合都市 또는, 도농통합도시都農統合都市는 도시(동)지역과 농촌(읍면)지역이 통합된 시市를 말한다. 즉, 상주시와 상주군이 통합되어 상주시 24개 읍면동 행정구역이 되었다.

1994년까지 정부는 읍의 인구가 5만 명이 넘으면 군에서 해당 읍을 분리시켜 시市로 승격시켜주었는데, 핵심 지역을 빼앗긴 군은 지역이 두 동강이 나거나 도넛 모양이 되는 등 역사적으로나 생활권이 같음에도 불구하고 독자적인 발전 가능성이 한계가 있고, 행정구역 불일치로 많은 문제점이 발생하였다. 따라서 1995년 7월 지방자치제 전면 시행을 앞두고 시와 군을 합하여 통합시를 탄생시킨 것이다.

  통합으로 인한 유휴 인력은 각자가 희망한 서울, 부산, 대구 등
행정 수요가 많은 대도시 또는 연고지로 전출하는 등 전국적으로
일괄 조정되었다.

  통합 발표 인사 첫날은 토요일이었지만 오전 10시 30분에 회의
장에 도착하니 시·군의 직원이 모두 한자리에 모여 술렁거리고 혼
잡하였다. 시장의 인사말이 끝나고 통합에 따른 국장, 과장, 계장
인사 발표를 하였다. 희비곡선이 엇갈렸다. 조직은 자리다툼이다.
누구는 노른자로 들어가고 누구는 생각지도 못한 곳에 배치 받았
다고 원망하는 듯 수군거렸다. 공무원에게 인사는 가장 중요한 관
심사이다.

  나는 상주시민운동장 관리사무소장으로 보직을 받았다.

당일 오후에 피곤한 몸으로 아내와 같이 경남 창녕 부곡온천 방향으로 갔다가 휴일 차량이 끊이질 않아 포기하고, 경남 마산시 소재 크리스탈호텔에 방을 구하고 바닷가 선유도 회 식당에서 소주를 한잔 걸쳤다. 나 역시 인사에 대한 불만으로 밤새껏 잠을 자지 못하였다. 상주시민운동장 관리사무소장은 너무나 한직閑職이었기 때문이었다. 그런데, 1995년 7월 1일자로 본격적인 지방자치시대 개막과 동시에 경북도민체전 준비로 많은 일이 기다리고 있을 줄은 전혀 생각지도 못했다.

월요일 아침, 시청 강당에서 시무식을 끝내고 상주시민운동장 관리사무소에 갔다. 직원은 정규, 기능, 청원경찰, 일용직 합하여 8명이었다. 다행히 백상흠, 조남칠 등 업무에 적극적이고 성실한 직원들이 많았다. 전체 업무를 접수하고 며칠 동안 창고에 보관 중인 시민운동장 조성 관련 토목·건설공사 관계 서류 및 현황, 문제점 등을 파악하고 검토했다. 당면한 문제점이 많아 계획표를 세우고 순차적으로 보완하기로 했다.

먼저, 청사 출입구에 '상주시민운동장 관리사무소' 현판을 걸었다.(同 3월 2일) 건물이나 주택으로 말하면 명함을 달아주고 그 존재를 알린 것이다.

두 번째, 사무실 전방前方 벽면壁面을 과감히 철거하고 복층 유리창을 설치하였다. 지금까지는 사무실에 들어가면 운동장에 출입하는 사람들을 전혀 감지感知 못하는 창고倉庫 같은 사무실이었다. 이것을 구조 진단하여 전방 벽면을 철거하고 복층 유리창을 설치함

으로서 전방이 탁 트이고 출입하는 모든 사람들을 관망 및 관리할 수 있었다. 직원 및 출입하는 모든 사람들이 너무나 시원하다고 하였다. 누구도 생각지 못한 일이라며 대환영을 받았다. 지금까지도 잘 이용되고 있다.

세 번째는, 육상경기장 내의 각 사무실 창문 역시 복층유리로 교체하여 내부內部에서는 밖을 잘 보이도록 관리하고, 외부外部에서는 전혀 보이지 않도록 하여 각종 행사를 원만하게 진행토록 했다 역시 호응이 대단하였다.

네 번째는, 시민운동장 주변 공간에 주차선駐車線을 그어 주차장 표시를 하고 125대 주차공간을 갖췄다. 지금까지는 주차선이 없어 손님들이 빈 공간에 무질서하게 제 멋대로 주차하였고, 산책하거나 운동하는 주민들과의 충돌로 사고 위험이 많았다. 주차선을 그어 놓으니 직원 및 손님들이 주차질서를 지켜 모두가 고맙다고 환영하였다.

'95 3 27

　동同 3월 27일, 직원업무능력 향상을 위하여 조정희 부시장 초청
으로 경북대학교 행정학과 교수 및 행정대학원장을 하셨던 이영조
교수께서 특강을 오셨다. 그분은 교무처장, 기획연구실장, 행정대
학원장을 하셨고 우리들에게 정부예산론을 강의하셨는데 학생들
에게 인기가 있었다.

　재학 시에 나에게 많은 도움을 주신 분은 정치학과 김우태, 행정
학과 김상영 교수 등 높은 지성과 덕성을 겸비하신 분들이 많았다.
모처럼 상주에 오신다 하여 초대해 인사를 하게 되었다. 오전에 직
원들을 대상으로 강당에서 강의를 끝내고 사무실에서 기다리기로
했다. 강의 내용은 '과거는 회상하는 자의 몫이요, 미래는 준비하는
자의 몫'이란 주제였다. 오후 4시 30분경에 사무실에 도착하셨다.

　나는 그 분에게 강의를 받은 이인훈, 최명주와 같이 환대했다. 졸
업 후, 감회가 깊어 재학 시의 얘기로 꽃을 피웠다.

　이영조 교수께서는 "상주시민운동장은 참 좋은 시설이고, 이곳

을 관리하는 소장은 더욱 좋은 직책"이라고 추켜세웠다. 동석한 최명주에 대해서는 결혼식 때 주례를 서 주시겠다고 하셨다. 낙동강변의 음식점에서 저녁식사를 같이하고 대구로 출발하셨다. 함께 해준 시간에 대하여 감사했다.

지방자치시대 개막과
경상북도 100주년 도민체전 준비

1995년 7월 1일 지방자치시대가 본격 개막되었다.

정부는 지방자치단체의 종류를 광역단체인 특별시·광역시·도道 기초단체인 시·군·구區로 이원화二元化하여 출범出帆한 것이다. 지방자치시대가 개막됨으로써 지금까지 중앙집권 행정체제에서 벗어나 자치입법권(조례, 규칙) 자치행정권(행정조직, 정원, 사무분장, 인사권) 자치재정권, 자치운영권 등을 자주적으로 행사할 수 있다. 그러나 오늘날의 지방자치는 무한정으로 인정되는 것이 아니라, 국가 통제의 일부로서 법률이 정하는 제한적 범위 내에서만 인정된다. 완전한 지방분권이 아니기 때문이다.

지방자치의 역사를 간단히 소개하면 다음과 같다.

우리나라 지방자치의 역사는 1948년에 헌법이 제정되고 1949년에 지방자치법이 제정되었으나, 건국초기의 정치적, 사회적 혼란

및 1950년 6.25사변 등으로 수차례 개정되었고 1956년 8월 및
1960년에 서울특별시장, 도지사, 시장, 읍장, 면장을 주민이 직접
선거로 선출하였다.

그러나, 1961년 5.16군사정변으로 지방자치가 전면 중단되고 중
앙집권中央集權 체제로 바뀌었다가 34년여 만에 지방의 자율성과
지역주민에 의한 책임행정을 할 수 있는 지방자치시대로 전환된
것이다. 이때 읍장·면장 선출의 읍면자치제邑面自治制는 1961년 9
월 지방자치법 개정으로 시장·군수가 임명토록 하는 군자치제郡自
治制로 바뀌었다. 즉 시, 군을 지방자치단체 최소最小단위로 조정한
것이다.

우리헌법 117조 및 118조는 지방자치단체는 주민의 복리에 관한 사무를 처리하고 재산을 관리하며 법령의 범위 안에서 자치에 관한 규정을 제정할 수 있으며, 지방자치단체의 종류는 법률로 정하도록 하고 있다. 또한, 지방자치단체에 의회議會를 두고 지방의회의 조직, 권한, 선거, 자치단체장의 선임 방법 등을 법률로써 정하도록 하는 지방자치법이 1988년 4월 개정, 공포된 것이다.

당초 지방자치단체장 선거가 손바닥만 한 좁은 국토에서 실시된다면 지역에 따라 국론이 분열될 수 있고, 국토분단이라는 남북의 특수한 정치 상황 속에서 우려되는 바가 많다고 지적되고 있는 것이 현실이었다. 또한, 직선제로 선출되는 단체장이 반드시 적합한 인물이란 것을 보장할 수 없고 인사권이 전횡專橫될 수 있다. 주민들의 인기와 선심에 맞춰 포퓰리즘 정책개발 및 예산낭비 요소가 있다. 재선再選을 위한 외형적 위주의 행정 추진이 불가피하다. 지역에 따라 행정가行政家가 아닌 수많은 정치인政治人을 양산量産할 수 있고 저마다 목소리를 높인다. 지방재정의 취약을 가속화시킬 수 있다. 후보자 개인·지역·단체 간의 편 가르기 및 반목현상 등 많은 문제점과 역기능이 지적되어 왔다.

그러나 따지고 보면 지방자치단체장뿐만 아니라, 시·도교육감, 국회의원, 대통령 선거 모두가 표를 얻기 위한 포퓰리즘 정책개발이 우선되고 국가 및 지방의 장기적, 계획적 목표달성에 저해되는 문제점이 있기도 하다. 이렇게 지방자치 및 각종 선거는 많은 단점이 있지만, 성숙한 민주시민으로서 이를 슬기롭게 극복해야 하고, 이제는 피해갈 수 없는 민주정치의 시대적 큰 흐름(flow)이 되었다.

김영삼 정부는 이전 정권과 차별화된 '문민정부文民政府'라는 타이틀을 걸고 1995년 6월 27일 역사적인 전국 동시 4대 지방선거를 실시하였다. 지방자치단체장으로 서울특별시장, 광역시장, 도지사, 시장, 군수, 구청장, 지방의원으로 서울특별장·광역시·도, 시·군·구의원을 동시에 선출한 것이다. 동同 7월 1일 자로 본격적인 지방자치시대가 개막되었다.

이때, 민선民選 경상북도지사는 도지사 후보에서 가장 많이 득표한 이의근李義根 당선인이었고 상주시장 역시, 시장 후보로 가장 많이 득표한 김근수 당선인이었다.

동同 7월 1일 취임한 김근수 시장은 각 부서별로 업무보고를 받았고 현장 확인 및 그 실태를 파악했다. 지방자치시대 개막 이후, 상주시는 당면 현안사업으로 경상북도민체전이 기다리고 있었다.

나는 1996년 경북도민체전을 앞두고 상주시민운동장의 당면 사항 및 경기장 시설 중 빗물이 새는 2개소 등에 사업비를 요청하고, 시설물 전반의 현장 확인을 안내했다. 나는 도민체전의 장소가 시민운동장이 주 무대이기 때문에 누구보다 업무를 챙겨야 했다.

그해 개최되는 경상북도 100주년 및 제34회 경북도민체전은 그 역사성으로 매우 중요한 의미를 두고 있었다. 경상북도의 시원始原은 1896년(고종 33) 전국을 13도제道制로 실시할 때 경기, 강원, 황해도의 3개도道를 제외하고, 경상, 충청, 전라, 함경, 평안의 5개도를 남南, 북北으로 분할한 것에 기원을 둔다. 한마디로 말하면 '경상 도지사慶尙道知事'가 아닌 '경상북도지사慶尙北道知事' 탄생 100년의 축하 기념 해年라고 할 수 있다. 그해가(1996년) 딱 100년을 맞이한 것이다.

나는 도민체전을 앞두고 주무부서인 사회진흥과와 연계하여 추진하거나 혹은, 각부서와 협조 및 독자적으로도 모든 것을 앞장서서 챙겼다. 먼저, 도민체전을 앞두고 시민운동장 시설물 전반에 대한 일제 점검(1995년 8월)을 실시하였는데 하자보수瑕疵補修 문제가 제기되었다. 시민운동장 토목·건축시공이 오래되어 각종 시설물의 벽체와 타일 등이 균열, 파손되거나 이음새 부위가 누수 되는 등의 문제점이 발생했기 때문이다. 시설물 공사가 1차에서 6차까지 진행되었는데 5차까지는 하자보수기간 5년이 경과되었고, 마지막 6차 공사 부분의 하자보수 만기를 2년여를 남겨놓고 있었다.

나는 시설물 안전진단安全診斷을 실시하고 하자瑕疵 부분을 총체적으로 정리하여, 그 당시의 담당업체에 연락하여 하자보수를 요청했다. 이것은 단일 업체가 장기공사로써 시행한 것이므로 최종 남아 있는 하자보수 기간을 기준으로 시설물 전반에 대한 보수를 요청한 것이었다. 그런데 시공업체는 마지막 6차 공사의 경미한 부분은 보수하겠지만, 이전의 시설물 하자보수는 기간 경과로 해줄 수 없다고 하였다. 수차례 독촉하였지만 막무가내였다.

때마침 안동mbc 보도 기자가 경북도민체전 준비상황을 취재코자 시민운동장을 방문하여 시설물의 파손 및 균열상태 등을 저녁 9시 뉴스에 집중 보도하였다. 그러자 그 이튿날부터 시공업체의 인부들이 갑자기 달려와 벽체 및 스탠드, 이음새 부위 등을 응급처치 하는 등 부산을 떨었다.

나는 시공업체의 책임자를 만나 기업체의 위신과 명성을 유지하기 위해서는 체계적이고 전반적인 하자보수를 요구하였고, 마침내 시공업체도 승낙하여 많은 예산절감 효과와 시설물 관리에 만전을 기할 수 있었다.

내가 이렇게 일할 수 있도록 절대적으로 신임해 주신 분은 안동군수에서 상주로 오신 남정덕南廷德 부시장이었다. 어느 날은 이의근 지사 방문을 앞두고 청와대 대통령비서실 행정관으로 근무할 시 시민체육관 건립 사업비 지원 '표지석' 설치장소를 나에게 문의하였고, 나는 체육관 입구 화단에 설치하기도 했다.

두 번째는, 읍면동에 연락하여 시민들이 특색 있는 수종樹種을 선택하여 읍면동장과 함께 휴계 공원에 기념식수를 하기로 했다. 원래는 봄에 식재하는 것이 적합한 것이었는데, 육상경기장 우레탄 시설 등 각종 공사로 인하여 부득이 가을에 심어 잘 가꾸기로 했다.

행사 당일(1995년 11월 3일), 김근수 시장과 이수부 과장, 읍면동장, 시민 헌수자가 참석하여 간단한 개회식을 가진 후, 가지고 온 나무를 미리 준비한 장소에 식재했다.

그 식재한 나무에는 이름표를 붙여 누가, 언제, 어떠한 수종을

식수했는지 알 수 있도록 했다. 그리고 시민운동장 주변에는 행사가 개최되는 5월에 만개하는 장미 등 많은 꽃나무를 식재하여 축제분위기 조성과 정서함양에 도움이 되도록 했다.

그 해 11월 16일, 상주경찰 서장으로부터 감사패를 받았다.

상주경찰서 북문파출소 신축으로 인하여 그동안 시민운동장 일부 시설을 임시 사무실로 제공하여 경찰 업무 및 각종 편의를 제공해준 데 대하여 감사드린다고 기재되어 있었다.

솥뚜껑을 거꾸로 잡고 기청제를 지내다

경상북도 100주년 맞이 및 제34회 경북도민 체육대회가 1996년 5월 7일~10일까지 상주시민운동장에서 개최되었을 때의 일이다. 개막식을 하루 앞두고 모두가 큰 걱정을 하고 있었다. 일기예보가 개막식 당일 상주 지역에 30~50mm의 비가 내린다고 예보한 것이기 때문이었다. 더욱이 인근에 위치한 공군 16비 전투단의 일기예보는 지금까지 매우 정확했기 때문에 조금도 착오가 없었다고 한다.

상주시는 모처럼 도민체전을 유치하여 지금까지 만반의 준비를 진행하여 왔는데, 내일 비가 내리면 그 효과가 반감되어 막대한 지장을 초래할 것이 너무나 뻔한 일이었다. 주무부서인 사회진흥과에서는 만약의 경우를 대비하여 대형천막 4개를 특별 주문하고 관중석에 2만여 개의 우의雨衣 등을 준비하는 등 부산하였다.

　어둠이 깔린 저녁 무렵에 김근수 시장께서 준비사항 점검 및 확인 차 시민운동장에 오셨다. 나는 시장께 시설물의 이모저모를 안내하고 있었는데 이때, 이수부 과장한테서 긴급 연락이 왔다.

　"이 소장, 내 사회진흥과장인데 시장님과 함께 운동장에 계시지?" 하셨다.

　"예, 그렇습니다."

　"내가 민가에서 솥뚜껑을 하나 구했는데, 가지고 갈 것인지 시장님께 여쭤 봐요." 하셨다.

　"예, 가져오라고 하십니다."

　잠시 후, 이수부 과장 일행이 밥 짓는 '솥뚜껑' 하나를 가지고 오셨다.

속설俗說에 의하면 솥뚜껑을 거꾸로 잡고 기청제祈請祭를 지내면 비를 막아준다고 하여 농가를 찾아 겨우 구했다고 한다. 그 당시에 도시민은 말할 것도 없고 농가조차 전기밥솥이 공급되어 사용하던 시절이라 재래식 밥솥을 구하기가 무척 힘이 들었던 때였다.

이수부 도민체전 총괄담당과장은 업무에 열성적이었고 책임감이 강한 분이었는데, 나는 특히 그 선배를 좋아하였다. 유머(humor)와 재치가 있었다. 그 당시 도민체전 담당계장은 박성래였고, 나는 시민운동장을 관리하는 사업소장이었다.

예로부터 농경시대에는 농사가 가장 중요했기 때문에 날이 가물거나 하지夏至가 지나도 가뭄이 계속될 때는 비 오기를 기다리며 기우제祈雨祭를 지냈다. 그러나 입추立秋가 지나도록 장마가 계속되거나 국가 및 지역 주요 행사가 있을 때는, 오히려 비가 오지 않고 개청하기를 바라는 기청제를 올렸다고 고려, 조선시대의 기록에 남아있다.

이수부 과장은 가지고 온 솥뚜껑을 내려놓으면서 내일 개최되는 도민체전의 성공적인 출발과 개막식에 비가 오지 않기를 기원祈願하자고 주문하였다.

곧 이어 김근수 시장께서 솥뚜껑을 거꾸로 잡고 앞장을 서고, 나는 직원들과 함께 뒤를 따르며 육상경기장 200m 트랙을 두 번 돌면서 개청開晴을 기원하였다.

기청제와 점검을 마친 시장님이 떠나신 후, 나는 직원들과 함께 개막식 행사 초·중·고 및 연합 매스게임에 참가하는 연 인원 4,790여 명의 학생들을 위하여 운동장 잔디밭 전부를 비닐로 덮는 작업을 하였다. 비가 올 경우, 학생들이 운동장 잔디밭에 물이 고여 체육복이 빗물에 젖고 옆 사람에게 물이 튀어 감기에 걸리는 등 부작용을 최소화하기 위하여서다. 대형 비닐을 구하여 잔디밭을 모두 덮는 것이었고, 행사 직전에 모두 제거하려는 계획이었다.

상주 시내에서 부족한 비닐은 충북 청주시에서 긴급하게 구하는 등 자정子正을 훨씬 지나서야 작업을 모두 마쳤다. 백상흠, 조남칠 등 모든 직원들이 한마음으로 고생했다.

상주시민운동장 육상경기장의 잔디밭을 비닐로 모두 덮었다는 것은 유사 이래 없던 일이었다고 한다. 나에게 시민운동장은 버릴 수 없는 장소였고, 잊지 못할 사건(happening)이었다. 개청을 기원하는 고육지책苦肉之策의 기발한 아이디어(?)였기 때문이었다.

드디어 이튿날 개막식 당일, 행사는 오후 3시부터였다. 잔뜩 찌푸린 날씨는 금방이라도 빗방울이 뚝뚝 떨어질 것 같았다. 때마침 천봉산 정상에서는 시커먼 먹구름이 회오리바람을 일으키며 무서운 기세로 빗방울을 쏟아 붓고 있었다.

그 빗줄기는 시민운동장을 내려 보면서 용트림하듯이 사방을 휘저으며 질풍같이 덮칠 기세로 위협하고 있었다. 우리는 천봉산 정상頂上의 먹구름과 빗줄기를 주시하고 있었다.

그런데 천봉산 정상에서 한참이나 용트림을 하고 폭우를 쏟아 부을 것 같이 험상궂은 표정으로 시민운동장을 위협하고 째려보는 것 같더니, 더 이상 침범하지 않고 슬그머니 산등성이로 물러가는 것이었다.

"와! 비가 물러간다!" 누군가 소리쳤다.

모였던 사람들은 서로가 기뻐하였고 신기하게 생각하였다.

이렇게 공군 16비 전투단의 일기예보는 정확하였지만, 일부 지역은 비켜갔다.

"김근수 시장이 솥뚜껑으로 하늘을 막았고, 이재봉 소장은 비닐로 운동장을 덮었으니 하늘과 땅이 감동했는지도 모른다."고 주변에서는 말하기도 했다.

이튿날 발행된 대구일보(1996년 5월 8일) 등 지역신문은 이 기청제 사실을 언급하면서 모두가 '솥뚜껑' 효험을 보았다고 보도했다. 또한, 매스게임 학생들의 편의를 위하여 운동장 잔디밭 전부를 비닐로 덮는 등 세심한 분야에까지 노력하였다고 함께 보도했다.

상주시는 이러한 정성을 바탕으로 지방자치시대 선언 이후 첫 경상북도 100주년 도민체전을 성황리에 잘 치렀다는 긍정적인 평가를 받았다.

1996년 6월 29일, 정부모범공무원(국무총리, 제24601호)으로 선발되고 상여금도 함께 지급받았다.

사람들은 '공짜' 구경을 좋아한다

시민운동장은 주민의 건강증진, 여가선용 등을 위한 목적으로 체육활동이나 운동경기를 하기 위하여 일정한 설비를 갖춘 공공시설을 말한다. 어느 지역이든지 마찬가지이지만, 시민운동장 사용은 국가 및 지자체의 공식적인 행사, 생활체육대회 등 공익적인 행사는 무료로 사용 또는 개방하고 있지만, 개인이나 단체의 사적私的인 목적의 행사는 사용료를 징수한다.

1996년 6월 맑은 날. 나는 불우이웃돕기 자선행사 겸 연예인 초청 흥행업자와 계약하여 사용료를 징수하고 시설물을 대여하기로 하였다. 초청 연예인은 그 당시 '비 내리는 영동교', '신사동 그 사람' 등으로 트롯토계 여왕이라 불리는 주현미 및 중·고등학생들에게 폭발적인 인기를 구가하고 있던 젊은 가수들의 공연이었다.

입장권은 흥행업자가 상주, 문경, 의성군의 3개 지역의 점포 및 지점에서 사전 판매하기로 하였다.

상주시 일부 간부급에서는 사람들이 많이 모이는 대규모 행사로서 안전사고安全事故 위험이 있다고 크게 걱정하였다. 더욱이 야간夜間공연이었기 때문이었다. 그렇지만, 시민운동장 내부구조와 행사계획을 잘 알고 있는 나는 그러한 걱정은 기우杞憂에 불과하다는 사실을 불식시켜 주어야만 했다.

나는 각 부서 지원 인력과 소속 직원 등 50여 명을 시민운동장 직1문에서 4문까지 안전요원으로 배치하고, 주 출입구 및 순찰 조 2개조를 편성하여 사전교육을 실시하는 등 행사계획표를 사전에 작성하여 인력배치人力配置와 안전교육安全教育을 실시하였다. 그리고 응급사태 발생 시 대처사항 등을 사전 교육하고, 경찰서와 소방서에 협조공문을 보내고 연락하는 등 적정한 안전대책을 강구하였다.

공연 당일 저녁 시간이 되자 입장객이 들어오기 시작했다.

계획표에 따라 직2, 3, 4문을 모두 잠그고, 직1문 출입구만을 개방하여 입장객들이 도착하는 대로 직원들이 한 줄로 세우고 질서정연하게 순서대로 입장시켰다. 특히, 직2, 3문 출입구 밑바닥은 10~30도 정도의 경사傾斜가 있기 때문에 야간공연 입·퇴장 시는 엄격히 통제해야 한다.

상주 시민은 물론 문경, 의성 등에서도 많이 왔는데, 저녁식사 후라 가족, 부모, 학생들까지 운집하여 대성황을 이루었다. 더욱이 멀리 의성에서 온 학생들이 다수 있었다. 흥행업자가 타 지역에서도 예매 및 초대권이 상당했다고 했다.

공연시간이 가까워지자 드디어 가수 주현미 등 일행이 차례로 도착하였다.

나는 소회의실을 임시 분장실로 내주었고, 백상흠과 같이 방문하여 관객들을 위해서 좋은 공연을 보여주기를 바란다고 접견하고 인사말을 했다.

그동안 입장객은 사전 배치된 안전요원들의 안내에 따라 직1문으로 수천 명의 관중이 차례를 지켜 입장하고 질서를 유지하였다. 직2, 3, 4문은 사전 계획에 따라 안전요원을 배치하여 모두 문을 잠그고 통제했다. 안전요원들은 직1, 2, 3, 4문 및 현관 출입구의 정 위치에서 공연을 관람하면서 관객들을 잘 통제하고 있었다.

나는 사전 편성한 직원들과 함께 공연장 내부와 관객들의 동향을 살피느라 이쪽저쪽을 확인 점검해야 했다. 그러나 입장권을 구입하지 않고 무료공연을 보려는 사람들은 공연장이 내려다보이는 언덕에 오르거나 직1문에서 직4문까지 또는, 현관 주 출입구 틈새에서 구경하느라고 기웃거리기도 했다. 드디어 공연이 절정으로 오르기 시작했다. 관객들의 환호성, 번쩍이는 무대조명, 싸이키릭한 밴드 소리로 요란한 시민운동장은 가수, 연예인의 노래와

관객들의 함성으로 절정에
올랐다.

그리고 공연이 절정을 지나
고 종료시점 20분여 남았다
고 연락이 왔다. 나는 관객들
의 편의와 안전을 위하여 4개
직문과 현관 출입구 등을 모
두 활짝 열어 제치고 사전 개
방하여 자유롭게 분산分散되
도록 안전요원들에게 조치하
였다.

공연 후 한꺼번에 빠져나가는 관람객의 안전사고를 예방하기 위
해서다. 즉 입장객은 직1문으로만 시켰지만, 공연 종료 후를 대비
하여 4개 직문을 모두 개방한 것이다.

그러자 그때까지 밖에 있던 일부 무료 관객들은 출연한 가수와
연예인을 보려고 오히려 공연장 안으로 몰려가는 진풍경이 벌어지
기도 했다. 출연한 연예인들의 인기를 실감할 수 있었다.

사람들은 '공짜' 구경을 좋아한다. 옆에 있는 관객들이 이구동
성으로 말했다.

지금은 지방자치가 정착하여 각 지역마다 시민의 날, 농산물 특
판행사, 축제 등으로 유명가수, 연예인을 초청하여 행사하는 것이
비일비재하지만 그 당시만 하여도 연예인들의 공연행사는 드물었

다. 그만큼 연예인들의 공연은 주민들에게 인기가 많던 시절이다. 흥행업자는 유료 입장과 초대권 등으로 1만여 명에 가까운 사람들이 운집했지만 초대권 및 무료입장이 너무 많아 생각만큼 큰 수익은 올리지 못했다고 했다.

그야말로 시민을 위한 잔치가 되고 말았다.

나는 공연행사가 무사히 진행, 종료되도록 안전요원으로 배치했던 직원들과, 경찰서, 소방서 등 관련 기관에 감사했다. 그리고 이번 독자적인 공연 행사를 통하여 일부에서 제기된 안전사고 위험을 불식시키는 계기가 되었다.

쌀값이 금金값이다

농정과 양정계장糧政係長으로 있을 때의 이야기이다.

양정업무는 정부양곡의 수급 및 소비, 수매 및 정산, 곡가조절용 양곡방출, 가공 및 조작, 보관 및 관리 등을 위하여 양곡 특별회계를 관리하고 있었다.

양정업무는 병무 업무에 이어 주요 국가사무의 하나였고 그 당시, 우리 지역의 추곡수매량은 매년 전국의 2%, 경북의 12~14% 정도를 유지하는 농업 중심 도시였다.

1998년 8월은 대한민국이 IMF구조금융 사태로 전국이 어려움을 겪고 있을 때였다. 이때 우리 지역도 엎친 데 덮친 격으로 기상관측 이래 집중호우로 그야말로 하늘에서 '물 폭탄'이 터져 건물 파손 및 농경지 침수 등으로 사망 8명, 실종 4명, 이재민 162세대 1,208명이 발생하는 등 1,350억 원의 재산손실이 발생한 최악의

한 해였다.

  그 당시, 내서농협창고 및 공검 면소재지 개인 창고에 보관 중인 정부양곡 14,793가마(40킬로 포대 기준)가 침수되었다는 비상연락을 받고, 직원들과 함께 민간인, 군인, 대한통운 차량 등으로 긴급구조에 나섰다.

  상주시 일부 침수 지역이 '물바다'였고 엄청난 피해가 발생하였기에 농림부장관 및 중앙부처와 여·야 지도부의 방문이 잇따랐다. 농림부는 침수된 양곡에 대하여 폐기처분 등 적정한 조치를 하도록 했다. 나는 직원들과 함께, 우선 침수된 양곡을 인근의 미곡종합처리장으로 옮겨 긴급구조를 하였다. 미곡종합처리장에서 며칠간 건조시켜 습도, 조절 등으로 정선을 하고 이물질 제거에 최선을

다 하였다. 그리고 상주산업대학교 식품영양학과 담당교수 및 농산물 검사소, 농촌지도소 생활지도계 직원들과 함께 품평회 및 시식회를 갖고 식용 가능 여부를 판정받았다. 그 당시 고생하였던 직원들과 대학 및 관계자 분들께 정말 감사드린다.

식용 가능하다고 판정된 3,962가마에 대하여 '예정가격 등 원가계산' 용역을 실시하였다. 매각 처분하여 현금 수입 조치하기 위해서였다. 나는 이때 다른 생각을 했다.

수의가격 등의 방법으로 낮은 가격에 매각처분하려는 생각을 바꾸어 과감히 최고경쟁 입찰을 하기로 했다. 즉, 수의계약으로 헐값에 팔아넘기는 것보다는 경쟁에 부쳐 비싸게 팔아보려는 장사꾼의 역발상逆發想을 시도했고 주효했다.

그해, 9월 중순경에 긴급입찰로서 '최고 가격' 경쟁 입찰을 공고했다. 그리고 대구 등 전국의 대규모 양곡상糧穀商에 연락하고 통보하였는데 참가자가 34명이었다.

드디어 경쟁 입찰이 시작되었다. 입찰 결과 매각 예정가격 9천 500만 원의 182%에 해당하는 1억 7천 230만 원에 낙찰되었다.

입찰 참가자 및 주위 사람들은 모두 깜짝 놀랐다.

예정 가격에 대하여, 7천 730만 원의 국고수입을 증대하는 효과를 가져온 것이다. 40kg 포대에 43,488원이었다. 정상가격을 훨씬 넘는 가격이었기 때문이다.

수해로 인하여 폐기처분 될 양곡을 구조, 건조, 조제하여 수억億

원의 국고國庫 손실을 막고, 식량증산에 이바지한 결과가 되었다. 생각을 바꾸니 국가에 돈을 벌어주었고, 경영전략은 세상을 바꾸는 것이라는 것을 느꼈다.

이러한 나의 고가高價 매각처분 사례가 지역의 양곡보관업자 및 양곡 상인들에게 두고두고 회자膾炙되어 유명세를 누렸다. 그 당시 담당과장은 진재언 농정과장이었고, 함께 일한 동료는 김용배, 서동욱 등 유능한 직원들이 많았다.

일부 양곡보관업자들은 역대 양정계장 중 이렇게 양곡관리를 철저하게 해주신 분은 처음 본다고 했다. 또한, 쌀값 하락을 막아줘서 양곡 보관업자로서 보람을 느낀다고 했다. 그 당시만 해도 WTO 농산물 개방과 관련하여 외국쌀을 일정 부분 수입하던 시기로써 국내산 쌀값이 그 위력을 발휘한 마지막 기회였는지도 모른다.

양정업무는, 1950~90년대 초반까지만 해도 정부의 국민식량 확보와 생산, 소비, 공급자 동시 보호를 위하여 수매 및 방출제도를 운영하고 양곡시장에 개입하는 등, 식량증산 및 양곡관리 정책을 강력히 추진하여 왔다. 즉, 쌀값이 대한민국 경제의 주요지표였고 거래의 기준이었다. 쌀이 현금의 대용품으로서 모든 거래가 결제되었다. 이른바, 가난과 배고픔을 동시에 해결하는 '쌀의 전성시대' 였다.

1970~80년대까지는 직원들의 인사를 담당하는 행정계장行政係長, 지방세를 부과·징수하는 세정계장稅政係長과 함께 양정계장糧

政係長은 3대 주요보직에 해당되어 '3정政'이라 했다고 한다. 그러나 1990년대 후반부터 농산물개방정책 및 자유무역협정체결(FTA) 등 국내·외적인 환경변화로 업무가 대폭 축소·완화·민간 이양되어 그 존재 의의가 반감되었고 시장경제市場經濟 원칙에 따르게 되었다.

요즘은 농산물 개방 등으로 쌀 소비가 감소하고 오히려 쌀이 과잉 생산되어 계획적인 영농을 해야 하는 등 격세지감을 느끼게 한다. 이제는 남아도는 쌀을 수출하거나 아프리카 등 빈민 국가에 원조해야 하는 정책 변환을 가져오게 되었다.

기획企劃업무를 담당하다

1998년 김대중 정부가 들어서자 행정자치부는 업무의 생산성生産性 제고提高를 위한다는 명분으로 기존의 계장係長 제도를 담당擔當으로 바꾸는 등 대국대과大局大課제를 시행했다. 중간 계층의 계장 직위를 없애고 과장 단위로 조직을 슬림화한 것이다. 즉 중앙부처는 과장 이상, 지방 일선 기관은 과장, 소장, 면장, 동장 이상으로 제한했다. 공무원은 결재권이 생명이다. 결재권은 조직을 이끄는 가장 큰 힘이다. 공무원 업무 처리의 일대 개혁이었다.

중앙부처·도道와 지방 일선기관에서는 결재라인이 축소되어 순기능도 있었지만 특히, 일선기관에서는 수십 년을 근무해도 타 기관에 비하여 직위職位가 없는 혼란이 연출되는 등 대내·외적으로 어려움이 많았다. 이러한 혼란을 최소화하기 위하여 중앙 및 도道 단위는 5급, 기초자치단체는 6급 이하 직원을 팀장이나 주무관 등으로 보완하여 오늘에 이르고 있다.

나는 1998년 10월 19일 기획감사담당관실 기획담당(이전의 기획계장)으로 발령되었다. 그 당시 기획계장 자리는 이른바 승진 '0' 순위라 했다.

기획감사담당관실에서 2002년 8월 4일까지 근무했는데 김태재, 이수원, 김태희 담당관과 순차 근무했고, 직원들은 김병성, 최윤범, 서동욱, 왕준련, 박점숙, 조성만, 장호동, 오세련 등과 순차 근무했는데 성실하고 유능한 직원들이 많았다.

주요업무는

1. 시정 전반에 대한 총괄 기획·조정
2. 주요 업무계획 수립·시행(연간, 월간, 주간)
3. 공약·건의사항 관리
4. 시장 지시 사항 관리
5. 시정조정위원회 운영
6. 법제 및 소송 업무 관리(자치법규, 행정심판, 소송, 조례·규칙심의위원회 운영 등)
7. 규제 업무 추진(국가 경쟁력 제고에 걸림돌이 되는 각종 행정규제 억제 등)
8. 경상북도 북부권 행정협의회 운영 등이었다.

재직 중 주요 추진실적 및 현황으로

① 지방행정동우회에 보조금 지급 방안을 마련하였다.

어느 날, 김근수 시장께서는 어떤 모임에 다녀오시더니 행정동우회에 시청에서 지원할 수 있는 방안을 검토해 보라고 하셨다. 퇴

직한 공무원들이 그들이 재직 시 쌓은 노하우를 지역사회에 이바지할 수 있고 조직이 활성화될 수 있도록 행정동우회에 보조금을 지급하는 방안이었다.

그 후, 나는 법제처 담당 사무관과 수차례 통화, 협조하여 보조금을 지급할 수 있는 방안을 협의했는데, 지방의회조례로서 지원 근거를 만들면 집행이 가능하다고 답변하였다. 그래서 '행정동우회가 지방자치에 기여하는 방안' 이라는 건의문을 작성하여 경상북도 북부권 행정협의회 (11개 지역 시장·군수)에 부의하여 서명을 받고, 중앙부처(행정자치부)에 1999년 12월 9일 공식 건의하였다.(1997~1999년도 시정백서 93P 참조)

이후, 전국 지자체별 조례 등으로 보조금을 지급할 수 있는 계기가 되었다.

② 상주의 역사를 고대에서부터 현재에 이르기까지 전국에서 차지하는 비중과 영향력을 중심으로 시정백서에 정리하였다. (1997~1999년도 시정백서 3P~ 참조)

  * 현재까지 상주의 역사를 홈페이지 등에서 활용하고 있음

③ 상주박물관 위치 선정 및 상주읍성 복원을 시장께 건의하고,

담당부서를 문화공보 담당관실로 지정하였다.(1997~1999년도 시정백서 81P 참조)

  * 상주 성城 북문복원계획검토시행(1999. 11. 1. 지시, 처리일자 : 1999. 11. 21.(문화공보)

④ IMF외환위기 극복을 위하여 상주 청리지방산업단지조성 건의문을 채택하여 김대중 대통령 및 중앙부처에 1999년 5월 13일 건의하였다.(1997~1999년도 시정백서 93P - IMF에 날려간 청리지방산업단지 철도차량제작공장- 참조)

⑤ 지역발전을 위하여 정부 출연기관(연구소) 유치활동 등이었다.(정부 출연기관 유치약속과 승진탈락- 참조)

상주의 역사를 시정백서에 정리하다

먼저, 상주 역사를 시정백서 등에 정리할 필요성이다. 오늘날 지방교육자치가 시·도 광역자치단체 단위로 이뤄지고, 지방행정은 시·도 광역자치단체, 시·군·구 기초자치단체로 2원화되어있으므로 지역의 역사와 지방제도를 누구나 알기 쉽게 이해하도록 간략하게나마 정리할 필요가 있었다. 내가 기획업무를 담당하면서 각종자료를 찾아 다음과 같이 확인 정리하고, 실무자 최윤범은 워드로 정리하느라고 수고가 많았는데 특히, 부서별 내용을 취합 정리하여 2000년 6월에 시정백서(1997~1999년)를 발간했다.

※ 일부 한자漢子 표기 등에 오기誤記가 있어 이번에 수정·보완했다.

〔 略 史 〕

◦ 삼한시대 : 사벌국(고대국가)

○ 신라시대 : 사벌주沙伐州. 상주(上州. 尙州)(전국 5州의 하나 - 군주 : 지방장관)

○ 통일신라 : 상주 (전국 9州의 하나 - 군주. 도독 등 : 지방장관)

○ 고려시대 : 상주 (10道.12州. 8牧의 하나 - 계수관(지방장관) :

　　　　　7郡 18縣 관할

○ 조선시대 : 상주 목(경상도 행정·사법·군사중심지- 경상감영 소재, 경상감사

　　　　　가 상주목사 겸직 등)

○ 1914. 3. 1. : 상주군

○ 1986. 1. 1. : 상주읍이 상주시로 승격

○ 1995. 1. 1. : 상주시·군 통합

　　일찍이 실학자 이중환李重煥은 그의 저서 택리지擇里志[5]에서 "상주는 일명 낙양洛陽[6]이요, 조령鳥嶺 아래 큰 도회都會다. 산세는 웅대하고 평야가 넓으며 북쪽은 조령에 가까워 충청, 경기에 통하고, 동쪽은 낙동강에 임하여 김해, 동래에 통한다. 육운陸運과 수운水運 모두 남북으로 통하여 수륙水陸교통의 요지로 무역에 편리하며, 부자와 이름난 유학자. 높은 관리가 많다."고 지리적 특성을 기술하였다. 이와 같이 조령, 죽령 등 소백산맥 아래 영남嶺南지방으로서 경상도 탄생의 뿌리(根源)인 상주의 역사를 상고시대, 부족국가시대, 삼국시대, 통일신라시대, 고려시대, 조선시대, 갑오개혁 등 시대별로 구분하여 살펴보면 다음과 같다.

---

5) 1714년 간행된 8道地理書로 地域과 人物, 地利, 生利, 人心, 山水를 상세히 설명
6) 중국 하남성의 도시이며 後漢, 晉, 隨나라의 都邑地였음

1. 상고 및 삼국시대

• 낙동강 상류지역에 위치한 우리지역에 신석기시대(B.C 3000~100년경)유물이 출토된 것으로 보아 이때부터 사람이 거주한 것임을 알 수 있다. 상주는 땅이 비옥하고 기후가 온난하여 일찍부터 농경과 목축이 시작되었으며 인간이 생활하기에 가장 적합한 지역 중의 하나였다.

• B.C 300년경 이후, 청동기시대에 한반도 북쪽 및 만주에서는 부여, 고구려, 옥저, 동예 등이 있었고, 한강 이남에서는 진한, 마한, 변한 등 많은 부족국가들이 생겨났다. 상주는 삼한시대 진한에 속하였고 이때부터 벼농사가 발달하여 상주 공검지, 지역적으로는 의성 대제지, 김제 벽골제, 밀양 수산제 등 많은 저수지가 축조되었다.

• 삼국사기 및 삼국유사에는 상주에 사벌국이 있었음을 기록하고 있다. 삼국사기 지리지 및 열전에 의하면 신라 점해왕(247~261)때에 신라에 속해 있던 사벌국이 태도를 바꾸어 백제에 귀부하였고, 백제가 사신을 보내어 강화했으나 왕은 듣지 아니하므로 석우로 장군을 보내어 정복했다고 적혀 있어 사벌국은 백제와 신라의 영토 확장에 눌려 서기 249년 신라에 병합된 것으로 보고 있다. 또한 B.C 1세기경 함창 지역에 고령 가야국이 있었다고 추정하고 있다.

• 신라 점해왕 때에 신라에 병합된 사벌국은 법흥왕 12년(525)에 사벌주沙伐州를 설치하여 이등伊登을 군주로 삼았다. 진흥왕(540~576)때 지방구획을 5주州로 나누고 지방장관을 군주라 했다. 이때

※ 전국 5州 설치현황
上州(상주) ② 下州(창영) ③ 한산주(경주) ④실직주(삼척) ⑤ 비래홀주(안변)

114

부터 신라에 편입되어 5개 주州의 하나가 되었다.

• 진흥왕 13년(552)에 군사 조직으로 5주州에 6정停을 두었으며 상주정尙州停에 1개 군단軍團을 설치하였다.

• 진덕여왕 2년(648)에 김유신 장군을 상주행군 총관摠管으로 임명하여 신라가 백제와의 싸움에 전방기지로 활용하는 등 군사적으로 아주 중요한 지역이 되었다.

• 태종 무열왕(660)이 김유신, 품일, 흠춘의 군사를 백제 정벌에 출전시키는 등 금돌성今突城에 37일간 머물다가 백제 의자왕의 항복 보고를 받고 부여 소부리성으로 떠났다는 기록이 있다 (금돌성은 현존하는 신라시대 가장 오래된 석성石城이다 - 국방유적 사적 30호)

※ 통일 신라시대 백제정벌의 전진기지 역할을 담당했다.

• 문무왕 13년(673) 상주정을 귀당貴幢으로 승격시켜 삼국통일 이후도 정치·군사적으로 중요한 지역이 되었다.

• 신라의 군사편제는 정停과 당幢으로 조직되었는데 이것은 군영軍營, 군단軍團, 부대部隊 등에 해당되었고, 대당大幢은 수도인 경주 부근에 귀당貴幢은 지방의 중요한 군관구軍管區에 두었다.

2. 통일신라 및 후삼국시대

• 신문왕 5년(685) 지방행정을 개편하면서 전국을 9주州 5소경小京으로 편성하였는데 상주는 9주州에 속하여 주치소州治所가 설치되었다.

• 신문왕 7년(687)에 최초 상주성을 축조

※ 9주州 설치현황
① 尙州(상주) ② 良州(양산)
③ 康州(진주) ④ 熊州(공주)
⑤ 全州(전주) ⑥ 武州(광주 직할시) ⑦ 韓州(경기도 광주) ⑧ 朔州(춘천) ⑨ 溟州(강릉)

하였으며 이후, 조선시대에 이르기까지 수차 증·개축되었다. 성곽 규모는 왕산王山을 중심으로 쌓은 석축石築으로 둘레 1,549척 높이 9척이며 동문東門을 공락문控洛門, 서문西門을 읍로문挹露門, 남문南門을 홍치 구루弘治舊樓, 북문北門을 현무문玄武門이라 하였으며 성안에 태평루太平樓, 사령청使令廳, 상산관商山館 등 22개 공공기관과 21개 우물井, 2개 연못池 등이 소재하였다고 각종 자료에 남아 있다.

• 경덕왕 16년(757)에 사벌주를 오늘날의 상주尙州로 개칭하고 혜공왕 12년(776)에 1주州 10군郡 30현縣을 관할하였다. 상주에 소속된 군현郡縣은 오늘날 낙동강 상류지역인 안동시 임하면 일대를 경계로 서쪽으로 영주시 일부, 청송군 일부, 예천군, 문경시, 의성군, 군위군, 김천시 일부, 충북의 청원, 보은, 옥천, 영동, 황간 일대가 관할에 속하였다.

※ 주州의 장관長官 명칭은 종래의 군주에서 총관, 도독都督 등으로 개칭되었는데 오늘날의 도道에 해당되었고 군郡에 태수太守, 현縣에 령令을 두어 중앙관리가 배치되었다. 신라의 지방제도는 행정적 의의와 함께 군사적인 의의도 매우 중요시되었다.

• 진성여왕 3년(889), 정치 문란으로 각 지방의 호족세력과 농민의 봉기가 있었는데 상주에는 원종元宗과 애노哀奴의 폭동이 있었다. 이것은 신라 몰락을 재촉하는 계기가 되었는데 북원의 양길과 궁예, 견훤 등의 후삼국 형태로 발전하였다.

※ 견훤의 본성은 이씨李氏인데 후에 견씨甄氏라 하였다.(삼국사기)

• 진성여왕 6년(892), 상주 가은현에서 출생한 견훤甄萱은 전주, 무진주를 중심으로 후백제를 세우고 중국, 일본 등과 친교관계를 수립하였다. 당시 군사를 양병하였다는 견훤산성이 상주 화북면 속리산 문장대 동쪽에 소재하고 있다.

• 효공왕 8년(904), 후고구려를 건국한 궁예가 상주를 침입하여 30여 성을 취했으며, 경명왕 2년(918) 병풍산성에 웅거하던 견훤의 아버지이자 상주의 유력한 호족인 아자개阿慈蓋가 고려 태조 왕건에게 항복하였다는 기록이 있다.

• 왕건 즉위 18년(935), 견훤은 금산사를 탈출하여 왕건王建에게 의지했고 양주(양산)를 식읍食邑으로 받았다.

※성城은 여러 종류의 명칭으로 구분할 수 있는데 먼저, 지리적으로 구분하면 산성山城, 평지성平地城, 국경성國境城 등으로 나눌 수 있고 형태적으로 보면, 만월성滿月城, 반월성半月城, 장성長城 등으로 나누며 재료를 중심으로, 토성土城, 석성石城, 목책木柵 등으로 구분할 수 있다. 평상시에는 구릉지 등을 이용하여 쌓아올린 읍성邑城을 이용하였지만, 전투 시에는 주로 산성을 이용하였다. 산성은 대개 도시 중심지역 부근의 험준한 산위에 방어벽을 쌓아 병기, 군량, 연료 등을 저장하거나 사람의 주거 및 물을 공급할 수 있는 우물 등을 확보해야 한다. 견훤산성은 자연 암반과 계곡을 이용하여 산 정상 부분에 4각형으로 쌓았는데 건물터와 우물 형태 등이 남아 있다. 산성에 올라서면 속리산 문장대 및 관음봉일대와 청화산, 도장산 등 사방을 관망하기에 좋은 위치에 있다.

3. 고려 시대

• 성종 14년(995), 오늘날의 도제道制를 최초 실시하여 전국을 10도道로 나누고 중앙집권 체제를 확립하여 지방장관인 절도사節度使를 파견하였다. 상주는 영남도嶺南道라 하여 오늘날의 경상도 12州 48縣을 관할하는 절도사가 위치하였다. 이때 경주는 영동도嶺東道라 하여 경상도 일부 9주州 35현縣, 진주는 산남도山南道라 하여 역시 경남 지역 10주州 37현縣을 소관하였다.

• 중앙집권체제를 확립한 성종(960~997)은, 교통망인 역참驛站제도를 정비했다. 즉 왕명 및

역참驛站: 역말을 갈아타는 곳으로 근래의 우정郵政 또는, 숙박업소 등의 역할을 하였으며 오늘날의 고속도로, KTX 등 교통 및 정보통신 개념이다.

※ 전국 10道 영역현황
① 관내도關內道 : 경기, 황해도
② 중원도中原道 : 충청북도
③ 하남도河南道 : 충청남도
④ 강남도江南道 : 전라북도
⑤ 영남도嶺南道 : 경상도 일부
⑥ 영동도嶺東道 : 경상도 일부
⑦ 산남도山南道 : 경상도 일부
⑧ 해양도海洋道 : 전라남도
⑨ 삭방도朔方道 : 강원, 함경남도 일부
⑩ 패서도浿西道 : 평안도
⇒ 오늘날 경상도 지역을 일명 영남지
방이라고 부르는 것은 천년千年 전前 영
남도에서 연원을 찾을 수 있다.

공문서 전달, 지방관 및 관원의 파견, 물자 수송 등을 위하여 전국 525개소의 역참을 정비하였고, 중요 간선도로를 주요 지명을 따라 22道로 나누었다. 이것은 통일 전前의 교통망인 고구려는 평양, 백제는 공주와 부여, 신라는 경주 중심이었는데 이를 수도인 개경開京 중심으로 재편성한 것이다.

이 중에 상주를 거쳐 가는 상주도尙州道의 속역은 유곡(문경), 낙원洛院, 낙동(상주), 철파, 안계(의성), 지보(용궁), 송제(임하), 문거(청송) 등 25역이 있었고 경산부도京山府道는, 낙양(상주), 김천, 안림(고령), 회동(영동) 등 17역이 있었다.

※ 이 역참제도는 조선시대에도 대부분 그대로 이어져 조선 초에는 한양을 중심으로 9개도로 554개 역으로 확정되었다(경국대전). 태종 15년(1415)에는 도로의 너비와 배수로를 정비하였고, 세종 8년(1426)에 도성 및 외방에 나가는 길을 대로, 중로, 소로로 구분하였다. 이중에서 한양에서 부산(동래)간을 연결하는 제4로인 영남대로가 최단 구간으로 경상도 지역인 상주를 통과하였다.

• 현종 3년(1012) 상주에 안동대도호부安東大都護府를 설치하여 경주와 진주를 관할하였고, 동同 5년(1014)에 안동대도호부를 경주로

옮기고 안무사按撫使를 설치하였다.

• 현종 9년(1018)에 전국을 5도道, 양계兩界, 4도호都護, 8목제牧制로 정비하였는데 이 제도는 고려가 멸망할 때까지 존속하였다.

※ 전국 8목牧 현황
① 상주尙州 ② 광주廣州
③ 청주淸州 ④ 충주忠州
⑤ 진주晉州 ⑥ 전주全州
⑦ 나주羅州 ⑧ 황주黃州

이때부터 상주는 목사牧使가 설치되었고, 상주목尙州牧은 관내 7군郡 18현縣 2지사부知事府를 지휘, 감독하는 계수관界首官이었다.

• 당시 상주목 관할은 문경, 용궁, 개령, 보령, 함창, 영동, 해평군(의성, 군위 등 17현)의 7개 군과 안동부의 임하, 예안, 의홍군(봉화 등 10현)을 비롯한 경산부 고령군(대구, 칠곡 등 10현)이 소속되었다.

• 지방장관인 절도사는 지방 관리의 행적을 사찰하고 승진과 면직을 할 수 있는 권한을 가졌고, 후에 안찰사, 안렴사, 도관찰출척사 등 여러 명칭으로 바뀌었다.

• 고종 41년(1254) 몽고군의 6차 침입 시 몽고 장수 차라대車羅大가 충주산성, 상주산성을 공격하였으나, 상주산성은 승僧 홍지洪之의 반격으로 과반수를 잃고 남쪽으로 물러갔다.

• 충숙왕 원년(1314)에 경주慶州와 상주尙州의 머리글자를 따서 경상도慶尙道 개칭한 이후 조선조朝鮮朝에서도 그대로 시행되어 오늘에 이르고 있다. 오늘날의 경상도 명칭은 이때 탄생하였다.

4. 조선 시대

• 경상도 관찰영觀察營이 태조 원년(1392)에는 상주尙州에 설치하였고, 태종 8년(1408)에 4명의 도관찰사都觀察使가 상주목사를 겸하였다가 1410년에 목사를 따로 두었다.

※ 목사牧使는 대개 행정구역 명칭이 주州로 되어 있는 곳에 설치되었다. 직급은 정3품이지만 보다 높은 품계를 가진 사람이 임명되는 경우가 있어 정2품이 임명되는 경우에는 영목사領牧使, 종2품일 경우에는 판목사判牧使라 하였다.

- 지방 수령 중 가장 품계가 높은 것은 종2품의 부윤으로 관찰사와 격이 같았으며, 관찰사가 부윤을 겸한 경우도 있었다. 조선시대 부윤을 설치한 곳은 평양, 함흥, 의주, 광주, 경주 등이 있었고,

- 군사적인 용도로 설치한 대도호부사는 안동, 강릉, 영변, 창원, 영흥 등에 설치하였다.

- 지방장관인 관찰사는 종2품으로 행정, 사법, 군사권을 장악하였고 임기 동안 관할을 순력巡歷하는 행영체제行營體制였으나, 조선 중기 임진왜란 이후 유영체제留營體制로 바뀌었으며, 임기는 2년이었다. 보좌관으로 도사都事, 판관判官 등이 있었다.

• 태종 13년(1413)에는 전국을 경기, 충청, 전라, 경상, 강원, 황해, 함경, 평안도의 8도道로 나누어서 지방 체제를 정비했다.

이때 도道 단위 간의 구역조정이 있었으며, 오랫동안 상주관할에 속하였던 청원, 옥천, 보은, 영동, 황간 일대가 충청도에 이관되었다. 조선 초기의 지방제도가 고려 말의 제도를 그대로 답습하였지만, 태종 때에 이르러 비로소 주명 위주州名爲主로 도명道名을 바꾸어 8도道 체계를 확립하였다.

당시 상주 관할의 경상도는 오늘날의 부산, 대구, 울산광역시와 경상남·북도를 포함한 지역으로서 전국 지방제도 중 가장 넓은 면

적이었다.

• 경상도가 타도他道에 비하여
인구가 많고 지역이 넓어 태종 7
년(1407)에 낙동강을 경계로 서쪽
은 우도右道, 동쪽은 좌도左道로 구분하여 우도감사는 상주목사가,
좌도감사는 경주부윤을 겸한 적이 있었다.

• 세조 3년(1457) 각 도道에 군사조직인 진鎭이 설치되어 상주목은
목사 겸 경상우도 병마절도사를 두었다가 곧 진으로 환원되었다.

• 세종 30년(1448) 7월에서 단종 2년 7월까지 6년간 4명의 경상감
사가 상주목사를 겸하였고, 세조 11년(1465) 9월 도관찰출척사를 관
찰사觀察使로 고쳐 부르게 하여 조선 후기까지 이어졌다.

• 연산군 3년(1564) 11월 이극균李克均이 경상우도지도慶尙右道地圖
를 올렸다고 기록하고 있다.

• 중종 14년(1419)에도 경상도업무가 과중하다 하여 종전從前처럼
구분하여 우도감사右道監司는 상주목사를 겸하고, 좌도감사左道監司
는 경주부윤을 겸하게 하는 등 일시적으로 2명의 감사를 두기도
하였으나 곧 환원되었다.

• 선조25년(1592) 임진왜란으로 도로가 불통하여 좌도左道는 경
주, 우도右道는 상주에 감영을 설치하였으며, 동同 26년(1593)에 다
시 환원하여 성주星州의 칠곡현(현재의 칠곡군)에 임시 감영을 설치하
고, 동同 28년(1595)에는 다시 좌左, 우도右道로 나누어 감영을 분리
하였으며, 동同 29년(1596)에는 달성군에, 동同 32~33년(1599)에는 안
동에 일시 설치하였다가 동同 34년(1601)에 대구로 옮겼다.

• 1592년 11월 상주 가판관假判官 정기룡鄭起龍이 상주성尙州城을 탈환하였다.

※ 조선 초기부터 중기까지 경상감사가 상주목사를 겸직하는 등 상주감영이 임진왜란 7년을 통하여 수차례 수난을 당한 것은, 1592년 4월 북상하는 왜군을 상주에서 맞닥뜨린 이일李鎰의 관군官軍이 북천北川에서 대패하여 상주성이 함락되고 신립申砬마저 충주에서 전사하여 서울에서 남쪽으로의 교통이 마비되어 제 기능을 할 수 없었기 때문이며, 상주감영은 대구감영이 정착되어 한말韓末까지(1894)까지 존속하면서 그 지위를 잃었다. 이것은 지금까지 누려온 경상도의 대표성代表性을 상실하는 것이고, 지역 낙후의 주요 원인이 되었다.

• 선조 35년(1602) 정경세鄭經世 등이 임란 후 만연하는 질병疾病을 퇴치할 목적으로 청리면 율리에 민간 최초의 사설의료기관 존애원存愛院을 건립하였다.

• 영조25년(1749) 상산지商山誌를 증보할 당시, 상주목 관할 31縣 행정구역을 다음과 같이 기록하고 있다.(내동, 내서, 내남, 내북, 중북, 중동, 단동, 단서, 단남, 단북, 외동, 장천, 청동, 청남, 공동, 공서, 공남, 모동, 모서, 화동, 화서, 화북, 은척, 외서, 외북, 영순, 산동, 산서, 산남, 산북, 대평)

• 고종 6년(1869) 10월, 임진왜란(1592) 후 폐허된 상주성尙州城을 목사 남정학이 수축 중 이임하자 1870년 후임 목사 민치서가 북문北門 등 4대문을 중수하고 1871년 목사 조병로가 계속 수축하였다.

5. 갑오개혁 이후

• 고종 32년(1895) 갑오개혁으로 8도道 지방제도는 폐지되어 23부府 331군郡(일부기록은 336郡이라고도 한다)으로 개편되었다. 이것은 대大지역주의에서 소小지역주의로 전환된 것이며, 도道 이하의 부府, 목牧, 군郡, 현縣을 모두 군郡으로 일괄 정비하여 지방행정체계를 단일화하고, 부府에는 관찰사를 설치하고 군郡에는 군수郡守를 두었다. 이때 상주목은 상주군(23面 관할)으로, 함창현은 함창군으로 되어 안동부安東府에 속하였다.

• 고종33년(1896) 8월 4일 칙령 제36호에 의하여 전국 23부府를 13도제道制로 정비하였다. 이때 경상도는 경상북도와 경상남도로 구분되고, 각 군郡은 영역의 대소大小에 따라 구분되어 상주, 경주는 1등군等郡으로, 대구, 성주, 의성, 안동은 2등군等郡, 함창은 4등군等郡이 되는 등 41개 군郡이 경상북도에 소속되었다.

• 1905년 11월 4일 상주출신 위암 장지연張志淵 선생이 을사조약의 강제 체결과 부당성을 지적하면서 황성신문에 시일야방성대곡是日也放聲大哭을 게재하여 정간 처분을 당하였다.

• 대한제국 고종 광무 9년(1905), 전국을 8도道로 개편하고 상주군은 31면面에서 22면面으로 개편되었다.

• 1906년 전국은 13도道 3,335면面, 경상북도는 41군郡 507면面으로 정비되었고, 상주군은 당초 31면面에서 22면面으로 개편되었다. 이때 단동, 단서, 단남, 단북의 4면面은 비안군(比安郡 : 지금의 의성군)에 영순, 산동, 산서, 산남, 산북의 5면은 문경군에 넘겨주었다. 관할이 점차 축소되어 왔다.

- 일제강점기인 1910년 9월 30일 도道의 관찰사를 장관으로 개칭하고 부府에 부윤, 군郡에 군수, 면面에 면장을 두었다.

- 1912년 시가지 및 도로정비 명목으로 상주성尙州城이 훼철되고 1924년 최종 남아 있던 남문南門마저 없어졌다.

- 1914년 3월 1일, 지방행정구역은 12부府 218군郡 2,517면面으로 개편되었다. 이때 함창군 7면面이 3면面으로 개편되어 상주군에 편입되었고, 상주군 22면面은 15면面으로 개편되어 상주군은 18개 면面으로 정비되었다.

- 1917년 6월에는 면제面制가 공포되어 면面에서는 교육 사무를 제외한 관내의 모든 공공사무를 처리하도록 하였고, 1919년 8월에는 도道의 장관을 도지사道知事로 개칭하고 경찰권警察權을 행사하였다.

- 1931년 4월 1일, 읍면제邑面制 실시로 상주면面이 읍邑으로 승격하여 상주군은 1읍邑 17면面을 관할하였다.

6. 근대 이후~ 현재

- 1945년 이후 우리지역은 정치, 경제, 군사 등의 중심지에서 물러나게 되었다. 이것은 산업화 및 새로운 교통수단인 철도망鐵道網 (1905년 서울~부산 간의 경부선)이 우리 지역을 비켜가게 되었고, 낙동강을 이용한 수운水運 역시 그 역할을 철도에 넘겨주었으며, 상공업 발달에 따른 농업 지역으로서 남게 된 것이 낙후의 요인이었다.

- 1949년 7월 4일 법률 제32호로 공포되어 같은 해 8월 15일 시행된 지방자치법에 의거 지방행정조직은 특별시, 도, 시, 군, 읍,

면, 리, 동으로 하였다.

• 1966년 7월 1일 모서면 서부출장소 등 5개 출장소가 설치되고, 상주군 이안면 저음리가 문경군 가은읍에 편입되었으며, 1979년 5월 1일 상주읍에 중부 등 4개 출장소가 설치되었다.

• 1980년 12월 1일 함창면이 읍邑으로 승격되고, 1986년 1월1일, 상주읍이 시市로 승격되었다. 1989년 1월 1일 상주군 함창읍 윤직리 일부(윤직 2리)가 점촌시에 편입되고, 같은 해 4월 1일 화북면 남부출장소가 화남면으로 승격되었다.

• 1995년 1월 1일 상주시市, 군郡이 도농복합시都農複合市로 통합되어 1읍邑, 17면面, 7동洞이 되었다.

• 1995년 7월 1일 민선1기 지방자치가 실시되었고, 1998년 7월 1일 민선2기 지방자치가 출범되었다.

• 1997년 10월 12일 행정구역 통폐합에 따라 중앙동이 동문동으로 편입되어 1읍邑, 17면面, 6동洞이 되었다.

※ 參考文獻

地方自治制度論(崔昌浩), 人事行政新論(朴璉鎬), 沙伐誌(尙州文化院), 地方行政區域要覽(內務部) 尙州誌(尙州郡), 尙州郡行政誌(尙州郡), 韓國史(國史編纂委員會), 國史大事典(柳洪烈 監修), 慶尙道7百年史(慶尙北道7百年史編纂委員會), 慶尙道地理誌(慶尙北道), 慶尙北道地名由來總攬(慶尙北道教育委員會) 등.

상주 역사 정리 후기後記

우리 지역의 역사를 시대별로 요약 정리하면서 가장 아쉬운 인물은 상주 가은현加恩縣 출신으로 완산주(전주)에서 후백제를 세운 견훤왕甄萱王(재위: 900~935)이다. 지금은 행정구역개편(1896)으로 문경시로 소속되었지만 이전에는 상주 관할이었다. 교통이 어려웠던 천여 년 전前보다, 교통, 통신이 원활한 오늘날의 행정구역이 오히려 너무 세분돼 있다. 상주는 통일신라 이후 고려, 조선 및 근대에 이르기까지 관할이 계속 축소되어 왔다.

견훤은 역사 이래 상주가 배출한 가장 걸출한 인물임에 틀림없다. 왜냐하면, 우리 지역에서 아직까지 왕王이 출현한 적이 없기 때문이다. 신라 말기에 펼쳐진 후삼국의 주도권은 견훤과 궁예가 장악했으며, 그 중에서도 견훤의 군사력이 강했다. 그는 재임 중에 중국의 오월吳越 및 일본 등과 교류하는 등 국제적인 감각도 가지고 있었다. 그러나 병풍산성에 웅거하던 그의 부친 아자개가 왕건에게 돌아서고, 자식들 간의 권력다툼 등에 실패하여 왕건王建에게 의지하게 되었다. 그가 바라는 삼한 통일의 대업을 완수하지 못한 실패한 군주로서 역사 속으로 사라진 불행한 영웅英雄이라 할 수 있다.

궁예는, 오늘날의 경기도와 황해도 일대를 장악하여 후고구려를 세워 철원에 천도하여 더욱 세력을 떨쳤지만, 미륵불과 관심법 등 폭정을 휘둘러 왕건에게 배척당했다. 왕건은 당초 궁예의 휘하에 들어가 그 세력을 키우는데 크게 이바지했으며 신임을 얻어 높은 자리에 올랐다. 결국 포악한 궁예를 대신하여 신하들의 추대를 받아 고려를 세우고, 후백제 견훤과 신라를 흡수하여 삼한을 통일했다. 왕건은 포악한 궁예 밑에서 오히려 인내심과 절제, 협력, 포용을 배우고 결국 성공했다. 패자敗者가 된 견훤과 궁예의 기록은 모두 안개 속으로 사라졌다.

역사歷史는 아我와 비아非我의 투쟁에서 승리한 자가 챙기는 전리품戰利品이요 기록記錄이다. 역사에서 승리하려면 정의로운 것만 필요한 것이 아니라, 때로는 수단과 방법을 가리지 않는 배신, 책략 등도 필요하다. 따라서 최후의 승자勝者는 그의 장점은 물론 단점短點까지도 미화美化되고 승화되어 용龍으로 승천昇天한다. 승자만이 오직 천명天命을 받았다고 자랑스럽게 기록하기 때문이다.

그러나 패자敗者가 된 궁예는 출생 시 흰 무지개가 뻗쳐 국가에 변란을 초래할 인물로 매도당했으며 견훤은, 지렁이 또는 이무기로 묘사되어 승천하지 못한 용으로 평가절하했다. 패자에 관한 기록은 이렇게 축소, 왜곡, 폄훼되거나 한낱 골목대장으로 취급되었다. 견훤과 궁예는 이렇게 왕건의 신화神話에 묻히고 말았다.

승자가 된 왕건은 용왕의 후손으로 그 정당성을 합리화했으며 5대조까지 서해 용왕과 관련하여 고려왕조 신화를 만들었다. 조선왕조 세종이 그의 6대조까지 해동 6용으로 묘사하고 용비어천가(1445)를 만들어 태조 이성계의 조선 창업 정당성을 노래한 것이나 다름없다.

즉, 승자는 신화神話를 만들어 기록하고, 패자는 이무기의 전설傳說을 만드는 것이다. 역사의 비정함이다. 패자는 쓸쓸하게 낙엽落葉 지는 기억 저 편으로 사라져야만 한다.

IMF에 날려 간
'청리지방산업단지 철도차량 제작공장'

　상주시에서는 (주)한진중공업과 협약하여 청리면 마공리 일대 1,295천㎡(392천 평)에 지방산업단지를 조성하여 1995년부터 2001년까지 사업비 2,000억 원을 투자하여 연간 1,250량을 생산할 수 있는 철도차량 제작공장을 추진하고 있었다. 이 사업이 성공하면 연간 1조 원의 매출액, 2조 원의 경제유발효과, 3천여 명의 고용확대, 연간 50억 원의 세수증대 효과 및 인구증가 등으로 지역경제를 활성화시킬 수 있는 야심찬 프로젝트였다.

　이 사업은 한진중공업이 대우중공업, 현대정공 등과 컨소시움을 구성하여 추진되는 사업이었고 1995년 11월 산업단지로 지정, 고시되고 1996년 9월 21일 기공식을 가진 후 부지조성 및 진입로 공사, 상수도 공급시설 등 기반시설이 단계별로 이뤄지고 있었다.

　그런데, 이 거대한 사업이 1998년 IMF(국제통화기금)외환위기 사태를 맞아 공사가 중단되고 산업단지개발 및 이용권이 (주)로템으로 넘어가는 등 정부의 강력한 구조조정이라는 장애물을 만난 것이다. 즉 지금까지 3개 업체로 분리되었던 철도차량 제작공장이 한국철도차량주식회사로 통합되는 정부의 강력한 구조조정 및 빅딜에 들어간 것이다.

1997년 11월 21일 IMF에 구조금융(경제신탁통치)을 신청한 김대중 정부는, 대기업·금융·공공·노동 등 모든 경제 분야에 구조조정과 대외개방 등을 통한 외환위기를 극복하려는 시기였다. 이러한 외환 위기는 한국경제를 조직내부의 자체시스템 문제로 보고, 사업체, 기업 등의 통폐합·축소·폐업·매각·신설·매수함으로서 사업구조를 변화시키는 데 있었다. 즉, 고비용·저효율·저수익·저성장 부문은 과감히 폐업·축소·매각하고, 고수익, 고성장 부문은 확대·신설·합병하여 수익성收益性을 개선하는 것이 구조조정의 핵심이었다.

상주시는 한진중공업의 철도차량 제작에 큰 기대를 걸고 있었는데 구조조정 및 통폐합 대상이 되자 한마디로 청천벽력이었다. 그야말로 날벼락이 떨어졌다. 지역사회 여러 사람들이 각자 분야에서의 타개책을 다각도로 논의하고 대처하려는 노력이 있었다. 나는 시정 전반을 담당하고 있는 기획담당으로서 시장·군수 모임인 경상북도 북부권 시장·군수협의회에 부의하여 협조를 얻고 김대중 대통령 및 중앙부처에 호소문呼訴文을 작성하여 청와대 등으로 건의建議키로 했다.

건의문의 내용은 상주시가 처한 어려운 상황. 숙원사업. 한진중공업의 3개 업체 통합과정, 지역경제 활성화 등을 주요 골자로 담당부서와 협의하여 작성했다. 한마디로 물에 빠진 자가 지푸라기라도 잡는 심정이었다.

며칠 후 개최된 경상북도 북부권 행정협의회에 부의하여 참석한 시장·군수들의 서명은 받았지만, 그날 용무로 부득이 불참한 울진군수의 서명을 받기 위하여 울진군으로 직접 가게 되었다. 이튿날 이른 새벽에 출발하여 9시경에 울진군청에 도착하여 기획담당을 찾으니 '이종교'라는 분이었다. 그의 안내를 받아 군수실로 가니 결재 받는 행렬이 복도에 한참 늘어서 있었다.

그때 울진군수는 육군 소장으로 전역한 '신정'이라는 분이었다.

다행히 김근수 시장께 연락하여 울진군수로 전화하였기 때문에 서명을 빨리 받을 수 있었다. 울진군수는 직원들의 결재에 여념이 없었지만, 곁에 있는 이종교 계장한테 "상주서 멀리오신 분을 점심 접대하고 보내"하셨다. 나는 갈 길이 멀어 점심을 사양하니 담당계장이 지역특산물인 오징어를 많이 이용해 달라며 선물로 주었다. 이렇게 시장, 군수 11명(안동, 영주, 상주, 문경, 봉화, 의성, 영덕, 영양, 청송, 예천, 울진)의 서명을 무사히 받았다.

1999년 5월 13일 경상북도 북부권 시장군수협의회 11명의 연명부를 첨부하여 김대중 대통령 및 산업자원부 등 중앙부처에 건의문을 발송하였다.

그 후, 청와대 및 각 부처에서 회신이 왔다.

청와대는 그 내용을 접수하여 검토하고 담당부처에 이송移送하였다 하였으며, 담당부처는 참고하겠다고 회신回信하였다. 그러나 이렇게 절실한 지역 민심을 전달하고 선처하기를 바랐지만 백약百藥이 무효였다. 국가 부도不渡 사태에 더 이상의 처방이 내려오지 않았다.

IMF외환위기는 대한민국을 광풍狂風으로 휘몰아쳤고, 상주의 희망은 쓰나미처럼 휩쓸려 떠나갔다. IMF는 상주의 희망 '청리지방 산업단지 철도차량 제작공장'을 저 멀리 지구촌 밖으로 영영 날려보낸 것이다. 이때의 상주는 가장 불운不運한 시기였고, 한마디로 때를 잘못 만났다. 사람이나 지역이나 때가 있는 것 같았다. 유유히 흘러가는 장강長江의 물길을 되돌릴 수 없었다.

상주박물관과 상주읍성尙州邑城

　내가 1998년 10월에서 2002년 8월까지 기획감사담당관실 기획담당으로 근무할 때의 얘기이다. 기획담당(기획계장)은 매일 아침 9시 시장실에서 개최되는 간부회의에 참석했다. 그 당시 간부회의 참석자는 부시장, 행정지원국장, 건설도시국장, 보건소장, 농업기술센터소장, 기획감사담당관, 문화공보담당관, 총무과장, 기획담당 9명이 참석했다. 참석한 각 부서장은 소관 업무에 대하여 보고하는 것이 상례였다.

　그 당시 기획담당은 옵서버 참관 자격이었지만, 매월 초에 강당에서 전 직원을 대상으로 실시하는 정례 조회에 안건을 정하여 시장께 전달 및 결심을 얻고, 조회 후 지시사항을 각 부서별로 정리하여 통보해야 했다. 시정 전반의 흐름을 읽고 총괄 기획할 수 있는 위치였다.

1998년 10월(경) 어느 날 문화공보실에서 상주박물관 위치를 어디에 정할 것인가에 대하여 시장께 보고하였고, 시장은 고심이 많은 것 같았다. 나는 마침 결재서류가 있어서 시장실에 갔을 때였다.

나는 시장께 "박물관 위치는 낙동강을 끼고 있는 경천대 옆에 건립하면 좋겠습니다."하고 나도 모르게 무심결에 튀어 왔다. 그러나 시장님은 듣고만 계셨고 아무 말씀하지 않으셨다.

박물관을 시가지에 건립하면 사업비가 많이 들지만, 경천대 옆에 건립하면 사업비가 저렴할뿐더러 인접지역에 개발 잠재력이 풍부하여 많은 개발효과를 기대할 수 있기 때문이었다. 또한, 상주 시민은 물론 상주를 찾는 관광객도 흡수하여 상주 역사 알리기에 시너지 효과가 크기 때문이었다.

그 후 나의 의견이 반영되었는지는 몰라도 어쨌든 상주박물관의 위치는 경천대 옆으로 부지가 확정·추진됐다. 그 후 관련부서에서는 박물관 전시기본계획 학술용역, 투융자심사, 편입토지 매입, 환경성 검토, 실시 설계 등의 절차를 거쳐 2007년 11월 개관하였다.

앞으로, 상주 시민의 휴식 공간 및 관광 명승지는 무어라 해도 낙동강을 중심으로 시너지 효과방안을 제고해야 할 것 같다. 낙동강변에 경천대, 상주박물관, 도남서원이 있고, 이후 연이어 자전거박물관, 상주국제승마장, 낙동강생물지원관, 상주보, 낙단보 등이 들어서서 상주를 대표하는 문화·관광코스가 되었기 때문이다.

이제 상주를 방문하는 사람들은 관광지 답사 외에 상주박물관에 들러 상주의 역사, 문화, 민속, 사회, 경제 등을 알 수 있는 기회가 제공되었다고 볼 수 있다.

그리고 상주읍성 복원 등도 아침조회 지시사항으로 건의(1999년 11월 1일)하여 상주시 역점사업으로 추진하도록 하였다. 그 업무를 문화공보담당관실로 지정하였다. 그 이유는 상주읍성이 상주의 역사와 유적으로 문화재가 될 수 있기 때문이었다.

그 후 문화공보실에서는 '상주성 북문 복원계획 검토시행(99년 11월 21일)' 자료조사 등으로 추진하였다.

상주읍성은 최초 신라 신문왕 7년(687년)에 축성한 이후, 조선시대에 이르기까지 왕산을 중심으로 석축을 쌓아 둘레 1,549척 높이 9척으로 동문을 공략문, 서문을 읍로문, 남문을 홍치구루, 북문을 현무문으로 하고, 성안에 태평루, 사령청, 상산관, 우물, 연못 등이 있었다고 기록에 남아 있다. 이러한 상주읍성이 1912년 일제강점기에 시가지 정비 등의 명목으로 훼철되고 1924년에 완전히 없어졌다.

일반적으로 왕이 거주하는 한양을 지켜주는 성곽을 도성都城이라 하고, 지방의 고을을 지켜주는 성을 읍성邑城이라 한다. 즉, 읍성의 읍邑은 지방관아가 있던 고을의 중심지이고, 성城은 적의 공격을 막기 위하여 높이 쌓은 담이나 구조물을 말한다. 성을 평지에 쌓는 것은 공격하기는 쉬워도 방어하기는 어렵고, 산성은 반대로 공격하기는 어려워도 방어하기는 용이하다. 상주성은 평지에 쌓은 성에 해당한다.

1995년 7월 이후, 지방자치가 본격 실시되면서 지역 고유의 특색과 브랜드를 위하여 각 지자체에서는 특색 있는 도시 개발과 옛 문화유적을 정비, 보수, 복원 등을 함께 추진하고 있다. 나는 현존하는 읍성邑城의 성곽과 규모, 형태 등을 비교, 관찰하기 위하여 해미읍성, 강화읍성, 나주읍성 등을 일요일과 공휴일에 전국으로 찾아다니기도 했다. 우리나라의 읍성 대부분은, 중국 등의 대규모 웅장한 성곽에 비해 지형지물을 이용한 토목, 건축 방식으로 단순, 소규모 방어시설이 대부분이다.

　상주읍성 복원은, 4대문 등의 정확한 위치 및 건물형태 설계서와 석축 등 고증자료를 찾아 중·장기적 관점에서 검토 추진할 대상이었다. 사업비가 과다 소요되고 기존의 도시계획 구도와 맞물려 있기 때문이다. 이러한 제반여건 때문에 담당부서에서는 사업추진이 부진한 것 같았다.

정부 출연기관(연구소) 유치약속과 승진 탈락

1995년 7월 1일 지방자치시대가 본격화된 후, 각 지자체에서는 지역발전을 위한 공공기관, 연구소, 기업체 등의 유치에 사활을 걸고 있다. 이러한 공공기관, 기업체들이 입주함으로써 고용기회 및 일자리 제공, 인구 증가 등 도시를 활성화시키고 살기 좋은 지역 발전을 도모할 수 있기 때문이다.

어느 날, 김광기 부시장은 나에게 정부 과천청사에 가서 정부가 지원하는 정부출연기관(연구소) 등을 유치했으면 좋겠다고 제안하였다. 나는 기꺼이 승낙하고 계획을 세우며 과학기술부 담당부서와 사전 접촉하였고, 마침내 방문 일정을 잡았다. 그런데 그날은 공교롭게도 부시장이 공직생활을 끝내고 퇴직하는 날이었다. 2002년 6월 막 가는 날이었기 때문이다.

그날 아침, 부시장실에서 간단한 업무 보고 및 작별인사를 하였고 그동안의 노고에 감사했다. 곧 서동욱 동료 직원이 운전하여 함께 정부 과천청사 과학기술부로 향했다. 담당부서에는 이미 이메일로 자료가 송부되었고 상호 간에 대화가 몇 번이나 오고 갔기 때문에 상주시청의 의지와 상호 간의 합의가 있으면 보다 원만하게 진행될 수 있는 여건이었다.

담당부서를 찾아가니 실무자는 여성 사무관이었는데 업무를 맡은 지 얼마 되지 않았다고 한다. 그래서 담당과장이 나에게 직접 협의를 요청했다. 나는 결재권決裁權이 있는 과장과 직접 대화하는 뜻밖의 좋은 기회를 가졌다.

나는 지역 여건과 발전방향으로 준비해 가지고 간 보충자료 등을 제시하고, 정부출연기관(연구소) 등의 필요성과 당위성을 설명했다. 대전과 같이 국토 중앙에 위치하여 고속도로 등 교통시설이 편리(예정)하고 개발 잠재력이 풍부한 것을 장점으로 들었다. 그러자 과장은 흔쾌히 승낙했다. 정부출연기관(연구소)을 설립, 지원하겠으며 다만, 상주시에서 필요로 하는 산업 종류를 스스로 선택하고 연구소 설립 '부지' 만 제공하라고 하였다. 부지만 제공하면 상주시에서 원하는 정부출연기관(연구소)등을 기꺼이 제공하겠다고 하였다. 참으로 좋은 조건이었고 지역발전을 위한 절호의 기회였다.

나는 곧 귀청해서 의견을 조율한 후 그 결과를 수일 내에 연락해 주기로 했다.

정부가 출연하는 연구기관이란 대전의 과학기술연구단지와 같은 개념이다. 그 예로, 대전에는 한국전자통신연구원 등 20여 개의 정부출연기관(연구소)가 있어서 지역발전과 국가에 많은 도움과 영향을 미치고 있다. 이들 정부출연기관은 연구개발비와 석·박사급 전문 인력이 상주하기 때문에 고용 기회 및 인구 증가 등 지역발전에 기여하는 바가 매우 크다고 할 수 있다.

서동욱과 나는 즐거운 마음으로 귀청하였다. 서동욱이 운전하는 차에서 나는 우리 지역에서 필요로 하는 정부출연기관(연구소)은 간부회의 및 직원들 의견 또는 시민들의 제안을 통하여 수렴하고, 부지는 복룡동 상전지구 또는, 조용한 산간지역 등을 물색하며 즐거운 상상으로만 가득 찼고 기쁨에 넘쳐있었다.

그러나 좋은 일에도 악마가 깃든다고 예부터 '호사다마好事多魔'라고 했던가. 나를 기다리고 있는 것은 환영이 아니라 천만 뜻밖에도 승진탈락이라는 청천벽력과 같은 큰 선물(?)이 기다리고 있었다. 내가 출장 간 사이에 승진 인사가 전격 단행되었다고 한다.

시청에 도착하니 승진과 탈락, 부서이동 등으로 청 내 분위기는 갑자기 술렁거렸고 삽시간에 모든 이목을 블랙홀처럼 빨아들이고 있었다. 나는 시장 및 간부회의에 경과보고 및 건의도 할 수 없었고, 인사 이외는 모든 것이 시계視界 제로(zero)였다.

이처럼 냉담한 분위기는 처음 겪어보았고, 나는 어느새 낯선 곳에 떨어진 외계인外界人과 같은 별 볼일 없는 존재가 되어 있었다.

'왜, 하필 오늘 인사를 단행했는가, 예부터 인사人事가 만사萬事라고 하지 않았는가. 며칠이라도 늦춰졌다면 출장 보고를 하고 정부출연기관(연구소) 유치 논의를 하여 지역발전을 위한 계획을 수립할 수 있었을 텐데' 말이다. 부시장도 퇴직한 뒤라 어디에도 하소연할 데가 없었다. 아침의 따뜻한 봄기운이 오후에는 갑자기 폭풍우가 몰아쳐 삽시간에 모든 것을 쓰나미처럼 휩쓸고간 격이었다.

나는 함께 출장한 서동욱과 같이 사무실을 벗어나, 오대동 마을 입구 버드나무 그늘 밑에 앉아 장탄식長歎息을 하며 쉼 없이 담배연기를 뿜어댔다. 그렇게도 맛이 없는 담배는 생애 처음이었다. 무심한 하늘은 더욱 높아지고 구름은 제멋대로 흘러가고 있었다. 내 자신도 박복薄福하지만, 상주시 역시 정말 운運이 없다고 좌절을 느끼는 순간이었다.

> "벽오동 심은 뜻은 봉황鳳凰을 보려 터니
>
> 내 심은 탓인지 기다려도 아니 오고
>
> 밤중에 일편명월一片明月만 빈가지에 걸려구나"

와 같았다.

나를 지켜주고 따르는 것은 내 그림자 밖에 없는것 같았다.

나의 정부출연기관(연구소) 유치계획과 꿈은 삽시간에 산산조각이 났다. 지역발전을 위한 그동안의 노력과 보람도 없이 모든 것은 물거품이 되고, 서류는 땅바닥에 내동댕이쳐졌다. 결국 나는 심한 충격으로 사무실에 출근도 못 했으며 이틀간 병가病暇를 내야 했다.

김광기 부시장 다음으로, 후임 주낙영 부시장이 부임했다.

그분은 "중앙이나 경북도 여타 시·군에서도 기획관(기획계장)은 반드시 승진시키는데 이처럼 탈락시키는 것은 상주에서 처음 본다."고 하셨다.

그 분은 젊었지만 중앙, 지방의 행정 경험이 풍부하였고 사리가 분명하신 것 같았다.

승진 탈락 이후, 상하수도 사업소로 이동되었다.

그 후, 매번 승진 순위(1~4번)에 오르내리지만 여전히 탈락의 연속이었다.

그야말로 불행한 일은 계속 일어난다는 '머피의 법칙'이 이어졌다. 엎친 데 덮친 격으로 연대보증으로 살고 있는 아파트가 경매로 날아갔다. 낙양동 주공아파트로 이사 가느라고 가구 등을 버려야 했고 많은 자료가 분실됐다. 이와 관련 급여, 자동차 등 모두 압류당했고 수數 건의 민사소송에 휘말렸다. 앞길은 아무도 예측할 수 없는 칠흑 같은 어둠의 세계였고, 한 가닥 빛이 그리운 시기였다. 이때가 나에게 가장 불운한 시기였고, 자존심에 상처받은 좌절과 굴욕의 연속이었다.

이런 어려움 속에서도 승진 기회가 온 것 같았다. 2004년 11월, 유일하게 승진시험이 있었는데 시험 하루 전 응시자들은 모두 대구 시험장 주변에서 숙박했다. 나는 너무도 자신만만했으므로 당일 아침, 상주에서 대구까지 1시간 30여 분 동안 자가운전으로 콧노래 부르며 갔다 그런데 대구 북구 동호동 시험장 앞에서 뜻밖의 좌회전 유턴 차량에 밀려 늦게 도착되고 보니 사람이 전혀 보이지 않는 적막감이 흐르는 기막힌 상황이 기다리고 있었다. 갑자기 장소가 변경되었거나 잘못 찾아왔는가 싶어 기겁을 했다. 건물 이쪽

저쪽 및 당직실을 찾았으나 자물쇠로 굳게 잠겨 있었다. 나는 갑자기 당황하기 시작했고 드디어 온몸에 전류가 흐르듯 부들부들 떨리며 때아닌 일진광풍에 회오리 바람이 일어나 혼절하고 쓰러졌다. 이때 "사람살려"하는 비명소리를 듣고 그렇게 문을 두드려도 보이지 않던 당직원이 어디선가 달려와 구조했고 나의 수험표를 보더니 "응시자들은 모두 30분 전에 입실했는데 왜 이제 왔느냐"며 힐난했다. 벌써 시험이 시작되었을지 모른다며 나의 손을 이끌고 시험 직전의 고사장을 찾아 입실시켜 주었는데 착란한 심리상태로 시험을 망치고 말았다. 한마디로 운수 없는 날이었다.

다른 사람들과 같이 하루 전에 도착하여 숙박하지 못한 것이 큰 화禍를 부르고 만 것이다. 모처럼 찾아온 기회를 자만심과 사소한 부주의로 천재일우의 기회를 놓친 안타까운 운명의 장난이었고, 원숭이가 나무에서 떨어진 격이었다.

매년 시행되는 대학수학능력고사에 수험생의 몸조심과 정신적 안정을 위하여 사전에 예비소집 및 고사장을 확인하고, 수험당일에는 비행기 이착륙은 물론 수험생들을 고사장으로 긴급 수송하는 구급차, 경찰차의 안전교통대책 등 그 깊은 뜻을 비로소 헤아릴 수 있었다. 때늦은 후회였다. 더욱이 장거리 차량운전에 더 큰 교통사고 위험 등을 당하지 않는 것만으로도 다행이라고 위안을 삼아야만 했다.

한편, 상하수도사업소에 근무하면서 행정자치부가 주관하는 상수도 지방공기업 경영평가에 참가하기도 했다. 수자원 전문가, 교수, 일반 공무원이 참여하는 평가요원으로 강원도 춘천시, 충청남도 예산군, 전라남도 나주시, 영암군을 살펴보았다. 각 지역마다 상수도 보급률, 요금 현실화, 노후 상수도 개량, 취·정수장 관리 실태, 특수시책 등 업무 추진에 비교할 기회가 되기도 했다.

※ 기이한 빛이 내려졌던 낙양동 주공아파트 104동 11층○호 출입구 복도에서 바라본 노악산과 중궁암 - 뒤쪽 노악산이 병풍처럼 상주를 감싸고 산기슭에 소재한 중궁암은 상주 시가지를 내려다보고 있다. (중궁암 전정에서는 시가지가 한눈에 들어온다.)

중궁암

중궁암의 기적奇蹟
- 어둠에서 빛을 내리다

세상일은 한치 앞을 예단豫斷할 수 없는 것 같다.

탄탄하고 잘 될 것 같은 일도 순간 옆길로 빠져 큰 낭패를 보고, 불가능하게 여겨졌던 일도 갑자기 이뤄지는 수가 있다. 세상일은 이렇게 인간의 힘으로 어찌할 수 없는 신비하고 미스터리(mystery) 한 일들이 많다. 우리는 그것을 불가사의不可思議하다고 말한다. 하늘이 무너져도 솟아날 구멍이 있고 무한한 시공時空에 펼쳐진 삼라만상森羅萬象은 변화무쌍하기 그지없다. 시작도 끝도 없이 펼쳐진 우주세계에서 일어나는 현상들은 너무나 경이驚異롭고 무궁무진한 것 같기도 하다.

내가 사무관 승진 때문에 고립무원의 허허벌판에서 참담한 마음 고생을 할 때에 겪은 중궁암中穹庵의 기이奇異한 현상이다. 내가 승진을 체념하고 돌아설 때에 광명光明의 빛을 내려 발길을 멈추게

했다. 지금까지도 풀리지 않는 수수께끼이다.

중궁암은 노악산露嶽山(혹은 노음산露陰山, 728.5m) 동쪽 기슭에 위치한 곳으로 신라시대에 창건된 남장사 소속 암자이며, 조선후기에 건립되었다고 한다. 노악산은 옛날부터 사람의 지혜로 짐작할 수 없을 만큼 영기靈氣가 서려있는 산이라 하여 기우제를 지냈다고도 전한다. 노악산 중턱에 위치한 중궁암은 동쪽으로 일출日出을 향하여 상주 시가지를 내려다보고 있으며, 아늑한 명당자리에 부처님이 계신 곳으로 예로부터 영험靈驗한 곳으로 알려져 있다고들 한다.

내가 가장 어려움을 겪을 때인 낙양동 주공아파트 104동 11층 ○호에 거주하고 있던 2005년 8월 무더위가 맹위를 떨치는 한여름 밤, 어느 날 저녁이었다.

나는 그동안 계속되는 승진 탈락으로 심신이 지치고 피로한 상태에서 갈피를 잡지 못하고 정신적으로 어둠을 헤매고 있었다. 소위, 승진 순위 명부에는 매번 1~4 순위로 오르내리지만 그것은 명목뿐인 것 같았다. 이제는 동료들 보기에도 자존심 상하고, 후배들 보기에도 부끄러웠다. 이제는 승진 시기도 너무 늦었고 오히려 한참 늦게 임용된 후배들과 경합하거나 밀리는 기막힌 현실이 된 것이다. 승진에는 선후배先後輩가 없는 냉정한 현실이다. 꿩 잡는 매가 유능하다고 한다.

그날도 퇴근하여 저녁식사 후, 아파트 쉼터 정자亭子에서 진퇴문제로 큰 고민에 빠져 있었다. 때로는 이 조직에서 몸담아 온 것이 부끄럽기도 하고 참담하기도 했다. 강이나 바다에서는 잉어가 살아야 하고 개울가에는 붕어·피라미가 안성맞춤이며, 조그만 웅덩이에는 개구리 등이 제격이란 그 나름의 생존철학을 알아야만 했었다.

손바닥만 한 국토國土에서, 더욱이 조그만 지방자치단체에서 나의 존재와 영역이 이렇게까지 미약하다니 내 자신이 한없이 초라하고 비참했다. 그 누구도 돌아보지 않는 절망의 시간들이었다. 나는 타인의 어려움을 동정하고 도와줄 수 있지만 그러나, 나의 어려움을 누구에게도 하소연하거나 도움을 요청하지 못하는 우직한 성격이었다.

어느 친구는 나에게 사무관 승진에 연연하지 말고 차라리 "자네가 리이더(leader)가 되어 지역발전을 위한 장래 역할을 검토해 보는 것도 좋지 않겠느냐."고 걱정해 주기도 했다.

나는 내가 처한 환경의 S(강), W(약), O(기회), T(위협)를 자가진단해 보며, 타인의 도움 요청을 못 하는 이러한 상황에서 더 이상 승진하기 어렵다는 것을 깨달았다.

시험제도가 폐지되었기 때문에 오히려 더 어려운 것이 심사 승진이었다. 다각도로 검토한 끝에 마침내 조기(명예)퇴직하여 후배들에게 기회를 주어야겠다고 최종 결심했다. 참으로 천길 절벽 아래로 떨어진 자의 마지막 참담한 퇴장退場의 결심이었고, 내 인생에 이렇게 갈등葛藤의 시간을 가진 것은 처음이었다. 모든 것을 정리하고 떠나기로 했다.

내일 아침에 출근하여 총무과에 퇴직 신청을 하고 공직생활을 끝내기로 최종 입장을 정리하니 눈시울이 붉어졌다. 그리고 겨우 몸을 지탱하여 아파트 엘리베이터를 타고 11층에 올라 복도를 걸었다.

주공 아파트 104동 복도는 층별層別로 한일 자로 기다랗게 동·서 방향이며, 북쪽 방향 뒷면은 완전 개방된 구조로 여름은 시원하지만, 겨울은 찬바람과 맞부딪치는 공간 구조였다. 사방은 어둠에 짙게 깔리고 시가지市街地 가로등과 건물 불빛 등이 반짝이고 있었다. 10여m 복도를 지나 시가지를 내려다보며 축 처진 어깨와 무거운 발길로 문 앞에 도착하여 방문을 열려는 순간이었다.

바로 그때였다. 서쪽 하늘에 위치한 노악산 기슭에서 어둠을 헤치고 갑자기 붉은 빛이 번쩍하고 섬광閃光처럼 빛나며, 상주 시가지 동쪽을 향하여 강열하게 달려오기 시작했다. 그것은 바닷가에 군사 목적으로 설치한 탐조등探照燈에서 내뿜는 서치라이트(Searchlight) 불빛과 같이 목적물을 찾아 레이저 광선(laser 光線)처럼 다가왔다. 노악산 기슭에서 자산(천봉산) 모퉁이로 꺾이는가 싶더니 직진으로 단숨에 나에게 달려오는 것이었다.

얼른 그쪽을 쳐다보니 짙은 어둠속 동공瞳孔에서 힘차게 뿜어 나오는 빛이었는데 바로 눈앞에 있는 것처럼 다가왔다. 그 내뿜는 소리가 '끼룩끼룩' 하는 것 같았으며, 나를 향하여 직진으로 매섭게 달려오더니 곧 바로 내 얼굴을 정면正面으로 덮치는 것이었다.

이것이 꿈인가 생시生時인가 싶어 손가락으로 얼굴을 꼬집고 귀를 잡아 당겨 발버둥쳤다. 꿈이 아니라 생시였다. 그 붉은 빛은 한참동안 내 얼굴에 투사되었고, 나는 그 빛에 전율戰慄하였다. 순식간에 벌어지는 기이奇異한 현상이었다.

이상하게도 그 눈부신 빛은 나에게만 보였다. 저 멀리 무양청사 앞으로 지나는 차량 불빛과 오가는 사람들 및 시가지 야경夜景은 여전했으며 밤하늘은 너무나 조용했다. 그 빛은 한동안 내게 머물렀다. 이윽고, 내가 발버둥을 멈췄을 때 그 강렬한 빛은 그쳤고 노악산 기슭으로 꼬리를 감추었다. 내가 어둠에 묻힌 노악산 기슭을 다시 한 번 찬찬히 살펴보니 중궁암이었다.

그런데 그 빛을 받은 후, 조금 전까지 나를 줄기차게 괴롭혀 온 머릿속의 잡다한 온갖 생각을 훌훌 털어 '확' 날려 버린 것 같았다. 지금 이 순간까지의 모든 갈등과 잡념이 일순一瞬 날아가고 마음의 평정平靜을 되찾았으며, 내일 조기(명예)퇴직 신청하겠다는 생각은 순식간에 사라진 것이었다. 그리고 이상하게도 힘이 솟았다. 무엇이 나에게 계시啓示를 보낸 것으로 생각되었고 좀 더 시간을 기다리는 계기契機가 되었다. 이튿날, 총무과에 조기퇴직 신청을 하지 않았다. 아직은 떠날 때가 아닌가 싶어 기다리기로 했다.

그로부터 6개월이 지나면서 생각지도 못한 10월 자전거축제 사고가 발생하는 등 큰 충격과 변화가 연이어 일어났다. 2006년 2월 이 사건에 대한 법원의 선고가 있었고, 이에 따라 지방자치법地方自治法 등에 의거 즉시 부단체장 업무 대행체제代行體制로 접어들었다.

업무 대행체제 이후, 때마침 행정, 토목, 농촌지도직의 승진 소요가 있었고, 객관성, 공정성 확보를 위하여 인사위원들의 자유 투표 심사방식으로 승진 의결하였다. 지금까지 담당부서에서 순위를 내정하여 오던 것을 배제하고, 인사위원들의 자유 판단을 존중하여 결정한 것이었다.

 또, 인사위원회 개최일 새벽에 꿈을 꾸었다.

 엄청 높고 가파른 절벽 꼭대기에 쇠말뚝이 박혀있었고, 절벽 아래로 긴 밧줄이 내려 있었다. 나는 그 밧줄을 잡고 슈퍼맨처럼 가볍고 단숨에 날아오르는 것이었다.

 쇠말뚝과 밧줄이 너무 튼튼하여 높고 가파른 절벽 골짜기가 오히려 허물어질듯 벌렁거렸다. 또한, 양쪽 골짜기가 큰 소리를 내며 합창合唱을 하듯 기이奇異하게 울부짖었다, 그리고 골짜기 안에서는 차가운 회오리바람이 쌩~ 쌩~ 매섭게 일어나 모든 것을 바람에 날려버렸고 아무도 범접할 수 없었다. 새벽잠을 설쳐 깨어나니 동녘 하늘이 밝아오기 시작했다.

 중궁암에서 흘러내린 빛을 목격하고, 그날 새벽 현몽現夢까지 꼭 6개월 만이었다.

 나는 그 어려웠던 시기에 절망하지 않도록 빛을 내려 앞길을 열어 준 중궁암의 기이한 전조前兆현상을 언제까지나 잊을 수 없다.

 중궁암은 이러한 일들을 사전에 예측하고 계셨을까? 정말 궁금하였다.

 세상일은 참으로 신비하고 그 끝 간 데를 도무지 알 수가 없다.

 오직, 하늘만이 알 수 있는 일인지도 모르겠다.

지역을 어떻게 살릴 것인가

나는 공직생활 32년째인 계장(6급) 16년 만에 겨우 사무관(5급)으로 승진했으니 지역발전을 위하여 일할 수 있는 좋은 기회機會를 사실상 놓쳐버린 만시지탄晚時之歎이었다. 다른 사람 같으면 별것 아닌 승진이었는데 나는 이렇게 힘이 든 것 같다.

공무원이 부서·기관장部署·機關長이란 직위를 가지고 주도적으로 일할 수 있는 시기는 중앙·도道단위에는 서기관(4급)급 이상이요, 시·군은 사무관 이상이다.

일찍이 경상북도 공무원교육원의 '읍면동장 시책교육' 시 '행정의 달인達人'으로 칭송 받는 김관용 지사께서는 '시·군의 사무관은 중앙부처의 서기관급 이상'이라고 하시는 것이 이를 입증하는 것이라 하겠다.

즉, 중앙·도 단위의 과장課長은 서기관, 부이사관(복수직급)이 담당하지만, 시·군의 과장은 사무관이 담당한다. 똑 같은 과장이지만 직급職級에 차이가 있다. 과장은 조직의 최소단위로서 의사결정권意思決定權 즉, 결재권을 갖는다.

이렇게 시·군과 중앙·도 단위의 조직 계층구조에 과장 직위職位는 같지만, 직급職級에 차별을 둔 것 등이 승진 적체와 사기士氣 침체의 한 원인이 될 수도 있다.

모든 크고 작은 계층구조에 있어서 승진 적체 원인은 여러 가지로 나눌 수 있지만 첫째, 지자체장, 교육감 및 대통령에 이르기까지 선거로 당선된 신분身分이 갖는 성향性向에 따른 고유한 인사권이다. 두 번째, 국가·지방을 불문하고 중앙은 각 부처·산하기관별로, 지방은 각 자치단체별로 조직구조(규모)와 인력 소요 등이 다르기 때문이다. 세 번째, 기초자치단체는 중앙·도 단위에 비하여 직급 및 직위가 1~2단계 낮은 하향下向 구조로 돼있다. 따라서 승진 소요가 없기 때문에 하위직이 많고 사기 침체의 주요 원인이라 할 수 있다.

예例를 들어, 나와 같은 날짜에 임용되었지만 도道에 전입한 직원은 서기관이 되어 부시장(부군수) 등을 역임한 후 지방자치단체장 선거에 출마하기도 했다. 그러나 시市에 같이 근무한 직원은 겨우 6급으로 퇴직하는 등 현격한 차이가 있다. 즉, 똑같은 9급에서 출발해도 중앙·도 단위는 4~3급까지 또는 그 이상도 가능하지만, 기초자치단체는 기껏해야 5~4급이다. 계층의 원리상 조직구조가 피라미드이고 상위 직급으로 갈수록 자리가 없기 때문이다.

그럼, 공무원 조직에서 사무관이 차지하는 지위와 역할을 알아 보자.

시·군 사무관은 조직을 이끌어가는 '지방행정의 꽃'이라 할 수 있다. 중앙·도道 단위의 서기관 이상으로 비교한다. 중앙·도 단위의 사무관은 직위가 없는 기안起案실무자이지만, 기초자치단체의 사무관에게 부여되는 직위는 과장·소장·읍장·면장 등은 부서·기관장이기 때문이다. 그들은 평생을 공직으로 살아오면서 오랜 행정 경험과 다양한 실적을 가지고 산전수전을 다 겪었다. 그야말로 척하면 삼척三尺이다.

특히, 읍·면장은 일선 기관장의 역할이다. 그 원인은 1961년 9월 읍·면단위 지방자치가 군郡 단위 지방자치로 전환되기 이전에는 읍·면장은 광역단체장인 서울특별시장, 도지사에 이어 기초자치단체장(시, 읍, 면장)으로서의 지위에 있었기 때문이다.

이러한 부서 기관장의 지위는 일정 수의 조직 구성원을 단위(unit)로 하여 부서 기관운영을 독자적獨自的으로 운영할 수 있는 체계를 가지고 있다. 즉, 업무가 분장되거나 독립되어 있다. 또한, 부서별 독립적 예산편성권과 전결권專決權을 행사하며, 독특한 정책개발과 집행을 할 수 있는 부서·기관운영 책임자責任者가 된다.

시·군 사무관에게 부여된 과장 등의 직위職位는 중앙정부와 지방정부의 개념으로 비교하면 지자체(지방정부)의 핵심간부로서 소관 부서 정책개발 및 집행에 대한 중앙부처部處 장長의 위치位置와 역할과 같다. 그 업무와 정책개발 및 집행에 대하여는 책임을 져야 한다. 군대조직으로 말하면 사단장師團長급이고, 대기업으로 말하자면 이사理事급이라 할 수 있다.

나는 시·군 일선행정을 담당하고 있는 후배後輩 사무관들에게 이와 같은 사무관의 위상位相과 책임責任·역할役割의 중요성을 자각하고 자긍심自矜心을 가져 근무해 달라고 부탁하고 싶다. 또한, 그들의 꿈을 펼칠 수 있는 젊은 후배 직원들에게도 부탁하고 싶다. 시야視野를 넓히고 일할 수 있는 영역領域과 능력을 발휘할 기회가 많은 도道 단위 이상으로 가능한 진출하기를 권하고 싶다. 우선, 사물을 관찰할 수 있는 객관적 시야가 넓어지고 판단력의 차원이 높아진다. 그리고 근속연수에 적합한 승진이 제때에 이뤄질 수 있고 그 신분에 맞는 지위와 역할이 주어질 수 있다고 본다. 이에 비하여 시·군·구 일선행정은 가장 열악한 환경이라 할 수 있다.

지방화시대의 사무관의 역할은 무엇인가?
오늘날, 시·군·구 일선행정은 급격한 인구감소, 저출산, 고용기회 상실 등으로 수년 전부터 '지방소멸'이라는 위기에 놓여 있다. 지방은 수년 전부터 아기 울음소리가 들리지 않고 초·중등학교가 폐쇄되어 학생이 보이지 않는다. 젊은이가 떠난 자리는 더욱 고령화되어 경로당으로 변하고 있다. 이 상태가 계속된다면 수십 년 이내에 읍면과 시군이 소멸하고 통폐합되는 위기에 직면할 수 있다고 경고하고 있다.

지방행정의 핵심을 담당하고 있는 사무관들은 시대의 패러다임을 읽고, 젊은이들이 안정적으로 취업하여 고용될 수 있는 장기적 대책을 강구하는 견인차牽引車 역할을 담당해야 할 것이다. 젊은이가 취업하여 고향을 떠나지 않고 평생 동안 정주定住할 수 있도록 기업유치 및 산업단지 조성, 일자리와 고용기회 제공 등이 우선적으로 해결되어야 할 과제임에 틀림없다.

즉, 인구가 유입될 수 있는 '특색 있는 지방 살리기' 이다.

앞으로는 지방자치단체 간에도 경쟁競爭의 개념이 도입될 것이며, 머지않아 지방의 통폐합 문제도 제기될 수 있다. 지역이 생존할 것인가 아니면, 타 지역에 흡수당할 것인가의 문제이다. 이제는 지방자치는 똑 같은 사안에 대하여 지역 간 치열한 출혈을 통한 레드오션(Red ocean)전략이 아니라, 자기 지역만이 가질 수 있는 고유한 상표의 신 분야를 블루오션(Blue ocean)전략으로 개척해야 생존할 수 있다. 이것이 오늘날 지방행정을 이끌고 있는 리더의 역할이고 사명감이라고 생각된다. 지역이 살아야 국가가 존재한다.

상주한방산업단지

- 기반조성공사 기공식을 올리다

2006년 3월 8일 승진 의결 이후, 한방산업단지 관리사업소장으로 보직 받았다. 사업소 직제는 관리, 시설, 약초, 휴양림의 4담당 (계장)체제였다. 소속직원은 행정·농업·산림·토목·건축·전기·연구사·지도사·청원경찰 등 20여 명으로 그야말로 전문성專門性과 독자성獨自性을 발휘할 수 있는 체계였고 나는 이를 잘 활용하고자 했다.

그 당시 상주시는 은척면 남곡리 일원 765천여㎡에 한방韓方을 주제로 2002년 7월에 한방산업단지 조성사업지구를 확정했다. 그 후 사업시행계획수립 및 실시계획, 자연환경정비법 등 각종 법령과 인·허가절차 등을 이행하여 국비, 지방비, 민간자본 등 546억 원을 투자할 계획이었다.

시설 부지에는 한방자원개발센터, 한방촌, 한방생태마을, 약초 상품처리장, 한방건강수련원, 한방테마체험관 등을 추진하고 있었

다. 나는 곧 업무 전반을 파악하고 문제점을 직원들과 상호 협의하며 대책을 마련했다. 아침 출근 시에는 직원들과 관계 법령을 교육하기도 했다.

나는 김명호, 함희중 시설담당 직원들과 함께 경상북도 담당부서를 찾아 서로 인사를 나누고 조속한 시일 내에 승인을 요청하였으며 미비한 사항은 보완하겠다고 하였다. 한방사업지구 확정 이후 4년이나 소요되었고 실시 계획 미승인으로 지지부진한 상태로 시간을 끌고 있었기 때문이었다. 그야말로 하 세월이었다.

한방산업단지조성은 단기간에 건물 짓듯이 완성되는 것이 아니라, 중·장기적으로 조성해야 하는데 우선적으로 기반조성공사부터 착수·완료되어야 하기 때문이었다.

더욱이 상주시는 그동안 자전거축제 사고 및 혁신도시 유치 실패 등으로 암울한 시기였고, 지역 발전에 대한 한 가닥 희망과 기대가 절실한 시기였다.

경북도 담당과장과 대면한 8월 어느 날, 미비한 사항은 모두 순차 정리하겠으니 조속한 승인을 촉구하였다. 그러나 그는 들은 척도 하지 않았다. 결국, 나는 담판談判을 해야 했다. 나는 매우 화가 났지만 조용한 목소리로 최종적으로 "왜 승인을 해주지 않는지 도지사道知事께 여쭤봐야겠다."고 말한 후 자리에서 일어섰다. 그러자 과장은 갑자기 당황한 듯

"어~, 어~"하며 나를 불렀다. 나는 뒤도 돌아보지 않고 사무실을 나왔다. 그 이튿날 출근하니 사무실로 담당과장의 전화가 왔다.

"이 소장, 승인해주면 어떻게 처리할 것인가?" 하고 반문하였다.

나는 승인을 해주면,

"경상북도지사, 국회의원, 한방전문가, 중앙 및 지역기관장을 모시고 기공식을 올려 정식으로 기반조성공사에 착수하겠습니다."

고 하였다.

"그럼, 언제쯤 기공식을 할 것인가?"

"9월 초에 예정입니다." 하였다.

과장은 "지금, 여러 가지 사정으로 바쁘니, 9월 하순경이면 좋겠다." 하였다.

나는 "그럼, 기공식 일자가 확정되면 알려 주겠습니다." 하니

과장은 "그러면, 즉시 승인을 해 주겠다." 하였다.

이튿날, 승인 공문이 즉시 내려왔다.

마침내 4년여 간에 걸친 한방산업단지 실시 계획이 최종 승인되

었고, 모든 일은 급속히 진전되었다. 나는 기공식 날짜를 잡고 준비에 만전을 기했다. 각종 홍보 자료는 경북도 담당부서에서 일간 신문을 통하여 보도되었다.

2006년 9월 27일, KBS(대구) 백명지 아나운서 사회로 상주한방산업단지 기반조성공사 기공식을 올렸다. 기공식장에 김관용 경상북도지사, 이상배 국회의원, 이정백 상주시장, 한방전문위원, 산업자원부, 각급 기관, 단체장 및 지역 주민 500여 명이 참석하여 성대하게 거행되었다. 행사장에 농악단이 참여하여 흥을 돋우었고, 관리담당(계장) 전홍근 등 모든 직원들이 업무분장에 따라 차질 없이 일했다. 이번 기공식 행사 절차와 의전은 중앙·경북도 등과 연계하여 독자적으로 원만하게 추진하여 타 부서의 귀감이 되었다.

기공식 이후, 단지 내의 도로, 토목, 전기, 상수도, 하수도 및 한방자원개발센터 등 각종 시설물 기반조성 공사가 본격 착수됐다. 공사에 착수한 이후 한방건강센터(한방사우나 등)조성에 수원水源이 부족하여 어려움이 있다고 하였다. 수원을 찾기 위하여 수맥水脈 찾기로 소문난 성당 신부를 초청하여 여러 곳을 탐색하였으나 여의치 못하였다. 황령사 앞 계곡물 또는 남곡리 우물 등을 이용할 것을 검토하기도 했으나, 꾸준한 탐색 끝에 물길을 찾아냈다.

기반조성 공사는 예정대로 2년여 간 진행될 예정이었다. 기반조성공사가 끝나면 예정된 사업체를 조성하거나 유치해야하기 때문이다.

그 이후, 민간자본유치 일환으로 동아제약(주) 임원들이 사무실을 방문하여 투자유치 설명회를 열었다. 강신호 이사장은 가족문제 등 개인적인 사정으로 참석치 못하고, 그 대신 제약연구원과 임원 5~6명이 이정백 시장과 함께 도착하였다. 강신호 이사장은 은척면 고향 사람이다. 나는 준비된 프로젝트 설명을 마치고 동아제약(주)임원들에게 특별 제안하였다.

"강신호 이사장께서 고향에 제약연구소 등을 설립해주시면 지역과 약학 발전을 위한 업적을 기려 단지 내에 공원公園을 조성하여 공덕비功德碑를 세우고 지역민에게 길이 보존하겠으니 꼭 전달해주세요."라고 당부하였다.

강신호 이사장이 직접 참석하여 대화하지 못한 것이 가장 큰 아쉬움이었다. 그 당시 현장에 참석한 임원들은 50대 전·후로 서울생활에 익숙한 것 같았으며 이곳은 서울과 거리가 멀고 주거 및 교육 등의 생활 여건에 많은 부담을 가지는 것 같았다. 그러나, 임원들은 나의 특별 제안을 강신호 이사장께 그대로 전달하였는지, 그 이후 아무런 소식을 받지 못했다.

　그해 가을 10월 15일 일요일에, 청맥회 및 고교동기 산행을 성주봉으로 초청하여 등산대회를 추진했다. 서울, 대전, 대구, 상주 지역 거주자 및 김한수 전 상주고등학교장 등 부부 동반 40여 명이 참석하였다. 점심 및 저녁 식사와 음료수 등으로 대화의 시간을 가졌다.

　기반조성공사가 계획에 따라 진행되고 있는 가운데 해가 바뀌었다. 이듬해 2월 27일 저녁 무렵에 상주시 직제 개편에 따라 신설된 '시설관리사업소장'으로 전보되었다고 통보를 받았다. 한창 일을 해보려고 다짐했는데 기반조성공사 시행 초기에 떠나야 했다. 후임자에게 모든 업무를 맡기고 신설된 시설관리사업소장으로 갔다.

지방화시대 시설물 확장의 문제점과 대책

제4대 민선시장에 당선된 이정백 시장은 업무의 효율성·전문성·추진력을 제고하기 위한 명분으로 2007년 2월 28일 조직개편을 단행하였다. 나는 신설된 시설관리사업소장으로 이동되었는데 조직을 3담당(계장)체제로 인력을 적정하게 배치하고 운영했다. 즉, 기존의 청소년수련관, 시민운동장, 문화회관 3개소를 통합, 운영 관리하는 시스템이었다.

근무인력은 청소년 수련관에 9명, 문화회관에 6명, 시민운동장 6명을 고정 배치하고, 공익근무 요원 5명을 적절히 배치하여 모두 26명이 되었다. 계장(급)으로 오은숙, 장학구, 김종한, 남대우, 서동욱 등으로 순차 근무했고 그들은 업무 처리가 능숙했다.

각 시설 및 운영 현황은 다음과 같았다.

먼저, 청소년수련관은 미래의 주역인 청소년을 위한 교육, 문화,

여가활동의 전당으로 청소년수련활동 및 프로그램개발 운영, 다양한 체험활동 공간으로서 상주시 계산동 492-2번지에 지하 1층 지상 3층에 청소년을 위한 도서열람실 등 각종 시설이 갖춰져 있어 연중 많은 청소년들이 이용하고 있다.

시민운동장은 시민의 체력 향상 및 체육진흥을 위한 공간으로서 상주시 계산동 59번지 일대에 소재하고 있으며 육상 트랙시설, 축구장시설, 시민체육관, 체력 단련실, 테니스 장 등을 관리·운영하는 종합운동장 시설이다.

문화회관은 지역문화진흥 및 문화예술활동 등을 위한 공간으로서 상주시 남성동 118-1번지에 연 면적 3,443평방미터에 지하 1층, 지상 4층이며, 대공연장은 무대 면적 158제곱미터에 좌석 수는 1, 2층을 합하여 644석, 소공연장 80석, 전시실 등을 운영하고 있으며

2~3층을 상주문화원, 예총상주시 지부에 임대하고 있었다.

　재임 기간에 청소년수련관 부지 및 시민운동장 부지에 청소년시설, 시민체육시설, 조경공사 등을 보완하거나 추가 설치하여 시설물 관리에 만전을 기하도록 노력했다.

　특히, 문화회관이 시내 중심가에 있어 상주아카데미 및 각종 문화공연 등 행사 시에 주차문제 등으로 어려움이 많았다. 그리고 무대 공간 및 좌석이 협소하여 방청객들의 출입이 자유롭지 못하고 공연과 행사 등에 사용자, 이용자 모두 불편하였다.

　무대공간이 협소하기 때문에 뮤지컬, 오페라 등 수준 높은 공연문화는 향유할 수 없었다. 또한, 건물 및 부대시설 노후화, 내부시설의 각종 음향, 조명 등의 잦은 교체로 많은 비용이 일시에 소요되기도 하였다.

　나는 의욕적으로 일하는 성격 탓으로 이러한 문제점을 해결하기 위하여 문화회관을 상주시민운동장 주변으로 옮겨 문화회관, 시민운동장, 청소년수련관 3개소를 공간적空間的으로 접근시키고, 통합관리에 편리한 방안을 검토하기로 했다.

　그 당시 문화회관장 김종한 및 담당자 김귀연과 함께 경남 사천시 등 현지 출장을 가기도 했는데 특히, 김귀연은 각종 자료의 전산처리를 잘 했다.

　'상주문화예술회관 건립타당성 및 입지선정용역'을 대구·경북연구원에 의뢰(2008년 3월)했다. 후보지 3개소 중 제1후보지는 현 문화회관의 북쪽 방향을 매입하여 확장, 증축(1,356평방미터)하는 방안이었다. 도심지에 위치하므로 접근성이 용이하여 유동 인구가 많아 고정관객 확보가 용이하고, 야간행사, 거리예술제 및 전천후 주야간 상설공연장이 적합하지만, 확장에 한계가 있고 주차 부족 등으로 이용객의 불편 및 교통 혼잡이 여전하다는 평가가 나왔다.

제2후보지는 시민운동장 입구 북쪽 방향으로 인접한 지역이었다. 시민운동장 주변으로 주·정차 공동이용으로 주차문제가 완전히 해결되고, 대단위 공연, 행사, 전시 등 주·야간 여가활동 공간으로 접근성이 매우 좋다. 그러나 문중임야 및 인접한 주택 매입에 장시간 소요될 우려가 있고 죽전동 3거리 간 도로확장 등이 요구되는 단점이 있다.

최종 후보지로 비용, 편익 분석 결과(B/C : 1.09) 경제성이 가장 양호한 제3후보지를 염두에 두었다. 제3후보지는 청소년수련관에 인접한 계산동 75-1번지 일대(일명 옹기골) 29.777평방미터였다. 청소년수련관과 상주여상 경계로서 북천을 중심으로 우수한 수변공간을 연출할 수 있고, 남쪽 방향으로 상주 시가지를 전망할 수 있으며 대규모 행사, 공연 시에도 북천 주변, 시민운동장, 청소년수련관 등에 주차장을 공동 이용할 수 있어 주차문제도 완전 해결할 수 있다. 그러나 유·무연분묘(100여 기) 이전 및 일부 주택 매입 등에 장시간 소요 및 비용 증가 우려가 있는 것이 단점이었다.

그 당시 지역 국회의원께서는 정부 보조금으로 1억 원을 지원하겠다고 하셨는데 나는 그 이상의 더 많은 금액을 문의하였다. 그러자, 의원 쪽에서는 소도시 문화회관 건물 조성에 그만한 금액의 예산 따기가 현실적으로 어려움이 많다고 하셨다. 국비지원을 포기할 수밖에 없었다.

그래서 문화회관 건립에 민간民間을 참여시키고 향후 시청이 임대료 지급 형식으로 투자비를 보전해 주는 BTL방식으로 추진코자 검토해 보았다. 이 민간투자방식은 사업자금이 일시에 막대하게 소요되기 때문에 사업비가 당장 부족한 지방자치단체라도 중·장기적 관점에서 10~30년의 상환 기간 동안 시설 임대료를 균등 지급하여 상환할 수 있는 장점이 있다.

그러나 가장 큰 문제점은 ① 사업체 선정 ② 투자비 회수 곤란 ③ 지역인구 유출로 인한 이용자 감소 예상 등으로 요약할 수 있었다.

일부지역 자료를 분석하고 현지 방문조사를 했더니 시설물 관리 및 운영에 막대한 적자赤字를 면치 못하여 투자비 회수에 어려움을 겪고 있는 실정이었다. 즉, 문화예술을 이용, 활용할 수 있는 지역주민은 감소하는데, 덩치만 큰 시설물을 건립해 놓아 유지관리 비용만 들어가고 있었다. 사업 착수가 곧 빚(채무)이기 때문에 더 이상 추진하기 어려웠다. 더욱이 인구가 감소하는 농업도시에는 채산성이 없는 것이 현실이었다.

1995월 7월 1일 지방자치 이후, 각 자치단체마다 경쟁적으로 많은 비용을 투자하여 주민복지시설을 조성하고 있다. 그러나 이를 수용하고 즐길 수 있는 지역주민들의 타 지역 유출流出과 막대한 투자비용 회수가 가장 큰 문제점으로 제기된 것이다.

즉 BTL방식의 취약점인 투자비 회수와 인구 유출을 막을 수 있는 큰 프로젝트가 없는 현실이다. 젊은이들을 불러들이고 고용 기회를 제공할 수 있는 지역경제 기반이 없다. 한마디로 팽창도시膨

膨都市 개념이 아니기 때문이다.

우리 지역 인구는 전통적인 농업사회로 1966년[7] 통계에 의하면 25만여 명이었는데, 2005년에는 겨우 10만5천여 명을 유지하고 있었다. 그동안 산업화, 도시화 과정을 거치면서 40년 만에 지역인구가 14만 5천여 명이상이 유출流出 및 감소된 것이다. 즉, 총인구 중 42%만이 거주하고 58%가 감소된 것이다. 수년 내에 10만 선이 붕괴될 위험을 안고 있었다. 따라서, 확장 개념보다는 기존 시설물을 적극 활용하고 다양한 프로그램을 개발하여 지역주민들과 함께할 수 있는 방안을 모색하는 것도 우선적으로 대안代案이 될 수 있겠다.

상주시는 근년에 혁신도시 및 도청소재지 유치 같은 큰 프로젝트에 모두 실패했다. 따라서 앞으로 신도시 및 산업단지 조성이나 공공기관 유치 등과 같은 고정인구가 집중적으로 유입될 수 있는 국토교통부 국토종합개발계획 등의 개발 기회(Development opportunity) 등을 잘 살펴 중·장기적으로 대응해야 하겠다.

2008월 1월 21일 한상한韓相韓 부시장이 이임식을 마치고 직원들과 주민들의 환송을 받으며 떠나셨다. 그 분은 업무대행체제 이후 어려웠던 시기에 상주시정을 이끌어 오시면서 모든 일을 슬기롭게 극복하시고 시정 발전에 지대한 역할을 하셨다고 생각된다.

---

7) 1966년 통계청 인구조사 자료 : 250,602명

나루의 고장, 중동中東에 닻을 내리다

2009년 2월 11일 인사에 따라 중동면장으로 이동되었다.

그 당시 주변의 권고도 있고 해서 소장(과장)보다는 읍·면장으로 나가겠다고 희망했었다. 인사 이후, 중동면 차정식 부면장이 지역 유지분과 함께 오셔서 사무실로 안내하였다. 곧 직원 및 이장 분들이 참석한 가운데 제36대 중동면장으로 간단한 인사말과 함께 취임식을 가졌다.

중동면은 상주시 동쪽에 위치하여 의성군과 경계를 이루고 북쪽으로 예천군, 남서쪽으로 낙동강을 사이에 두고 낙동면과 동문동이 위치해 있다. 예로부터 낙동강에 3면이 둘러싸여 상주로 나가는 교통이 가장 불편했던 곳이며 지역주민과 상주를 연결하는 유일한 길이요 통로인 나루가 강창을 비롯하여 11개소가 있는 곳이었다.

　나루는 강이나 좁은 바다 골목에서 배가 닿고 떠나는 일정한 곳으로 강구江口 또는, 도선장渡船場을 말한다. 1980년대 이후, 중동교, 강창잠수교, 경천교 준공으로 교통이 원활해졌다.

　면적은 5.161ha이고, 행정구역은 13개 리 40개 반, 28개 자연부락으로 형성돼 있다. 이장(법정동), 새마을지도자, 부녀회장, 지역발전협의회, 농촌지도자회, 농업경영인회, 의용소방대, 바르게 살기 협의회, 자연보호협의회, 체육회, 중동장학회, 관내기관·단체장 모임인 목요회 등 10여 개의 각종 기관, 단체 모임이 있었다. 소속 직원은 정규 및 일용직 포함하여 17명이었다.

　먼저, 중앙정부의 권한을 이양 받아 소관 업무와 지역을 관할하는 지방행정地方行政과 면장제도面長制度의 변천을 간단하게 소개하면 다음과 같다.

지방제도는 조선시대 및 구한말舊韓末까지 도에 관찰사, 군현에 목사, 부윤, 부사, 현령, 현감 등을 두어왔다. 1895년에 갑오개혁으로 8도제道制를 폐지하고 전국을 23부 331군(336군 기록)개편하였으나, 이듬해 1896년에 23부를 폐지하고 다시 13도제道制를 실시하였다.

고종 광무 10년(1906)에 13도道 3.335면面으로 재정비했는데 이때 경상북도는 41군 507면, 상주군은 22면이었으며, 도에 관찰사, 군에 군수, 면에 면장을 두었다.

1910년 9월 30일 일제강점기 지방제도는 도에 장관(후에 도지사로 개칭) 부에 부윤, 군에 군수, 면에 면장을 두었다. 1914년 3월 지방 행정구역을 12부, 218군, 2.517면으로 개편하고 1917년 '면제面制'가 공표되어 면에서는 교육 사무를 제외한 관내의 모든 공공사무를 처리하도록 했다.

1945년 8.15일 해방 및 정부수립 이후, 1949년 7월 지방자치법이 처음으로 제정 공포되었지만 1950년 6.25사변으로 시행하지 못하였다. 1952년에 최초의 지방의원 총선거가 실시되었고 이때 지방의회에서 시장, 읍장, 면장을 선출하는 간선제間選制였다. 이어 1956년 8월부터 시장·읍장·면장을 주민 직접선거直接選擧로 선출하였고, 1960년도에는 서울특별시장·도지사 역시 주민 직접선거로 선출하였다.

그러나 1961년 5월 16 군사정변에 의하여 지방자치가 중단되고 중앙집권제의 임명제도가 이뤄졌다. 동년 9월 1일 '읍면자치제邑面自治制를 군자치제郡自治制'로 전환하고, 읍, 면을 시장·군수의 보조기관으로 하여 오늘에 이르고 있다.

이러한 면장제도가 산업화 이전에는 농촌 사회의 지역공동체 중심이었지만 1960~80년대의 산업화, 도시화로 인한 급격한 대도시로의 인구유출 및 교통·통신의 발달에 따른 광역행정체제 대두로 그 기능과 역할이 점차 바뀌고 있는 시점이라 하겠다.

그러나 아직까지는 여론수렴의 최소단위이고 지방자치시대의 근간이라고 볼 수 있다. 즉, 지역주민과 직접 접촉하는 정부 및 지방자치의 일선 창구 역할이다.

특히, 중동면장은 전前 상주고등학교장이자 유학자인 유시완 선생님이 11대 면장을 역임한 곳으로 안내되어 더욱 반가운 지역이기도 하였다.

나루 이야기

중동면장 취임 이후, 정기 및 수시로 관내를 돌아보며 현장을 챙겼다. 이장 및 새마을 지도자, 주민들의 의견을 듣고 어려움을 해결코자 했다. 초등학생들의 등·하교 편의를 위하여 우물리 버스 승·하차 지점에 '자전거 보관대'를 설치하고, 회상리 등에 '버스 승강장' 표시를 하여 지역주민들이 편리하게 이용토록 했다.

어느 날 류수용 중동장학회 이사장과 같이 경상석재에 들렀다.

관내 신암리 720번지에서 경상석재를 하고 있는 안태룡 님한테 자연석自然石을 구하여 '상주시 중동면사무소' 명칭을 새겨 표시하고 면사무소 정문 출입구에 세웠다. 안태룡 님이 자연석을 희사한 것이었다. 고마운 분이었다.

그리고 직원들과 협의하여 지역특성 등을 감안하여 중동면의 구호口號를 정했다.

때마침 정부에서 4대강 사업으로 상주보, 낙단보가 공사 중이고 강변 주변에 각종 관광, 편의시설이 조성되고 있었다. 이러한 지역적 특성을 감안하여 중동면을 3면으로 휘감아 흐르는 낙동강의 수려한 물결이 은빛 물결로 반짝일 때 인간이 거주하기에 풍요롭고 생기生氣 어린 아늑한 전원도시임을 나타내는 '낙동강 은빛물결, 약동하는 중동면' 으로 구호를 정했다. 각 기관, 단체에 공문으로 통지하여 각종 행사나 모임 시에 즐겨 사용토록 권장했다.

옛 회상리(횟골) 나루터에는 류수용 중동장학회 이사장이 나루터임을 표시하는 표지석을 세웠는데 나를 동행하였다.(2009. 6. 4.)

중동면은 낙동강이 3면으로 둘러싸여 상주지역과 교류하는 데에 강을 건너야 하기 때문에 곳곳마다 크고 작은 나루가 11개소가 있었다. 1982년 11월에 토진나루에 교량이 준공되고 1992년 8월에 강창나루에 잠수교가 가설되었으며, 2007년 7월에 회상나루에 경천교가 준공되어서야 소통이 더욱 원활해졌다. 이러한 지역적 특성을 후대인들이 잊지 않도록 토진·강창나루에 이어 이번에도 회골나루터 주변에 표지석을 세운 것이다. 중동장학회가 지역발전을

위하여 많은 노력을 하고 있었다.

어느 공휴일에는 회상이장 금동설 부부와 함께 예천·삼강 나루터에 들렀다. 이장 부인께서 박목월(1915~1978) 시詩를 좋아한다고 하여 부득이 이장 부부, 박기준 부면장과 함께 들러 동동주와 마주하기도 했다.

　　"강나루 건너서/밀밭 길을/구름에 달 가듯이/가는 나그네//

　　길은 외줄기/ 남도 삼백리//

　　술 익는 마을마다/ 타는 저녁 놀 //

　　구름에 달 가듯이 / 가는 나그네//

　황진이의

　　'청산리 벽계수야/수이 감을 자랑마라/

　　일도 창해하면/ 돌아오기 어려워라/

　　명월이 만공산 하니 / 쉬어간들 어떠리//'

등을 읊조리며 막걸리와 시詩에 취하기도 했다. 때마침 나루터에는 공휴일이라 많은 손님들로 붐볐다.

우리 지역에는 나그네가 쉬어가는 역사歷

※ 오랫동안 상주 관할이었지만 1906년 지방행정구역 개편 시 의성군으로 편입된 강 건너 단밀면 낙정洛井마을을 말한다.

史 깊은 영남 제일의 나루였던 '낙동 나루터'가 있다. 영남 선비들이 부산(동래)에서 한양까지 과거 길을 오르내렸던 영남대로의 중간中間 지점이자 관수루觀水樓가 있고 낙동강 황포나루가 있었던 낙동洛東리 주변이다. 일찍이 조선의 실학자 이중환李重煥(1690~1756(?))은 택리지擇里志에서 상주는 일명 낙양洛陽이라 했다. 그 낙양의 동쪽을 낙동洛東이라 하고 그 흐르는 강을 낙동강洛東江이라 했다. 이 곳이 오늘날 낙동 및 낙동강 어원語源의 시발점이다.

낙동나루터

관수루

지나가는 과객과 선비들은 관수루에 올라 경관을 바라보고 청운의 꿈을 노래 했으리라! 또한, 이곳을 거쳐 간 이황李滉, 김종직金宗直, 김일손金馹孫 등 많은 분들이 그들의 시문詩文을 현판에 남겨 두고 있다.

관수루 詩文 현판

1970년대 후반까지도 버스를 나룻배에 싣고 건너 주던 모습이 생생하다. 1986년도에 낙단교가 놓여 교통이 수월해지고 근래에 와서는 4대강 사업의 일환인 낙단보와 국도를 연결하는 낙단대교가 들어섰다.

그러나, 낙동 및 낙동강 어원語源의 역사적歷史的 사실을 살려 보洑 명칭도 낙단보가 아니라 '낙동보洛東洑'라 하고, 두 지점을 연결한 교량도 낙단교, 낙단대교가 아니라, '낙동교洛東橋, 낙동대교洛東大橋'라 작명했으면 더욱 좋았을 것인데 너무 아쉽기만 하다. 언젠가 옛 이름을 되찾아야 할 것 같다.

윤정원 강사의 '국가 사랑 나라 사랑

각 기관·단체에서는 주민 또는 직원들의 업무 향상 및 전문적인 지식 함양을 위하여 필요한 아카데미를 한다. 지방자치 실시 이후 각 단체에는 주민들에게 유명인사 등을 초빙하여 그들의 인생 경험이나 좌우명, 살아온 얘기 등을 전수하여 지역주민 등에게 공유하고 지역 발전에 도움이 되게 한다.

상주시 역시 시민의 정서함양과 주민공감대 형성을 위하여 많은 강사를 초빙하였고 김홍신, 김병조, 엄앵란, 김미화, 홍수한 등 많은 저명인사와 연예인 등이 그들의 인생 경험과 좌우명 등을 공유하기도 했다.

나는 중동면에 와서 두 번의 아카데미 강사를 초빙했다. 한 분은 그 당시 "1%의 유머가 당신을 성공 시킨다"는 행복편치 소장으로 웃음을 전달하는 이귀자 강사였다. 그분은 웃음과 건강·행복경

중동면민 아카데미 기념 (2009.7.8 수요일, 중동면사무소)

영·유머로 성공하기 등의 주제로 주민들에게 웃음을 주제로 강의를 했다.

두 번째는 이 지역 간상리 출신으로 전前 치안본부 치안정감 출신이며, 한국도로교통안전공단 이사장을 역임하신 윤정원尹廷源 님이었다. 치안정감은 그 당시 경찰의 2인자였다. 그분은 고향사랑 정신이 투철하여 그 당시 새마을 사업, 경지정리 등 살기 좋은 고장 만들기에 앞장선 공적을 기려 마을 사람들이 공덕비를 세워주었다.

지역발전협의회장이고 중동장학회 이사장인 류수용 님이 주민들을 위한 강사로 적극 추천하였다.

2009년7월 8일 10시 30분에 제2회 중동면 아카데미가 면사무소

2층 회의실에서 개최되었다. 이날 회의실에는 윤정원 출향 인사를 반기는 주민 150여 명이 열렬히 환영했다. 그분은 부부간에 먼 길을 같이 오셨다. 나는 강의에 앞서 그분을 소개하고 환영의 인사말을 하였다.

그 분은 '국가 사랑 나라 사랑'이라는 주제로 좌경세력의 움직임, 좌·우파 갈등 등에 대한 재직 시의 경험을 소개하였다. 또한 그 당시의 좌파세력 등에 대한 각종 신문 보도자료 등을 제시하며 강의에 열성을 다했다. 주민들의 안보의식 함양에 전환 기회가 제공된 것이다. 주민들은 박수로 화답했다.

강의가 끝난 후, 그분은 고향을 사랑하는 마음으로 아카데미에 참석한 주민들에게 점심을 대접하였다. 흔치 않는 일이었다. 오히려 예상했던 인원보다 참석자가 많아 추가 부담을 할 정도였지만 그분은 기꺼이 감당했다.

그분은 간상리 및 중동면의 큰 바위 얼굴이었다.

중동의 자랑거리

나는 재임 중에 관할지역에서 좋은 점을 발견하려고 했다.

많은 분야가 있겠지만 그 중에서도 ① 중동장학회 활동지원 ② 어버이날 겸한 중동체육회 및 풍년기원제 참석 지원 등은 지역민의 유대강화와 대화·소통의 장場으로 어느 지역보다도 부족함이 없었다. 또한, 오랫동안 자료 수집했던 ③ 중동면지中東面誌를 발간한 사실이다.

먼저, 중동장학회는 유능한 인재육성을 위하여 지역주민의 성금을 모아 1999년 8월 21일 재단법인 중동장학회를 설립하고 매년 지역 출신 중·고·대학생에게 장학금을 지급하고 있다. 자산 규모는 17억여 원에 이르고 2009년 현재까지 600여 명의 학생들이 2억여 원의 혜택을 받았다. 아마 면面 단위로서는 전국에서 가장 우수한 장학제도 중의 하나일 것이라고 생각된다.

중동장학회설립 제10주년 기념 축하행사는 2009년 9월 9일 구舊

중동중학교 운동장에서 거행했다. 이에 앞서 장학회 설립 10주년 기념 제막식에 곁들여 지역발전에 기여가 많은 강원모 전前 시의원에 대한 공덕비 제막식을 함께 가졌다.

당초 류수용 이사장께서 장학회 설립 기념비 등을 세울 장소를 면사무소 내로 요청하였는데 면사무소는 부지가 협소하였기에 여러 곳을 답사한 결과, 간상리 도로변의 일정한 부지를 조성·정비·설치하기로 협의·진행한 것이다.

이번 행사는 중동장학회 주관으로서 제3대 중동장학회 이사장이고 지역발전협의회장인 류수용 님의 노고가 많았다. 그분은 이 지역 간상리 출신으로 지역발전과 인재육성에 대한 열의가 대단하셨으며 자주 사무실에 들러 지역 관심 사항을 항상 터놓고 대화하였다. 나는 그분의 공익적 얘기에는 항상 귀 기울여 주었다.

이날 제막식에 이정백 상주시장, 이종원 도의원, 신병희 시의원 및 상주시 행정동우회 임원, 기관, 단체장, 지역주민이 참석하였다. 제막식 이후 기념행사는 구舊 중동중학교 교정에서 주민 1천여 명이 참석한 가운데 정귀배 주민생활지원담당(계장)의 사회로 축하 잔치를 흥겹게 진행했다. 면장은 축하 노래를 불렀다.

두 번째는, '어버이날 행사를 겸한 면민 체육회' 행사이다.

중동면체육회에서는 '5월 8일 어버이날' 행사를 겸하여 기관· 단체장 및 지역주민 모두가 참여하는 체육대회를 격년으로 시행한다. 출향인사 및 자식들이 부모를 찾는 날이요. 경로효친 사상 앙양과 연로하신 분들의 건강을 일깨우기 위해서다. 이날은 각 리, 동마다 준비해 온 음식과 손님접대로 흥겨운 하루를 즐긴다. 각 리·동별 경기로 100미터, 400미터 계주, 줄다리기 등으로 점수를 매겨 시상을 하고, 2부 행사는 주민 위안잔치로 매스게임, 포크댄스, 노인 경기, 경품추첨 등을 한다.

그날은 면장으로서 점잖게 내빈석來賓席에 잠시도 앉아있지를 못했다. 지역발전을 위하여 노고를 아끼지 않는 지역유지 한 분이 흥에 겨워 몇 번이나 손을 잡고 운동장으로 끌어내 춤을 추자고 하여 애를 먹었다. 때마침 흘러나온 포크댄스에 맞춰 억지로 손·발과 몸을 흔들기도 했다. 이것 또한, 주민을 위하는 길이라고 즐겁게 생각했다.

그리고, '중동면의 안녕 및 풍년기원제' 이다.

중동면에서는 해마다 음력 정월 대보름을 기하여, 그해의 중동면의 안녕 및 풍년기원제를 농업경영인회 주관으로 천天, 지地, 령靈께 제사 지낸다. 이러한 것은 고대 농경사회에서 비롯된 것으로 하늘과 땅, 정령에게 제사 지내고 한 해 동안의 안녕과 풍년을 기원하는 것인데, 지역 전통 계승과 주민의 결속, 주민 화합의 장場으로 이끄는 데 그 목적이 있다 하겠다.

천·지·령 3신神을 모시는 것은 고대 농경사회의 산천, 초목, 무생물 등에도 혼이 있다는 정령숭배精靈崇拜사상에서 비롯된 것이라 볼 수 있지만 도시화·산업화 속에서 사라져 가는 옛 풍습을 재현하여 지역 화합과 결속을 다지는데 큰 역할을 한다고 볼 수 있다. 그해는 건지봉乾芝峯(해발 420.9M)에서 시행했는데, 면장은 지역의 대표로서 제관祭官으로 초청되어 참석했다.

세 번째, 중동면지 편찬위원장 류수용 주관으로 2009년 7월 10일 '나루의 고장, 중동' 이란 제목으로 면지面誌를 발간했다. 그동안 면지 발행, 편찬 및 집필위원회를 구성하고 지역의 발자취를 담은 자료를 3년간 수집, 정리, 검토하여 발간한 것이다.

발간된 내용은 일반 현황, 종교, 문화 및 유적, 마을 유래, 인물 등이 수록되고 낙동강 3면으로 둘러싸인 11개 나루터를 상세히 소개하고 있다. 중동장학회 이사장이자 편찬위원장인 류수용, 자료조사 위원인 13명의 이장 및 집필위원들의 노고가 많았는데 특히, 최종 자료 정리에는 그 당시 부면장 김광희, 차정식 두 분의 노고가 많았다고 생각한다.

나는 중동면장 재임 중에 세 분의 부면장과 함께 근무할 기회가 있었는데, 차정식, 김용길, 박기준이었고, 담당(계장)으로 정귀배, 김덕만, 박경숙 등으로 빈번히 점심을 같이 하면서 지역 현안 등을 듣기도 했다.

작은 그릇에 담은 귀거래사

2010년 6월 중순이 되었다.

7월부터 6개월간 공로연수에 들어간다고 한다.

이제는 떠나야 하는 시간이 다가오는 것 같다. 아직도 마음은 청춘이고 한창 일할 수 있는 백전노장의 행정 연령인데, 공무원법은 저 멀리서 저승사자처럼 어서 나오라 손짓하는 것 같다. 사회적응을 위하여 공로연수에 들어가면 사실상 공직생활이 끝난 것이나 다름없다. 이제는 후배 및 조직의 활성화를 위해서도 나가야 한다.

공로연수를 앞두고 6월 24일 11시 면장실에서 전 직원들에게 그동안 함께 근무한 인연을 소중히 생각하며, 그들의 노고에 대하여 감사하는 대화의 시간을 가졌다.

나는 직원들에게 전하고 싶은 대화 내용을 '경험으로 본 인생철학'을 작성하여 배부하고, 나같이 불운不運한 공직생활을 하지 않도록 그동안의 경험을 전달했다.

　대화 요지는 평소의 인간관계 및 업무 추진상의 문제점과 대책들이었다. 나는 지역발전을 위하여 일할 수 있는 기회機會와 직위가 너무나 짧았다. 지난날의 어리석음과 우둔함을 자책하고 대화對話와 소통疏通을 일깨우는 자리였다. 대화가 끝나자 일부 직원은 울먹이기도 했다.

　직원들 간의 대화 요지는 다음과 같다.

경험으로 본 인생철학
- 사회화 학습과정에서 나타나는 인간의 처세훈 -

　1. 큰물에서 놀아라
　- 직위·직급 및 중앙·도와 시·군단위에서의 차원과 갈등.
　- 강가에는 잉어가 놀고, 실개천에는 붕어가 제격이다.
　2. 인연을 소중하게 여겨라
　- 악연을 맺지 마라. 조그만 만남이 큰 성공을 가져올 수 있다.
　- 가족·인척간, 조직 구성원 및 동료 간, 사회구성원 등.
　3. 먼저 베풀어라. 세상에 공짜가 없다
　- 남에게 먼저 대접받기를 기대하지 마라.
　- 내가 먼저 마음의 문을 열고 대하면 언젠가 보상이 온다.
　4. 항상 미소 짓고, 먼저 인사해라
　- 가정생활, 출·퇴근, 대인관계, 거울을 보면서 표정관리 등.

- 상대방의 단점보다 장점을 살리고 긍정적인 사고방식을 가진다.

5. 똑똑하기보다는 적당히 부족(?)한 척 해라

- 너무 완벽하면 가까이 오지 않는다.(대인관계의 중요성)

- 상대방을 인정하고 존중하면 사람이 따른다.

6. 발상發想의 전환轉換은 신선한 충격이다

- 기존의 질서와 체계, 오랜 관행에서 벗어나지 못할 때

- 상반되는 개념은 업무추진의 효율성을 가져올 수 있다.

7. 계획수립은 먼 장래를 보고 종합분석해서 판단해라

- 충분한 자료, 세심한 분석력, 종합적인 판단, 실천력

- 사안별 중·장기적 수요와 공급의 예측 판단 등.

동同 6월 28일, 공로연수를 앞두고 직원 및 지역주민과 간단한 이임식을 했다. 당초 이임식도 하지 않고 홀홀 단신으로 떠나려고 했는데, 박기준 부면장과 직원들이 만류했다. 주민을 상대하는 일선 기관장으로서 혼자 남몰래 떠난다는 것은 인간의 도리와 기관장으로서 예의가 아니라는 것이었다.

이임식에 가족만 참석하고 친구들과 인척 등을 일체 초청하지 않았다. 직원들과 이장, 새마을지도자, 부녀회 및 각급 기관·단체장 등이 참석하여 그동안의 노고를 치하해 주었다. 약력 소개와 이임 및 송별사가 끝나자 '재직기념·감사·공로패'에 직원들과 이장협의회, 목요회 및 중동장학회에서는 그들의 이름을 새기고 헤어짐을 아쉬워했다.

특히, 직원들과 중동장학회에서 생각지도 않는 격려와 축하 꽃

다발 등을 안겨주었다. 새마을 남녀 지도자의 격려 및 일부 주민은
축하 화분으로 작별을 대신했다. 나는 이렇게 지역주민들의 환송歡
送을 받으며 떠났다.

연말까지 6개월간 공로연수에 들어갔다. 공로연수 중에 이번 지
방선거에서 중·고등학교를 같이 다닌 성백영成百營 동기가 민선 5
기 상주시장으로 당선되어 시정발전 당부 및 축하 서신을 보냈다.
공로연수 기간 중 때마침 청맥회 모임에서 동남아시아(베트남, 캄보
디아) 등을 둘러보았다.

2010년 12월 29일 11시, 상주시청 소회의실에서 퇴임자 간담회
및 정년 퇴임식停年退任式을 가졌다. 퇴임식을 강당에서 전 직원이

참석하여 성대하게 환송하려했으나 때마침 전국적으로 번지고 있는 구제역 비상근무로 간부들만 참석하여 소회의실에서 거행하기로 했다 한다. 정년 퇴임자는 나를 포함하여 8명이었다.

퇴임식에 시장, 부시장, 농림건설국장, 의회사무국장, 보건소장, 농업기술센터소장, 총무과장 및 인사담당부서 직원 등이 참석하였다. 녹조근정훈장(대통령)과 손목시계(대통령)에 이어, 재직기념패(상주시청직원 일동), 공로패(상주시장 및 상주시의회의장), 격려와 축하 꽃다발 및 전별금 등을 받았다. 점심 후 퇴임하시는 분들과 함께 이주환 총무과장의 안내를 받아 시청 각 부서를 돌아 그동안 정들었던 직원들과 아쉬운 작별 인사를 하였다.

나는 그동안 바다와 강물이 아닌 조그만 시냇물에 발을 담가 그 주변을 맴돌다 보니 어느 듯 세월이 비켜갔고, 골목 갈림길에서는 갈 길을 몰라 길을 헤맨 적이 한두 번이 아니었다.

봄이 오는가 했더니 꽃잎 지고, 가을 국화가 손짓하나 싶더니 산

2010년도 하반기 정년퇴임 기념 _ 2010.12.29(수) 소회의실

천에 흰 눈이 날리는 등 무심한 세월이 꿈결같이 지나간 것이다. 20대 젊은 혈기에 3년에 가까운 국방의무를 마치고 곧 바로 일선 행정에 몸담은 지 36년 6월이 끝나는 순간이었고, 이순耳順을 넘어 서야 비로소 세상의 순리를 이해할 수 있는 산봉우리를 먼 발길에 서 바라볼 수 있는 여정旅程을 돌아 나오는 길이었다. 시청市廳 정문 을 걸어 나오면서 만감이 교차하여 감히 나오지 못하고 그 주변을 한참이나 서성거렸다.

일찍이 도연명陶淵明(365~427)이 팽택현령彭澤縣令을 할 때 오두미五 斗米 봉록으로 비굴하게 상급자에게 허리 굽히지 않고 낙향했다는 귀거래사歸去來辭를 생각해 본다. 오늘날, 오두미는 별것 아니지만 그 당시 식량食糧이 유일했던 봉건왕조, 농경사회農耕社會에 있어서 는 가족이 연명할 수 있는 큰 재산이었고, 현령縣令 또한 그 처세에 따라 상부관서 및 중앙으로도 이어질 수 있는 자리였다.

그는 낮은 벼슬길에 이루지 못한 자신의 큰 뜻과 분노를 삭이면서도 결코 향리鄕里의 소인배小人輩에게 허리 굽힐 수 없다며 미련 없이 관직을 버리고 고향으로 돌아가는 대인군자大人君子의 큰 그릇에 담긴 인생의 기쁨과 전원田園을 노래했다.

또, 오두미가 아니라 5만 석石 봉록이었다 할지라도, 비굴하지 않는 인생을 후세에 남길 것임이 분명하다.

나는 1974년 7월초 한 달간 양식으로 쌀 2말[二斗米]를 받고 홀로서기를 시작한 이래, 그동안 일선행정에서 수많은 좌절과 굴욕을 겪으면서도 호구지책糊口之策으로 비굴하게 자리를 뜨지 못하였다. 더욱이 양지陽地를 향하지 못하는 고집과 요령 부족으로, 조그만 시냇가에 발을 담은 후 헤어나지 못한 회한悔恨만 작은 그릇에 흘러 넘쳤다. 앞만 보고 달려가다가 돌부리에 걸려 넘어지고, 골목길 숨바꼭질에는 숱한 애환을 남겼다.

무릇 바다大洋는 온갖 풍랑을 잠재우고 수많은 이야기를 포용할 수 있는 관용과 너그러움이 있지만, 작은 그릇은 쉽게 흘러넘치거나 뜨거워지는 어리석음조차 모르고 지나온 세월이었다.

그러나, 이렇게 보잘것없는 작은 그릇이었음에도 지역주민은 그동안의 동고동락을 함께 기뻐했으며 헤어짐을 섭섭해 했다. 직원들은 그동안 함께 한 기쁨을 나누고, 재직, 공로패에 석별의 인사를 남겼다. 국가는 그동안의 노고에 대하여 훈장勳章이라는 이름으로 그 영예榮譽를 보답했다.

나는 이제야 비로소 마음의 안정을 되찾고 무거운 짐을 내려놓아, 귀거래사를 읊은 전원田園의 기쁨과 인간의 자유의지自由意志를 조금이라도 이해할 수 있을 것 같기도 하였다. 나는 이렇게 정년퇴직이라는 또 하나의 다른 모습으로 '작은 그릇에 담은 귀거래사'를 맞이하게 되는 것 같다.

제2부

밖에서 보는 세상

유럽 연수

경상북도에서는 공무원의 직무와 관련 안목을 높이고 그 전문성, 생산성을 향상하기 위하여 선진지 견학 및 비교 행정으로 유럽 연수를 시행했다. 내가 상주시 양정계장糧政係長을 하고 있을 때였다. 대상 국가는 독일, 프랑스, 이탈리아, 스위스 4개국으로, 기간은 1997년 10월 12일~21일까지 10일간이었다. 경상북도 농산과에서 주관하고 각 시·군 지역별 25명이 떠나게 되었다.

나는 하루 전에 상주에서 대구까지 운전하여 차량을 도청道廳 앞뜰에 주차시키고, 연수 일행과 함께 대구공항을 출발하여 인천공항을 거쳐 유럽으로 출발하였다.

여객기가 지구 북쪽을 향하여 러시아 시베리아 벌판과 산맥을 횡단하니 흰 눈이 쌓여 있었고, 독일 프랑크푸르트 공항에 도착하니 저녁 무렵이었다. 비행시간만도 무려 12시간이 소요되어 지루하고 답답하였다. 약속된 호텔에 도착하여 저녁식사를 하고, 간단

한 음료 등으로 일행들과 대화를 하며 잠을 청했다.

이튿날 이른 아침, 호텔 주변에서 가벼운 조깅을 하고 있는데, 한
국인의 떠들썩하고 정겨운 소리가 한껏 들렸다. 얼른 쳐다보니 앞
쪽에서 40~50대의 아줌마들이 즐거운 듯이 대화를 하며 걸어오고
있었다. 고향 까마귀도 반갑다고 했는데 해외에서 한국인을 만나
니 너무 반가웠다.

나는 걸음을 멈추고 "어디서 오셨나요." 하니,

"서울에서 계契 모임으로 친구들과 같이 왔어요." 한다.

1989년 해외여행 자유화 이후 한국인의 모습은 이제 세계 각국
에서 흔히 볼 수 있는 일상적인 모습이었다.

독일은 베를린을 중심으로 돌아보았다.

동·서독 분리시대의 산물인 베를린 장벽을 보니 우리는 언제 휴
전선이 자유의 물결로 터지나 싶다. 헤겔, 괴테, 하이데거와 같은

철학자들의 발자취가 남아있는 하이델베르크대학 및 그 주변을 걸었다. 수많은 철학자와 문학가들이 이 넓은 공간을 산책하면서 사색에 잠겼을 것이라고 생각하니 사람은 떠나가도 그들의 행적과 유적은 영원히 남는구나 생각되었다.

프랑스와의 30년 전쟁의 흔적이 남아있는 하이델베르크 고성古城 및 그 주변의 성곽을 둘러보았다. 적의 공격을 방어하기 위한 우리나라의 산성山城 및 읍성邑城 체계와 그 구조와 형태가 비교되었다. 관광객들이 꼭 보고 간다는 가장 큰 포도주 물통 '그로패스 피스' 등을 둘러보았다.

특히, 1960년대 박정희 대통령이 서독을 방문했을 때 우리나라 고속도로의 원조가 된 아우토반 고속도로를 달리며, 고인故人의 경제발전에 감사했다.

요정의 노래 소리에 혹하여 난파했다는 전설이 있는 라인 강의 로렐라이 언덕으로 갔다. 그 당시의 조선술造船術이 오늘날과 같이 발달하지 못하였기 때문에 조그만 조각배 등이 깊은 강물과 거센 물결에 엎어지는 것은 다반사였던 시절에 난파한 사람들의 얘기를 담아 많은 전설을 만들지 않았나 싶다.

프랑스는 수도 파리를 중심으로 돌아보았다.

미술가 반 고흐의 집이 있고 예술가들의 아지트라고 할 수 있는 몽마르트 언덕에는 관광객들이 넘쳐흘러 거리가 복잡했다. 각종 작품들을 감상하고 흥정하느라고 혼잡을 이루었다.

에펠탑 전망대 야경은 너무 아름다웠지만 야간에 오르내리는 관광객들로 혼잡했다. 그야말로 빈틈을 헤집고 다녔다.

파리를 가로지르는 세느 강에서 유람선을 타고 강변의 위아래를 오르내렸는데 참으로 낭만적이었다. 일행 중 누군가 '미라보 다리 아래 세느 강은 흐르고, 우리의 사랑도 흘러간다.' 를 흥얼거렸다.

루이 14세의 호화스런 궁전 루브르 박물관, 노트르담 대성당, 콩코르드 광장은 파리가 정치, 경제, 사회, 학술, 문화 등의 중심지로서 세계문화의 중심지요, 예술의 도시임에 이의가 없을 정도이다.

일행들은 가지고 온 카메라로 건축형태나 예술작품에 촬영에 열심이었다. 어떤 분은 건축학과에 다니는 아들의 부탁으로 자료를 모으고 있다고 하였다.

나폴레옹의 지시로 건축되었으나 그 생전에 입성하지 못하고 죽어서 들어온 개선문을 보니 영웅의 생애가 눈물겹다. 지중해 콜시카 섬에서 태어나 스스로 황제가 되어 유럽을 복속시키려던 그의 야심을 다시 생각해 보았다. 그 당시 프랑스 역사는 그 시대가 요구하는 영웅이 이끌어 갔다고 말할 수 있겠다.

초고속 열차로 유명했던 파리에서 로잔까지 떼제베(TGV)를 탑승하였는데 열차 내 식탁을 겸한 좌석은 다소 협소하여 이용이 불편하였다. 그러나 가족, 연인들이 이용하기에는 안성맞춤인 것 같았다.

'모든 길은 로마로 통한다' 는 이탈리아의 수도 로마는 로마제국의 흥망성쇠가 고스란히 남아 있어 세계 각국의 관광객으로 붐볐다.

우리 일행이 콜로세움 원형경기장으로 들어가는 입구에서 남루

한 복장의 어린이들이 기다리고 있었다는 듯이 저 멀리서 다가오며 "만원! 만원!" 하고 손을 내밀었다. 한국 관광객들이 해외에서 돈을 물 쓰듯 하여 생긴 현상이라고 하였다.

고대의 로마병사 복장을 한 안내원과 기념촬영을 하고, '진실의 입'에 손을 넣어도 보고, 한 가지 소원을 들어준다는 '트레비 분수'에 동전도 던졌다.

성베드로 대성당은 미켈란젤로의 작품 등을 비롯한 온갖 벽화와 그림으로 채색하여 화려하기 그지없었다. 그야말로 수많은 천재들이 그들의 예술작품을 남겼다. 또한, 그 웅장한 건물 자체가 토목과 건축이 융합된 걸작품이요, 미술관이요, 종합박물관이라 할 수 있다.

바티칸시티는 교황이 집무하는 곳으로 많은 관광객으로 넘쳐났다. 로마는 한마디로 모든 지역이 박물관인 것 같다. 수많은 영웅호걸들이 로마를 거쳐 갔고 흔적을 남겼다. 우리는 그들이 거쳐 간 역사현장을 문화유적지 답사라는 명목으로 둘러보고 있다는 생각이 들었다.

인간은 작품을 만들었고 작품은 인간을 돌아보게 한다.

빙하로 유명한 스위스는 알프스산맥의 만년설萬年雪이 쌓인 최고의 설경雪景이었다. 전망대에 오르니 눈으로 덮인 거대한 빙하와 깎아지른 골짜기가 시선을 압도한다.

관광코스를 따라 오르고 내리는 길은 위험하기도 하였다. 한번 미끄러지면 눈 속에 파묻혀 영영 냉동인간이 된다고 한다. 조심스레 행선지 길을 따랐다.

일찍이 나폴레옹이 러시아 정벌을 위해 프랑스 대군을 이끌고 알프스산맥을 넘을 때, 그 혹독한 추위 속에서도 나이 어린 소년 병사가 밤새도록 북을 두들겨 진군을 독려하였다는 가슴 뭉클한 얘기가 생각났다.

그리고, 스위스 국민들은 대단히 근면·성실한 것 같았다. 국경을 넘어 현지에서 주문한 합승 차량을 타고 왔다. 운전기사는 50대의 아줌마였는데 아들과 딸을 각각 두었다 한다. 그분은 매우 조심스럽게 안전운행을 하였고 고속도로나 일반국도에서 조금도 과속하거나 추월하지도 않았으며, 기준속도와 교통법규를 지켜서 일행들의 박수를 받았다.

이번 유럽연수를 통하여 가장 큰 보람은 프랑스 파리의 지하에 건설된 하수도 공동구였다. 현지 통역 가이드와 하수국 직원의 안내를 받아 둘러보았다. 프랑스 공동구의 효시로 19세기 하수도망을 체계적으로 계획하여 수도시설, 통신케이블, 압축공기관, 교통 신호기 케이블 등이 함께 설치되어 지하 동굴을 만들어 관리하고 있었다.

연중 수많은 학생들과 관람객이 꼭 이곳을 들러고 간다고 한다.

우리나라는 프랑스 등에 비하여 아직까지 상수도, 전기, 통신만을 단순 수용하는 정도에 있다고 한다.

오늘날, 대도시 인구 집중으로 각종 건축물이 대형화, 고층화, 밀집화되고, 그 기능과 용도가 다양화되어 수도, 전기, 통신, 하수시설 등이 복잡해짐에 따라 지하 매설물을 공동 수용함으로서 도시 미관, 도로구조, 교통 소통 등의 역할을 종합 관리하는 시설의 중요성이 더욱 커지고 있다. 도시계획이나 신도시 건설 등에 꼭 참조해야할 시설이었다.

또한, 상수도관리 시설과 지방자치가 잘 이뤄지고 있는 도시를 방문하였을 때, 방문 기념으로 '안동 하회탈'을 준비해 갔다.

상주에서 생산되는 기념품을 함께 가지고 가려했지만 구할 수 없었기 때문인데, 지역이나 국가 또는 전 인류가 함께 즐길 수 있는 문화사업 개발 및 보급이 절실하다는 것을 느꼈다. 앞으로 세상은 문화가 지배하는 시기가 오기 때문이다.

이번 연수는 유럽문화의 정수精髓를 살펴볼 수 있는 좋은 기회였다.

북경의 명암明暗

- 만리장성에 서다

청맥회靑脈會에서 그동안 모아둔 자금과 개별 비용을 보태서 북경北京을 가기로 했다. 이 모임은 상주고교 제15회를 졸업하였거나 재학했던 동기로서 오랫동안 모임이 유지돼 왔다. 참석 인원은 나를 포함하여 김상준, 박정태, 조금연, 백승철, 배용식, 이세근, 최성호, 성우제, 정하진, 김용구 회원으로 부부 동반 21명이 출발하기로 했다.

기간은 2005년 6월 16일~19일까지였다. 개인적인 사유가 발생하여 성우제는 그 부인과 인척이 대신 가고 나는 딸 인수와 같이 동행하기로 했다.

북경은 한국인이 찾는 필수 여행코스이다. 여행 당일, 우리 일행은 대구공항을 출발하여 북경공항에 도착하고 북경을 중심으로 4일간 유리창 거리, 천안문광장, 자금성, 이화원, 천단공원, 만리장

성, 용경협곡 등을 둘러보게 되었다.

　북경北京은 일찍이 아시아 질서의 중심지였다.

　기원전 춘추전국시대부터 명明, 청淸을 거쳐 근래의 공산당 정부, 사회주의 체제에 이르기까지 아시아 역사의 한 축을 긋는 영웅호걸英雄豪傑들의 대서사시大敍事詩가 중원中原에 펼쳐진 곳이라 할 수 있다. 아시아 질서는 중국의 역사에 국한된 것이 아니고 그 주변 국가에 이르기까지 영향력이 막대하였다. 조선朝鮮과는 떼려야 뗄 수 없는 관계였다. 그러한 중국의 역사가 북경에 그 흔적을 고스란히 남겨둔 듯 싶다.

　먼저, 청淸 시대의 문화가 남겨 있고 골동품, 문방구, 서화書畵 등 옛 물건을 취급하고 있는 유리창 거리를 둘러보았다. 조선시대 박지원의 열하일기나 조선통신사들이 이곳에 와서 필요한 물건을 구입했다는 기록이 있는 곳이어서 새삼스레 관심이 갔다. 전통가옥이 잘 보존돼 있는 것 같고, 점포 내부에는 고서적, 고문서, 문방사우 등이 눈길을 끌었다.

천안문 광장에 갔다. 면적이 약 40만 헥타르이고 100만 명을 수용할 수 있다는 세계에서 가장 큰 도시 광장에는 많은 인파가 붐볐다. 그 주변에 중국역사박물관, 모택동기념관, 인민의 전당 등이 있는데 내부에는 들어가지 못하고, 지나치면서 건물만 확인하고 곧 바로 자금성으로 갔다.

자금성紫禁城은 명明 영락제가 연 인원 100만 명을 동원하여 14년간 지은 건물로서 그 면적이 천안문 광장의 1.7배라 하는데 그 규모가 엄청나고 웅장했다. 천안문 광장에서 자금성 입구로 들어가니 높고 견고한 성벽城壁 및 건축물 등으로 우선 그 규모와 웅장함에 압도한다. 명明·청淸시대 황제들의 권위權威를 새삼스레 엿볼 수 있는 것 같았다. 그렇지만 성벽이 너무 높아 일반 백성들의 여론을 들을 수 없는 폐쇄된 공간임이 분명하다. 이 궁궐 내에서 도대체 무슨 일이 일어났는지 알 수가 없다. 지배계층 그들만을 위한 공간임이 분명했다.

일행은 태화정, 중화정, 건청궁, 교태전 등을 차례로 갔는데 규모의 웅장함뿐만 아니라, 황제가 거처하는 내부시설 및 건물, 정원庭園 등이 크고 화려하였다. 조선의 경복궁景福宮 등은 너무 초라하여 장난감에 불과한 것 같아 자괴감이 들었다. 역사는 빛과 그림자로 병존한다. 그 당시 토목, 건축공사에 동원된 기술자들과 노역에 시달린 수많은 백성들의 고통이 가득했던 비참한 노동력의 현장이라고도 말할 수 있겠다.

이화원은 영국·프랑스군에 불 타 훼손된 것을 청淸 건륭제에 완성(1895)하여 황실의 여름별장 정원으로 사용한 곳인데, 청 말기에는 서태후가 사용한 곳이라 한다. 많은 인부들이 동원되어 인공호수를 만든 곳인데 경치가 너무 아름답고 중국 건물양식이 잘 나타나 있는 것 같다. 외세가 침범하는데 서태후는 엉뚱한 곳에 국력을 낭비하여 멸망을 재촉한 현장이라고도 할 수 있겠다. 많은 관광객이 붐볐다.

천단공원은 명·청 시대에 황제가 하늘에 제사지내고 풍년을 기원하며 기우제를 지냈다는 곳인데 규모가 컸다. 조선의 사직단과 같은 곳이라 할 수 있다.

용경협곡에 들어가니 입구 큰 바위에 용경협龍慶峽이라고 붉은 글씨로 새겨 놓았고, 조금 더 걸어가니 용龍의 형상을 본 떠 꾸불꾸불하게 터널구조를 만들어 그 속에서 계단 또는 에스컬레이터를 이용하도록 했다. 우리 일행은 유람선을 타고 주변의 기암괴석奇巖怪石과 노송老松으로 우거진 협곡을 즐겁게 관람했다.

만리장성萬里長城은 험준한 산맥과 능선을 따라 뱀처럼 꾸불꾸불하게 석축으로 쌓았는데 그 규모와 웅장함에 압도한다. 관문을 지나 성벽에 올라 성루 등에서 관망하니 지세가 험준하고 난공불락의 요새要塞로서 중국의 저력을 느낄 수 있는 것 같았다.

진시황 때부터 북쪽의 흉노 등의 침입을 막기 위하여 축성한 이래 명·청 시대를 거치면서 보수·보강하여 왔다고 한다. 참으로 거대한 토목·건축공사의 종합 작품이라 할 수 있다. 그 길이가 9,600km라 하는데 아직까지도 그 정확한 길이를 모른다고 한다. 중국인들의 '만리장성에 오르지 않고서 어찌 천하대사를 논할 수 있으리오.' 하는 말에 수긍이 간다.

그 당시 토목기술, 공법, 장비가 오늘날처럼 발달하지 못했는데도 인력으로 만들어 낸 거대한 토목·건축공사 현장이었다. 우리의 남한산성이나 읍성邑城 등은 단순하고 너무 소규모적이어서 마치 장난감과 같은 느낌이 들었다.

한편, 축성공사에 동원된 연간 30만 명 이상의 인부가 흙과 돌을 어깨에 메고 손에 들고 10여 년간을 쌓는 동안에 수많은 백골을 만리장성에 묻었다하니 오히려 숙연한 마음이 든다. 관람객들은 이러한 사실을 간과한 채 겉으로 들어난 웅장한 규모에 환호성을 지른다. 선善과 악惡이 공존하는 인간의 양면성兩面性이다.

그러나 이민족異民族의 침입을 막는다고 이렇게 튼튼하고 거대한 만리장성을 쌓았지만, 소수민족에 불과한 몽고족과 만주족에게 중원을 빼앗겨 원元·청淸 시대 그 지배를 받았다. 19세기에는 유럽의 조그만 변두리 섬나라 영국에게 아편전쟁으로 치욕을 당했다. 역시 아시아 섬나라 일본에게도 씻을 수 없는 침략과 만행을 당했다는 사실이다.

이 변화하는 국제 흐름 속에서 조선朝鮮은 일본의 강요로 중국의 속국을 벗어나 독립국이라는 허울 좋은 대한제국의 황제皇帝로 변신했지만, 결국은 일본의 식민지로 전락하여 치욕을 당했으니 참으로 부끄럽고 가슴 아픈 일이다. 미국의 히로시마, 나가사키 원폭原爆투하로 중국과 우리는 겨우 기사회생起死回生했지만, 힘(power)이 없으면 평화를 지켜낼 수 없다는 사실을 깨달아야만 한다. 고금 역사를 통하여 부국강병 없이는 자주독립이 없다는 것을 다시금 일깨워 주는 만리장성의 현장이다. 만리장성과 북경에서 대륙의 흥망성쇠興亡盛衰을 느끼는 순간들이었다.

오늘날 우리를 지켜주는 만리장성은 산천에 성벽을 쌓는 축성築城이 아니라, 부국강병富國强兵의 만리장성을 쌓아야 할 것이다. 한마디로 자주국방과 경제이다.

이번 청맥회 가족동반 첫 모임은 매우 즐거웠고 동시에 역사적 현장을 돌아보는 유익한 기회였다.

황산의 비경秘境

    나는 가끔 부산 기장군 대변리에서 '송월횟집'을 운영하는 김용태 친구한테 가곤 했다. 고교시절부터 친밀하게 지내 온 친구이고 가족끼리도 허물없이 지낸다. 어느 날 친구 집에서 식사를 할 때였다. 고교동기로서 부산에 거주하고 세무서에 근무하는 김학무 부부와 만나 저녁을 함께 하게 되었다.

    그 친구는 고교 시절에 글쓰기에 소질이 있어 교내 백일장 등에 입선하고 학교신문에 게재되기도 하여 문학에 상당한 재능이 있는 것으로 알고 있었다. 지금도 '코스모스, 영英에게 부치는 장章'이 생각이 난다. 우리는 그동안 살아온 얘기 등으로 함께 술잔을 기울였다. 그는 이제 정년퇴직도 얼마 남지 않았으니, 중국 황산을 친구들과 함께 가자고 제안하였다. 나는 즉석에서 승낙했다. 그가 친구들에게 연락하여 주선하겠다고 하였다.

    며칠 후, 황산에 출발하게 된 친구들은 나를 포함하여 김학무,

조호구, 백재현, 신현승, 피규환, 김성균, 전정환 8명으로 부부동반 16명이 확정되었고 기간은 2007년 7월 14일~17일까지로 결정되었다고 연락받았다. 명단 확정 후, 서울의 조호구 친구한테서 연락이 왔다. 출국 전에 자기 집에서 숙박하고 함께 출발하자는 사전 연락이었다. 나는 친구의 호의에 감사했다. 부산 거주 김학무 친구는 백재현 친구한테서 숙박하기로 했다고 한다.

출국 하루 전에 서초구 친구 집에 도착하여 지하주차장에 주차 후 숙식하고 편의를 제공 받았다. 이튿날 새벽, 친구가 미리 예약한 차량으로 아파트를 출발해 방배동에 거주하는 전정한 부부를 태우고 인천공항으로 갔다. 공항에서 일행들을 만나 즐겁게 담소하면서 출국 수속을 밟았다.

황산공항에 도착하여 청淸 대의 모습이 남아 있는 거리를 돌아보았다. 옛 건물이 그대로 남아 있어 유네스코 세계문화유산에 등록되었다 한다.

황산에 오르는 날은 날씨가 심술을 부렸다. 케이블카가 있는 출발 지점에 도착했지만, 그날따라 갑자기 비가 쏟아지고 산골짜기에 안개가 자욱하였으며 천둥·번개가 치는 등 최악의 날씨였다. 우리 일행은 많은 관객과 함께 비가 그칠 때까지 한참을 기다려야 했다. 천둥, 번개가 치는 때에는 케이블카 운행의 안전사고 위험이 있기 때문이다.

한참 후, 비가 그치고 케이블카를 이용해 숙소가 있는 호텔에 도착했다. 어둠이 깔린 황산 중턱에 세워진 숙소는 관광객들의 편의를 위하여 세워진 곳으로 여간 편리한 게 아니다. 저녁 무렵이 되었기에 일행들이 식사와 술을 같이 하고 객실에 들어가니 밤이 깊었다. 그런데 재현이가 밖으로 불러내 "술 한잔 더 하자"고 하여 서로 권하며 그동안의 얘기를 나누었다.

이튿날 아침, 일출을 보려는 일정이 잡혀있었지만 비가 내리는 등 날씨가 심술을 부려 취소되었다. 일출을 보는 것은 원래 드문 일이라 한다. 그 대신 일행은 정상을 향해 출발했다. 정상으로 가는 길은 오솔길, 비탈길, 계단길 등 코스를 따라 기암괴석과 노송으로 우거진 산수를 감상하며 올랐다.

기암괴석의 바위 또는 소나무 등에 몽생필화, 연려지송 등 그럴듯한 이름을 지어 관광객의 감성을 자극하고 있었다. 어떤 곳은 기기묘묘하여 사람이나 짐승의 표상을 하기도 하고 그 형체마다 그 럴듯한 작명을 하여놓았다.

이윽고 산정山頂을 오르니 나 같은 범생凡生도 대자연에 흠뻑 젖 어 시인詩人이 되고 풍류風流를 논할 수 있을 것 같은 호기豪氣가 일 었다. 예로부터 시인, 묵객들이 황산을 노래했다는 것에 공감이 갔 다. 황산은 산山 중의 신선神仙이요, 신선 중의 부처님 모습으로 온 화하게 다가왔다. 그 절경絶景은 인간의 마음속에 있다. 나는 이렇 게 흥에 겨워 황산을 감상했지만, 아내는 등산지팡이를 이용했어 도 무릎관절이 아프다고 하소연했다.

이렇게 천하 절경의 황산도 엄격하게 지질학상으로 보면, 지구 탄생 이래 억겁億劫의 시공時空과 풍화風化에 씻긴 지질地質의 지각 변동 및 자연自然의 조화가 빚은 지구 역사의 한 단면에 불과하다. 다만, 인간의 이성理性과 감성感性이 자연과 소통, 대화對話하고 의 미意味를 부여하면서 크나 큰 예술작품으로 승화昇華하는 것이라고 할 수 있겠다.

이번 부부 동반 여행은 모처럼 친구들과 만나 소통하는 즐거운 여행이었다.

함께 해준 친구들에게 감사했다.

모방模倣의 천재

- 일본에서 배울 것들

상주시에서는 선진행정을 벤치마킹하여 직원들의 안목을 높이고, 비교행정을 통한 업무의 효율성 제고와 정책개발을 위하여 일본 연수를 결정했다. 주요 행선지는 오사카, 시라카와, 타카야마, 나고야, 아타미, 도쿄 등이었다.

연수기간은 2008년 11월 24일~28일까지 5일간이며, 참가 인원은 각 부서 직원들로 구성된 20명으로 나는 연수단장을 맡았다. 내가 시설관리사업소장을 할 때였다. 연수단은 이번 기회를 통하여 주요 관찰대상을 ① 축산 분야 ② 관광, 축제 분야 ③ 유통 분야 ④ 도시 미관 분야 등을 중점 살펴보기로 했다.

첫날은 김해국제공항을 출발하여 12시 40분경에 일본 간사이국제공항에 도착했다. 이어 오사카로 이동하여 재래시장 등을 둘러보았다. 이어 기후로 이동하고 저녁식사 후 미야코호텔에 투숙했다.

둘째 날에는 시라카와 합장촌을 방문하였다. 전통가옥을 복원하고 유네스코 세계문화유산에 등록된 사례를 보았다. 조그만 것이라도 문화유산에 등록하려는 자세만은 알아주어야 할 것 같다. 이어 타카야마로 이동하여 일본 최고등급의 육우품질이라고 하는 화우육和牛肉 히타큐 축산연구소를 방문하여 그 과정을 살폈다.

셋째 날에는 타카야마 시청을 방문하여 봄, 가을에 개최하는 '마츠리축제' 관광상품화 사례를 견학했다. 이어 나고야로 이동하여 '메이테즈 백화점 식품부' 등을 방문하여 유명 야채, 과일 등의 판매 사례를 살펴보았다. 나고야에서 초고속 신칸센 열차(2시간 소요)로 아타미로 이동하여 저녁식사로 카이세키 요리를 맛보았다

넷째 날에는 도쿄로 이동하여 도시인에게 쌀을 소재로 한 문화공간인 긴자 쌀 랠러리를 견학하였다. 이어 도쿄에서 가장 큰 재래시장인 우에노 아메요코즈를 둘러보았다. 만화를 소재로 한 지브

리박물관을 둘러보고, 높이 215m라는 도쿄 도청 전망대에 올라 시가지를 전망했다. 전망대에는 많은 시민과 관람객으로 붐볐다.

다섯째 날 오전에 근대 일본을 재현했다는 보소노무라 민속촌을 둘러보고, 오후에는 나리타국제공항을 거쳐 김해국제공항에 도착하였다.

이번 연수과정에서 우리와 비교되는 몇 가지 문제점을 발견할 수 있었다.

첫째, 일본식당은 꼭 필요한 음식을 주문받아 손님에게 제공하는데 비하여, 한국식당은 음식과 반찬 등을 푸짐하게 접대하는 습성으로 음식물 낭비가 많고, 쓰레기가 넘친다는 사실이다. 꼭 개선해야할 사항이다.

둘째, 백화점 및 마트 등의 농산물판매에서 식품, 과일 등을 소량, 소포장하여 고가高價로 판매하고 품질과 생산성을 극대화하고 있다. 그러나 우리는 상품단위를 5㎏, 10㎏, 15㎏ 등, 박스(box)단위로 거래하는 습관에 익숙해져 있다는 사실이다. 물건 하나라도 엄격, 정선하여 소비자에게 소포장小包裝, 고가高價 판매하는 전략이 필요한 분야도 있다.

셋째, 타카야마 기후현 축산연구소를 방문했을 때 소牛기념관에 각종 가축경연대회에서 우승한 육질 좋은 소의 혈통을 3대 계보(조부모→ 부모 → 현재)로 전시하여 연구하고 있다는 사실이다. 그야말로 우수 견학시설이 되었으며 종사 인원 및 관리로 고용 효과를 창출하여 지역경제를 활성화시키고, 육우 발전에도 기여하는 등 일석삼조의 효과를 거두고 있는 것이다.

즉, 소 족보牛族譜를 만들어 100년 후를 대비하고 최고의 품질만이 경쟁사회에서 살아남을 수 있도록 상품을 극대화, 브랜드화 시키고 있다는 사실이다. 그들은 언젠가 세계 최고의 소고기 요리를 이력履歷 관리해 왔다면서 국제시장에 1등 상품商品으로 내 놓지 않을까? 일본 상품의 국제시장 장기 전략의 일환이 될 것이란 느낌을 받았다.

그런데 이러한 소 족보의 아이디어와 전략이 어디서 나온 것일까? 2008년 12월 17일자 대구 '매일신문' 보도에 의하면, 한국토지공사 토지박물관이 1913~1934년까지 20년간 경상북도 영천지역 개별 한우韓牛의 이력을 자세히 정리한 '축산우문서畜産牛文書'를 입수했다고 보도한 사례가 있다.

1910년은 한일 병합 시기이다. 한마디로 일본 문화의 원조元祖는 한국과 중국이다. 대륙 또는 한반도 문화가 일본에 흘러들어간 것이다. 일본은 19세기 초까지 육식肉食은 전혀 하지 않고 생선초밥을 즐겨하는 국가인데, 어느 날 갑자기 소고기 맛에 휘둘려 소 족보를 만들어 가고 있다니 세상이 깜짝 놀랄 일이다.

우리는 소중한 우리의 문화와 전통을 관리하지 못하여 소홀히 했고, 일본은 이를 받아들여 모방하거나 자기문화로 받아들여, 독자적으로 이끌어가고 있는데 경각심을 가져야 한다.

넷째, 타카야마 시청을 방문하여 일본의 아름다운 3대 문화축제의 하나라는 '마츠리まつり' 축제이다. 이것은 장식수레 즉, 가마행렬 10여 대가 중심이 되어 다양한 주제를 가지고 봄, 가을에 실시하는 축제인데 그 기원은 16~17세기라고 한다. 그렇다면 16세기는 1592년 임진왜란으로 우리 국토를 무참히 유린할 때이다.

조선시대의 상여문화喪輿文化인 '돌아가신 분의 시체를 산에 매장하러 갈 때에 앞장선 소리꾼과 상여 맨 분들의 합창 소리'를 축제로 착각하고, 일본문화로 개선, 활용되었다는 일부 역사학자들의 연구 결과를 귀담아 들을 필요가 있는 것 같다.

하여튼 그들은 모방模倣이 강하고 이를 치밀하게 분석하고 받아들여 자기 것으로 만들어 가는 것을 우리는 본받아야 한다.

다섯째, 기호식품인 술과 담배는 우리의 전통문화와 정반대라고 한다.

대중음식점 등에서 식사 후에 남녀 공히 담배를 즐겨 피우고 있었다. 특히 여성들의 흡연이 주류를 이룬다. 길거리에서도 여성들이 담배를 즐겨 피우는 것을 아주 흔하게 볼 수 있었다. 시아버지와 며느리가 담배는 합석하지만, 술酒은 동석同席이 불가능하다고 한다. 술은 취하면 자세가 흐트러지기 때문에 수긍이 간다. 한국은 술은 같이 하지만, 담배는 함께 피우지 않는다. 문화의 다양성多樣性이다.

여섯째, 우리 속담에 '작은 고추가 맵다'고 한다.

일본인들은 제 나이에 비하여 대체로 신장이 작고 몸집이 왜소矮小한 것 같다.

즉, 체격이 중국이나 우리나라보다 왜소하다. 우리 조상들이 예부터 '왜倭놈'이라고 한 것에 일리가 있는 것 같다. 그러나 이러한 신체적 왜소矮小와는 달리 그들은 19세기 서구 문명 개화사상과 부국강병정책을 재빠르게 받아들이는 정신精神은 놀라운 것이었다.

그들은 19세기 아시아의 자존심이었던 중국이 유럽의 일개 섬나라 영국한테 아편전쟁으로 무참하게 침몰하는 것을 보면서 신속히 서구열강 문물과 우세한 군사력을 받아들여 아시아에서 유일하게 강대국으로 올라섰다. 또한, 조선을 식민지화하고 청·러 전쟁 승리로 아시아 각국은 물론 세계를 경략코자 했다.

일본이 독도의 영유권을 주장하고, 중국과 다오 위다오(일명: 센카꾸열도) 소련과 쿠릴열도의 영유권을 주장하는 등 그들의 침략은 총성銃聲없이 계속되고 있다.

일본은 참으로 가깝고도 멀리 있다는 사실을 알아야 한다. 언제까지 분쟁을 만들어갈 것인지 주목할 필요가 있다. 아마도 지구가 우주에서 사라질 때까지 일지도 모르겠다.

그들은 상대방을 치밀하게 연구하고 분석하여 종합적으로 대처하고 있다.

이번 연수로 일본이 정치, 경제, 문화, 사회, 산업, 축산, 유통, 판매 등에서 앞서고 있는 현장 등을 조금이라도 이해할 수 있는 기회를 가졌다

동남아시아의 빛과 그림자

청맥회 모임에서 그동안 비축한 자금과 일부 자부담으로 부부 동반하여 두 번째로 동남아시아(베트남, 캄보디아)를 가기로 했다. 대상자는 나를 포함하여 최성호, 배용식, 이세근, 조금연, 성우제, 박정태, 정하진으로 부부 동반 16명이었고, 여행기간은 2010년 9월 30일~10월 5일까지 6일간이었다.

여행 첫날 인천공항을 출발하여 베트남 호치민시 탄손누트공항을 거쳐 캄보디아 씨엠립에 도착하였다. 시내로 이동하여 민속 쇼를 관람하고 예약한 호텔에 들어가니 경상북도 영주 및 강원도 등에서 온 관광객들이 많아 마치 국내여행이나 다름이 없었다. 요즘은 어디를 가든지 한국인이 대세라는 것을 쉽게 느낄 수 있었다.

둘째 날 12세기에 만들었다는 세계 7대 불가사의의 건축물 앙코르와트 유적지에 갔다. 치솟아 오른 사원들과 중앙탑, 기묘한 양각으로 새겨진 형상들, 오직 석축으로 이뤄진 거대한 토목, 건축공사

216

의 도시공간은 예술작품의 진수眞髓인 것 같다.

이 건축물 공사를 추진한 크메르왕조의 막강한 권력과 숙련된 석공들의 기술자들이 새겨놓은 의미 있는 양각의 작품세계 그리고 동원된 인부들의 피땀을 동시에 상상해 보았다. 900년이나 지난 세월 속에 나무 뿌리가 오히려 건축물을 지탱해 주는 곳도 있었다. 그야말로 기나긴 세월 속에 상부상조가 된 것이다.

유적지 주변에 석산石山이 없다는데 이 거대하고 많은 돌을 어디서 어떻게 운반하여 이러한 도시 공간에 작품세계를 만들었는지 참으로 불가사의한 일이 아닐 수 없었다. 새삼 캄보디아 선조先祖들의 저력을 느낄 수 있는 것 같다.

셋째 날은 동양 최대의 자연호수라는 톤레샵 호수와 수상족들이 사는 수상마을에 갔다. 이어 수상마을에 가는 배에서 나이 어린 꼬마들이 잽싸게 배에 뛰어올라 필요한 물건들을 파는 것이 신기할 정도로 익숙했다.

넷째 날은 유네스코가 지정한 세계적 자연경관 하롱만의 3천여 개 섬으로 이뤄진 바다를 유람선으로 일주하고 환선동굴 등 주변을 돌아보았다. 특히, 선상에서 바다고기와 술酒을 곁들이니 수상 경관은 마치 '이태백의 신선놀음'이었다. 모두가 즐겁게 술잔을 주고받았다.

다섯째 날은 하노이 시내에서 관광객을 위한 탈것(tools)에 승차하여 시내 주변을 둘러보았다. 시내 교통은 오토바이와 차량이 뒤범벅이지만 서로 충돌하지 않고 마치 곡예사처럼 제 갈 길을 달리는 것이 신기할 정도였다.

하노이 시는 이李씨 왕조가 수도로 정한 지 꼭 1000년이 되는 10월 10일을 앞두고 기념축제 준비가 한창이어서 시내 곳곳에 통제구역이 많았다 또한, 시내 곳곳에 한국기업이 진출하여 현대, 삼성, 부영 등의 광고물이 건물 등에 선전되고 있었다. 한국인의 국력신장을 느낄 수 있었다.

여행을 마치고 하노이 공항 출국수속 과정에서 눈물겨운 장면을 목격했다. 앳된 얼굴의 베트남 청년들이 한국으로 산업연수 떠나는 장면이었다. 공항 대기 중에 만난 20대의 청년들은 한국으로 '코리안 드림'을 꿈꾸며 부모님들과 껴안고 환송하는 장면이 이곳저곳에서 벌어지고 있었다.

옆에 있는 20대의 베트남 청년은 부모님이 사주신 흰 운동화에 여행 복장을 하고 부푼 꿈에 즐거운 듯이 앉아 있었다. 우리는 그와 마주 앉아 손짓, 발짓으로 대화할 수 있었다. 나는 그 청년의 순수한 얼굴에 시선을 뗄 수 없었다.

그 당시 우리나라는 소위 3D 업종이라고 불리는 건설, 제조업체의 가죽, 가구, 금속제품 주조, 축산 등의 직종에 해외노동자를 투입하여 부족한 산업인력을 충당하고 있었다. 그러나 가끔 일부 기업체 또는 농장주들이 그들의 노임을 제때에 지급하지 않거나 학대 또는 혹사시켜 사회적 물의를 야기한 사례가 보도된 적이 있었다. 공항에 대기 중인 베트남 청년들은 ○○업체, ○○농장으로 간다는 행선지 표지판을 목에 걸고 있었다.

나는 한국의 고용주들이 베트남 청년들의 순수한 희망을 짓밟지 않았으면 좋겠다. 그들이 연수를 마치고 고국으로 돌아가 한국에서의 체험을 이야기할 것이며, 그들은 베트남의 미래를 이끌어갈 지도자로 성장할 것이기 때문이다. 지금이 한국의 우수성과 문화를 체험하고 잘 알릴 수 있는 가장 좋은 기회이다. 우리는 이러한 기회를 십분 활용해야 한다.

내가 현직에 있을 때, 관내 어느 축산농가 하시는 분이 돼지를 수백 마리 키우는데 외국인 노동자를 고용하고 있었다. 나는 그분을 만날 때마다 외국인들에게 노임을 제때 지급하고 부당한 대우를 하지 말 것이며, 국가의 위상을 위하여 큰 틀에서 생각해 달라고 부탁한 경우가 생각이 났기 때문이었다.

두 번째는 하롱베이 유람선에서 술酒안주로 즐겨먹었던 '다금바리회'가 사실은 '둥근바리'였으며 1마리에 30달러씩 주었던 가격은 5달러에 불과하였다는 사실이다.

2010년 10월 15일에 KBS TV소비자 고발 프로그램에서 이 사실을 보도하여 씁쓰레한 여운을 남겼다. 해외여행 자유화 이후 각지에서 한국인을 상대로 교포들의 바가지 상혼이 성행하는 사례였다. 우리는 1㎏ 당 6배의 가격으로 16명분을 지급했기 때문에 엄청 바가지를 썼다. 그리고 '회'를 뜨는 과정이 불결하다는 사실이었다.

선상船上 밑은 거주하는 분들이 배설하는 분뇨 등으로 비위생적이라는 사실이 적나라하게 밝혀졌기 때문이었다. 이외에도 곰 사육농장에서 쓸개 채취 과정, 비싼 라텍스 제품 등의 허실에 대하여 방영했다. 소비자를 위한 좋은 프로그램이었다.

또한, 해외여행 자유화 이후 세계 각국의 관광지에서 한국인을 상대로 돈벌이 하려는 교포들의 바가지가 성행하는 사례가 많은 것 같다. 동남아 여행에는 기후와 지역풍토에 맞지 않는 뽕나무 상황버섯 판매, 각종 기념품 판매 등이 있고, 유럽여행 중에는 이탈리아의 명품가방, 스위스의 명품시계 모조품 등 한국인에게는 무조건 비싼 가격으로 불러야 잘 팔린다고 한다. 한국인의 허영심을 극도로 이용하는 행태이다.

이번 청맥회 부부 동반 두 번째 여행은 함께 어울릴 수 있는 참 좋은 기회였다. 그렇지만 한국인들의 과소비와 씀씀이가 문제시되는 현장現場과 원인原因을 여러 각도에서 돌아볼 수 있는 기회였기도 하다.

해외여행 시 과소비와 씀씀이를 줄여야 되겠다.

장가계는 지질地質과 자연自然이 빚은 작품이다

2016년 3월 어느 날, 서울의 조호구 친구한테서 친구들과 함께 장가계 가자고 연락이 왔는데 나는 쾌히 승낙했다. 신현승 친구가 총무가 되어 일을 추진한다고 했다. 최종 확정된 인원은 나를 포함하여 조호구, 백재현, 신현승, 전정한, 김성균, 김병균, 한경국의 부부동반 16명이며, 기간은 4월 6일~10일까지로 5일간 이었다.

이번에도 인천공항을 이용해야 하기에 출국 전에 조호구 친구 집에서 숙박하기로 했다. 여행 하루 전에 서울에 도착해서 오후 5시에 만나기로 약속했다. 그런데 아들이 부모님께 효도한다고 내비게이션(GPS)을 인터넷으로 구입하여 차량에 부착해주었다.

오후에 아내와 같이 동대구IC를 출발하여 충북 괴산휴게소를 거쳐 여주 부근에 오면서 내비게이션이 10여 번이나 끊어지기를 반복하여 애를 먹었다. 며칠 전에 북한의 GPS교란작전이 보도되었기에 그런가 싶기도 하고, 불량품인 것 같기도 하였는데 여하튼 둘

중에 하나였다. 그렇게 혼란을 거듭하던 순간에 차량이 서초IC로 가지 못하고 성남시로 빠지는 바람에 예상시간보다 한참을 헤매었다. 차량에서 운전 중 휴대폰을 사용하여 연락을 하지 못하는 등 큰 낭패를 봤다. 따라서 1시간 이상이나 지체되어, 일찍 퇴근하여 기다리는 친구에게 너무 미안했다.

그러나 친구 부부는 조금도 내색하지 않고 오히려 먼 길에 왔다며 반갑게 맞이하였고, 아파트 주변의 아늑한 고급 중화요리로 안내하여 접대했다. 그동안의 얘기 등을 나누며 시간을 가졌고, 잠자리는 그의 아들이 사용하던 방으로 9년 전 황산여행 때 사용했던 곳이었다.

이튿날 새벽 4시, 친구가 방문을 살짝 두들겨 잠을 깨웠다. 곧,

이원화 여사가 일부러 차를 끓여 주었다. 짐을 챙기고 5시경에 친구가 미리 예약한 콜택시가 도착하여 출발했다. 잠시 후 방배동 거주 전정한 부부를 태우고 50분여 후에 인천공항에 도착하여 일행을 만났다. 공항에서 출국수속을 끝내고 9시 30분경에 이륙하여 12시 30분경 장사공항에 도착하였다.

첫날은 열사공원, 임시정부청사 등을 둘러보고 장가계로 이동하였는데 고속도로에 비가 내렸다. 호텔에 도착하여 저녁을 현지식으로 하면서 일행은 그동안의 소식을 전하며 모처럼 화기애애한 가운데 술잔을 기울였다. 재현이는 취미로 서예 등을 배우고 사람들을 사귀고 있으며, 성균관대학교에 5년간 등록하여 사서삼경을 배우고 있다고 하였다. 그는 유명 대기업에서 이사로 근무했고 IMF 이후 독립하여 경제 CEO로서 기업경영과 고용창출에 이바지했다. 또한, 그는 현직에 있을 때 추석 및 설 명절에 수년간 선물을 보냈는데 아내가 무척 기뻐하고 고마워하기도 하였다.

둘째 날은 천문산 대협곡으로 갔다. 매표소에 가니 관람객의 편의를 위하여 주택가 건물 지붕 위를 거쳐 천문산 정상으로 들어가는 케이블카를 운행하고 있었다. 시선視線을 상하좌우로 천문동 풍경을 관람하며 정상에 오르는 순간이다.

지상에서 선계仙界로 들어가는 기분인 것 같기도 하다. 오랜만에 케이블카에 탑승하여 아래를 내려다보니 너무나 아찔하였다.

때마침 김명희 여사가 판소리 몇 곡을 목청껏 불러 즐겁게 올랐다. 옆에 앉은 전정한 친구가 "노래 배우느라고 돈 좀 들었겠네."

농담했다.

대협곡과 천문산사에 오르니 참으로 절경이었다.

천문산사 대웅보전에 들러 가족 이름을 모두 기재하고, 부처님께 세 번 절을 하였다. 귀곡잔도가 너무 가파르고 험준하여 계단을 이용하다가 일정시점에서 미끄럼 방식으로 내려갔다. 아내가 무릎 관절이 좋지 않아 걷기가 불편하였다. 식사 시간에는 일행 중에 고추장과 마른멸치, 소주 및 반찬 등을 가지고 와서 즐겁게 술도 한잔했다.

저녁 후에 천문호선 쇼를 관람했다. 장가계 계곡 등을 무대로 노천극장으로 꾸며진 야외무대로서 무대장치가 크고 등장 인원이 많았다. '나무꾼과 천년 묵은 여우의 사랑' 이라고 한다.

셋째 날은 원가계로 갔다. 케이블카를 이용하고 미혼대, 천하제일교, 십리화랑(모노레일) 등을 둘러보았다. 자연환경을 이용하여 관광지로 개발한 것 같다. 중국의 사회주의체제가 이제 본격적인 자본주의 체제로 서서히 바뀌는 것 같기도 하였다. 오후에 너무 피곤하여 일행들 모두 마사지를 받았다. 저녁식사 후에 일행들이 소주를 한잔했다.

넷째 날은 버스를 이용하여 황룡동굴에 갔다.

날씨가 흐렸고 비가 왔다. 지하 비경인 동굴 내부를 둘러보고 이어 산정호수인 도봉호에서 유람선을 타고 주위를 둘러보았다. 돌아오는 길에 재래시장에 가서 일행들이 농산물을 구입하였는데, 아내가 흰 깨를 구입하였다. 그로써 장가계의 주요 일정을 모두 마쳤다.

이번 여행에서 살펴본 장가계 역시 뛰어난 자연환경이지만, 지질학상으로 본다면 황산과 마찬가지로 지구의 탄생 이래 억겁億劫의 시공時空에서 지질과 지각변동으로 지층이 흔들리고 단층이 생기는 등 자연의 풍화작용으로 생긴 작품 중의 걸작傑作이라고 볼 수 있겠다.

여행이 끝난 다섯째 날은 조식 후 장사공항으로 이동하였다.

공항대합실에서 출국수속을 하고 기다리는 중에 백재현이가 '베스트 커플상'을 남몰래 심사하였다며 발표했다. 당초 가장 좋은 커플로 생각했는데 의외의 결과가 나왔다며, 이재봉, 조호구, 전정한 등은 제외되고 총무 신현승 부부가 가장 모범적이라 했다.

모두가 즐겁게 웃으며 반겼다. 일행들에게 웃음을 선사하는 그의 유머와 재치가 좋았다.

때마침 공항에 비가 뿌리고 10여 분 늦게 출발하여 오후 5시경에 인천공항에 도착하였다. 나는 조호구 친구가 사전 예약한 차량으로 서초구 아파트에 도착하여 작별하고, 곧 바로 대구로 출발해 늦은 밤 11시 30분경에 도착하였다. 이번 여행을 같이 한 친구들에게 고맙고 감사했다. 또한 각종 편의를 봐 준 친구들에게 고마웠다고 메시지를 띄웠다.

여행을 다녀온 지 벌써 1년 6월이 지났다. 그 당시 나는 스마트폰이 구형舊形이어서 좋은 자연환경을 보고도 기념비적인 사진이 없었다. 그런데 2017년 11월 6일 같이 동행했던 한경국 친구가 그때의 사진을 이메일로 대량 보내왔다. 그동안 저장기간이 지나 삭제됐던 영상을 사위가 며칠간 고생하여 복원한 것이라 한다. 친구에게 더욱 고맙고 감사했다.

제3부

세상 살아가는 이야기들

공인중개사 자격증과 삼식이

2010년 12월 31일 자의 정년停年퇴직은 지금까지 36년 6월에 걸친 일선행정에 몸 담아온 그동안의 규칙적인 생활 패턴을 깨트리고 자유로운 몸이 되는 계기였다.

퇴직 이후 한동안은 산악회 등에 가입하여 산과 들로 등산을 하거나, 온천, 사우나탕 등으로 가벼운 운동을 하는 등 해방된 기분을 만끽하였다.

옛말에 좋은 꽃놀이도 한두 번이라 했다. 이러한 자유분방한 생활도 한두 해가 지나고 나니 노는 것도 지겹고 힘들다는 것을 알았다. 정년 없이 활동할 수 있는 직업으로 자영업자 등이 오히려 부럽기까지 했다. 내 스스로 사무실을 마련하여 타인을 고용하고 무언가 일을 하고 싶어졌다. 평생 일할 수 있는 자격증을 받아 나름대로 사무실을 갖고 싶기도 했다. 돈을 버는 것도 좋지만 그야말로 고객에게 복을 주고 덕을 베푸는 가칭 '복덕방福德房부동산사무소'를 개소하기로 결심했다. 사무실에 매일 출근, 청소하며 친구 및 주민과의 노변정담路邊情談 등으로 여생을 보내고자 생각이 되었던 것이다.

2015년 10월 제26회 공인중개사 자격증을 취득하고 곧이어 한국공인중개사협회 대구분회에서 4일간 실시하는 실무교육을 마쳤다. 공인중개사 자격증은 시·도지사가 시행하는 자격시험에 합격해야 하는데 전국적 수준의 균형均衡을 유지하기 위하여 국토교통부장관이 직접 출제하거나, 한국산업인력공단 등에 위탁하여 일괄一括 시행한다. 즉, 국가고시와 다름없다.

실무교육을 마치고 사무실을 개소할 수 있는 지역을 사전 답사하기로 했다. 때마침 거주지였던 대구 동구 신서동 일대에 혁신도시 조성이 막바지에 이르러 많은 상가건물 등이 매물로 나와 있었고 중개사무소도 포진되어 있었다.

몇 곳을 상담해 보니 상가건물 등이 수요에 비하여 과다 공급되어 지역 여건이 실수요자를 유입하기에는 원만치 않다는 것을 짐작할 수 있었다. 일부 사무실을 인수하라는 제의를 받았지만, 매입가격과 임대료 등이 만만치 않았다.

그 다음에, 대전과 세종시를 둘러보았다.

대전은 계획된 도시로서 주변 여건이 좋지만 부동산 가격은 상당했다. 세종시는 정부청사를 중심으로 곳곳에 아파트가 입주 및 신축 중이었지만 생활 여건은 10년 이후를 기약해야 했다. 예를 들면 우선 목욕탕, 사우나, 영화관 등의 문화시설이나 지하철, 기차 등 대중교통시설 등이 전무했다. 그러나 사무실 임대료 및 아파트 가격은 실수요자 중심이 아닌 극도로 상승되어 있었고, 곳곳에 아파트건설업체 등이 사업설명회를 열심히 하고 있었다. 한마디로 부동산은 투자의 대상이었고 경쟁이었다.

세 번째로 충북 혁신도시 진천·음성지구를 가족들과 함께 답사하러 갔다.

허허벌판에 공공기관 건물과 아파트 건물이 들어서고 있었다. 이미 완료된 아파트단지에는 입주민이 일부 거주하고 있었고, 한창 진행 중인 건물은 일하는 사람들로 붐볐다. 혁신도시 건설현장 도로 주변 곳곳에는 우선적으로 눈에 띄는 것이 중개사무실 간판이었고 4~5개소 둘러보고 상담하였다. 그 분들 중에는 전국 단위 혁신도시를 다니면서 사업성패를 경험하신 분들이 있었다. 그야말로 부동산업계의 프로였다.

이곳에서도 역시 사업체를 인수하기를 제의 받기도 했다. 그러나 내가 생각하고 있는 복덕방 사무실과 그들이 생각하는 부동산 업무는 너무나 차이가 많았다. 역시 부동산은 투자投資와 경계警戒의 이중성이었다.

노무현 정부의 세종 정부청사 행정도시 건설과 각 시·도의 혁신도시조성은 대한민국을 지역적으로 재편성하려는 단군이래의 거대한 프로젝트라 할 수 있다.

공공기관 지방이전과 인구유입 및 분산, 지역경제 활성화 등 다

목적이었지만, 현실적으로는 교육 및 생활여건, 대중 및 광역교통 시설, 서울 및 수도권에 편중된 의식 구조 등은 난제難題로 남아있어 장기간이 소요될 것 같았다. 공공기관 임직원들도 원룸이나 전세, 자취 등으로 혼자 생활하거나, 기러기 가족이 되어 토·일요일 등 공휴일이 되면 오히려 서울 등으로 뒤돌아가는 것이 비일비재하다고 한다.

나는 이렇게 대구, 대전, 세종, 충북혁신도시(진천, 음성) 4개소를 둘러보고 많은 고민이 필요했고 중개사무실 개소를 서둘지 않기로 마음을 접었다.

그리고 3년 3개월에 걸친 대구생활을 떠나 구미의 금오산 자락에 펼쳐진 조용한 아파트로 이사를 하게 되었다. 구미는 인구 42만여 명의 산업도시이다. 국가산업단지 등을 끼고 있어서 그런대로 거주할만한 정주 여건과 젊은이들의 고용 여건을 창출하고 있다고 보아진다.

이곳에 와서 우연히 노인종합복지관에 회원으로 등록하고 그 시설을 이용하는 뜻하지 않은 기쁨이 생겼다. 월요일부터 금요일까지 상·하반기 교양과목으로 컴퓨터, 노래 및 풍물, 사군자, 명심보감, 시사, 일본어, 중국어 등 다양한 프로그램을 개설하여 강사들이 운영하고 있었고, 점심은 저렴하게 공급하고 있었는데 시청에서 일부 금액을 지원하고 있었다. 또한, 경상북도립 구미도서관이 옆에 있어서 도서열람이 유용하고 금오산 산책길을 이용할 수 있게 되었다.

나는 매일 점심을 이곳에서 해결하는데 퇴직 이후 오랜만에 삼식이를 면하여 이식 군이 되었다. 요즘 우스개로 남편이 집에서 밥 먹는 숫자에 따라 '영식 님, 일식 씨, 이식 군, 삼식이'로 차별하여 불린다고 한다. 한 끼라도 밖에서 먹는 음식이 뜻밖에도 생활의 활력소가 되는 것 같다. 그리고 많은 사람들을 만나고 소통할 수 있는 계기가 되는 것 같다. 나는 부동산에 취업한 것이 아니라, 노인종합복지관에 취업한 결과가 되었다.

지하철 사랑

지하철은 대도시 생활에 있어서 시민들이 안전하고 편리한 대중 교통을 이용하기 위한 교통체계이다. 대도시 교통체계는 지하철, 버스, 택시, 자동차 등이 있지만 그중에서 가장 안전하고 신속하며 저렴한 비용이 소요되는 것은 지하철이기 때문이다.

지하철은 교통과 소통의 문제를 동시에 해결하기 때문에 '시민의 발'로서 각광을 받고 있다. 대도시에 있어서 지하철 교통체계는 인체로 말하면 도시 교통이 숨을 쉬는 허파의 역할과 같다. 도시교통이 원활하게 숨 쉬어야 하기 때문에 시민들의 '삶의 질'이 향상될 수 있다.

내가 대구에 거주하였을 때, 공공기관의 이용, 친구들과의 모임, 음식점, 결혼식장 등의 용무를 보기 위하여 지하철을 즐겨 이용했다. 더욱이 65세 이상은 무임승차라서 지하철 공사 직원들에게 항상 고마움을 느끼고 그들의 친절한 서비스에 더욱 감사했다. 또한, 지하철 시설공간의 화장실이 깨끗할뿐더러 환승역, 만남의 광장 등 공간시설 역시 이용하는 승객들에게 매우 편리하고 깨끗하게 조성돼 있다. 이러한 지하철 무임승차는 1981년 노인복지법 개정으로 1984년 5월부터 시행되어 오늘에 이르기까지 30여 년을 노인복지에 크게 기여해오고 있다.

대구도시철도는 3호선까지가 있는데 1호선은 안심에서 설화·명곡까지, 2호선은 영남대에서 문양까지, 3호선 모노레일은 용지에서 칠곡 경대병원까지이다.

나는 1호선 율하역을 이용하면서 2·3호선으로 환승하거나, '만남의 장소' 공간에서 친구들을 만나기도 했다. 친구들과 소주 한잔 걸치면 좌석에서 꼬박 졸다가 내려야 하는 역을 지나치거나 환승역 반대 방향으로 달려 다시 되돌아오기도 했다.

지하철 좌석은 경로석·임산부석이 따로 마련되어있지만, 출·퇴근 시간은 너무 혼잡하여 가끔 콩나물시루가 되기도 한다. 학생과 20~30대는 스마트 폰에 빠져있고, 옆에서 누가 뭐래도 우이독

경이고 마이동풍이다. 저 혼자 싱긋이 웃거나 손놀림에 익숙해져 있다. 옆 사람들과는 이방인異邦人인과 다름없다. 각자가 말 한마디 없이 제 갈 길로만 간다. 그야말로 군중 속의 고독이다.

승객들 중에는 물건을 팔거나 장애를 입었다며 동정심을 유발하는 장사꾼이 슬쩍 승·하차하기도 한다. 토·일요일 등 공휴일이면 연세 많으신 분들이 단체로 등산을 가거나 모임을 가져 와자지껄할 때가 있다. 그야말로 무임승차 고객이다.

2016년도 대구도시철도공사 통계를 살펴보면, 지하철을 이용하는 1일 평균 인원은 44만 5천여 명으로 1일 수입은 3억여 원이라 한다. 연평균 1억 6천여 만 명이 이용하고 연간 수입은 1천 80여억 원이란 계산이 나온다. 그런데 65세 이상은 무임승차 혜택을 누리고 있다. 지하철공사가 시민들에게 안전하고 편리한 교통서비스를 제공하지만 많은 적자赤字에 허덕이고 있다고 한다. 전국적으로 노인 무임승차 관련 지하철요금 감면혜택이 2016년에 5,632억 원에 이르렀지만 2022년에 9,600억 원에 이를 것이라 한다.

각종 인구통계조사 결과는 2017년에 1952년생 50만여 명이 노인인구에 편입되었고, 2020년 이후면 베이비붐 세대(1955~1965년생)의 60만~90여 만 명이 해마다 노인인구에 편입될 것이라 한다. 가히 무임승차 인구의 폭발적 증가가 예상된다. 2025년이면 전체인구 5명 중 1명이 노인인구로서 1천여 만 명에 달할 것이며 앞으로 노인복지 문제가 심각한 재정문제 위험으로 다가온다는 예측이다. 설상가상으로 2030년이면 노인인구가 20~30대 세대보다 많아서 각종 선거 시에 노인복지 문제가 큰 이슈로 등장하여 노인 투표성향이 선거를 좌우하는 시기가 닥쳐오는 것이다.

우리는, 지하철 적자해소 방안과 노인복지 문제를 정치적으로 이용하지 않고 사회 공공성 및 형평성 차원에서 다뤄야 할 문제점이다. 따라서 적자해소 방안도 현행 무임승차제를 반半값으로 하거나, 노인 연령 기준 상향(70세) 등 정부가 다각적인 차원에서 단계적으로 검토. 시행하여야 할 것이라고 생각해 본다.

대한민국 땅값은 얼마인가

2017년 5월 31일, 국토교통부는 1월 1일 기준의 전국 땅값의 개별공시지가를 발표했다. 전국 소재 공시대상 3,268만 필지의 개별 공시지가의 총액은 4,778조 5,343억 원이라고 한다. 세계 기축 화폐의 하나인 달러로 계산하면 4조 3,441억 2천 2백만 달러(1달러를 1,100원으로 환산하는 경우)의 재산가치이다.

2017년은 지난해에 비하여 전국 평균 5.34% 상승했고 시·도별로는 제주도가 19.0%로 두 자리 수를 기록했으며, 다음으로 부산 9.67% 경북 8.6% 대구 8.0% 세종 7.52%이며, 가장 낮은 지역은 인천 2.9%라고 한다.

전국 땅값은 매년 공시하고 있으며, 2017년은 9년 만에 최대 폭으로 상승했다고 한다. 땅값이 많이 오른 지역별 원인은 새로운 공항신설이 기대되거나 인구유입으로 주택수요가 증가하는 경우, 건

설경기 호황 및 도청 이전으로 신도시 개발, 일반산업단지 조성, 관광지 개발 및 상권 확장 등으로 개발호재가 가시화된 지역들이다. 땅값 상승이 미세한 지역은, 중심지역이 노후화되거나 구도심의 공동화 현상, 도심인구 정체, 제조업 불황, 농경지 지가 하락, 도심정비 및 뉴타운 개발사업 지연 등이다.

이번 발표로 전국의 각 시·도별 및 시·군·구간의 상승 변동률 등을 확인할 수 있는데 1㎡ 당 최고가는 서울 중구 충무로 네이쳐 퍼블릭 지역의 8,600만 원이고, 최저가는 전남 진도군 조도면 가사도리가 120원이다. 또한, 주거지역 중 1㎡당 최고가는 서울 강남구 대치동 동부센트레빌 아파트의 1,370만 원이라 한다.

이러한 개별지가공시로 전국 땅값과 그 변동 상황을 한눈에 알아볼 수 있는 근거법령은 '부동산 공시에 관한 법률'이다. 이 법은, 부동산의 적정가격공시에 관한 기본적인 사항과 부동산시장 동향의 조사관리에 필요한 사항을 규정함으로서, 부동산의 적정한 가격형성과 각종 조세·부담금 등의 형평성을 도모하고, 국민경제의 발전에 이바지함을 목적으로 한다고 규정하고 있다.

개별공시지가의 결정·공시 등의 절차는 먼저, 국토교통부장관이 매년 공시지가 기준일 현재의 표준지 공시지가를 조사 평가 및 공시한다. 이와 관련하여 시장·군수·구청장은 국세·지방세 등 각종 세금 및 그 밖의 다른 법령에서 정하는 목적을 위한 지가산정에 사용되도록 하기 위하여, 매년 공시기준일 현재 관할구역 안의 개별토지의 단위면적당 가격(이하 개별공시지가라 한다)을 일련의 절차에 의하여 결정 공시한다.

이렇게 결정·공시된 개별공시지가는 국가·지방자치단체 등이 그 업무와 관련하여 개별 부동산 가격을 산정하는 경우에는 그 기준이 된다. 개별공시지가는 토지소유자들이 부담하는 재산세·종합부동산세 등 각종 세금부과의 기준이 되고 기초노령연금 수가결정 및 각종 보험금 산정 등에도 활용될 수 있다. 공시지가가 오르면 그만큼 세금부담이 늘어날 수도 있다. 다만, 이러한 공시지가는 실거래가 와 차이가 있다. 당초 공시지가는 실거래가의 60~70%수준이었지만 지금은 실거래 가격에 접근하는 경우가 있을 수 있다.

이러한 개별공시 가격을 열람하려면 국토교통부의 '부동산공시가격 알리미 홈페이지' 및 시군구 민원실을 이용하면 쉽게 공시가격을 알 수 있다. 먼저, 자기소유 토지에 대한 소재지 및 지번을 삽입하면 기준년도부터 현재까지의 개별공시지가 변동내역과 기준 일자 및 공시 일자를 알 수 있다.

또한, '부동산가격공시에 관한 법률'은 공동주택가격(국토교통부장관)과 개별주택가격(시장·군수·구청장)의 조사 산정 공시 등에도 개별공시지가 결정 과정을 준용·운영하고 있다. 자기가 살고 있는 도로 명 주소 및 아파트 동 호수를 삽입하면 주택가격 공시가격도 알 수 있다. 개별공시지가 제도는 민원인에게 매우 편리한 제도이다.

국군은 죽어서 말한다

해마다 6월 '호국 보훈의 달'을 맞이하면 정부에서는 조국을 위하여 돌아가신 분들의 명복을 빈다. 북한의 남침으로 시작된 6.25 사변으로 전 국토가 폐허 되고 수백만의 사상자가 발생하였으며, 이 땅의 젊은이들이 위급한 조국을 구하고자 전장戰場에 뛰어들어 아침 이슬처럼 사라져 갔고, 세계 각국의 참전 용사들 또한, 이 땅의 평화를 위하여 희생했다.

나는 6월을 맞이하면 갓 스물, 꽃다운 청춘에 입대(징집)하여 20일 만에 전사戰死하신 삼촌 생각이 난다. 절박한 위기의 조국을 구하고자 전선戰線에 투입되어 쌍방 간에 총탄이 비 오듯 쏟아지고, 포격이 섬광처럼 쏟아지는 그 한가운데에서 전우들과 함께 있었다고 훗날의 생존자가 부모님께 전했다 한다. 육신肉身은 산산이 부서져 흔적 없이 사라지고 영혼靈魂은 조국 산하山河에 받쳐졌다. 시신을 찾을 수 없어 위패로 모셔져 있는 전사자들이 10만 4천여 위

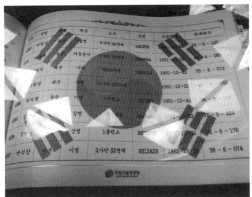

位에 이른다는 사실을 오늘 이곳 현충원에 와서 처음 알았다. 삼촌은 전우들과 함께 '국립 서울현충원' 현충탑 지하에 위패位牌가 모셔져 있다. 국방부 병적기록 회신내용은 다음과 같다.

> 성명: 이영희, 계급: 일병, 군번: 0105065, 입대일자: 1950.9.10.
> 사망(전사)일자: 1950.9.30, 소속 : 제6보병사단

 내가 두 살 때에 삼촌이 전사하셨으므로 나는 삼촌의 생전 얼굴을 기억하지 못한다. 그러나 나는 할아버지와 같이 사랑방에서 생활했었는데 벽장에는 삼촌이 남긴 학창시절 서적과 앨범 등이 남아있어 초등학교 때까지 늘 가까이 보곤 했는데 언제부터인가 모두 사라졌다. 아마 그 자료들을 볼 적마다 할아버지는 자식 생각에 괴로워 어느 날 갑자기 불태운 것 같다고 부모님이 말씀하셨다. 그 귀중한 자료들이 이렇게 없어졌다. 내가 정년퇴직 후 삼촌의 흔적

을 찾기 위하여 국방부(군번을 찾습니다.), 출신학교 등에 자료를 조회, 확인하느라 어려움을 겪기도 했다.

할아버지는 4남 1녀를 두셨는데, 둘째가 나의 아버지이고 삼촌은 막내였으며 총각이었다. 그 당시 갓 초등학교 교사로 재직 중이었고 혼담이 오가는 꽃다운 스무 살의 앳된 청춘이었다고 하셨다. 그러나 뜻하지 않게 찾아온 6.25사변은 이 땅의 젊은이들을 전장戰場으로 몰아넣었고 삽시간에 그 고귀한 생명을 비참하게 앗아갔다.

부모님은 삼촌의 대代를 잇기 위하여 그 당시에 나를 양자養子로 들일 것을 상의하셨다는데 나는 현역복무를 마쳤다. 어릴 때는 남자는 당연히 군대에 가는 줄 만 알았다. 그 당시 병역법은 호적법에 의거 가家를 잇기 위하여 사후 양자제도 등이 있었고 군대에 가지 않았다. 내가 3년간 현역복무를 하지 않고 다른 기회비용에 투자했더라면 오늘날 다른 사회적 위치에 있었을지도 모르겠다.

2017년 12월 22일 동지冬至에 가족과 함께 흰 눈이 덮인 동작동 국립 서울현충원을 찾았다. 그 당시 할아버지께서는 자식 잃은 설움을 가슴속에 묻었다 하셨다. 아버지 또한 막내 동생을 전선으로 떠나보내고 잠 못 이뤘던 날들을 헤아리며 그 고통을 세월 속에 묻었다고 하셨다. 이제 소손小孫, 소자小子가 전사 67년 만에 이곳을 찾았다. 현충문 옆 종합상황실 근무자의 안내를 받아 현충탑 지하에 들어갔다.

안내 근무자가 지하 1단 3면 121호 '일병 이영희' 위패를 가리키

여기는 민족의 얼이 서린 곳
조국과 함께 영원히 가는 이들
해와 달이 이 언덕을 보호하리라

자, 갑자기 눈시울이 붉어졌다. 나는 잠시 고개 숙여 묵념을 올렸고, 함께 모셔져 있는 10만 4천여 영령들의 명복을 함께 빌었다. 당신들이 계셨기에 오늘의 조국이 있다고…….

현충탑 지하실 참배에 이어 현충원에 안장돼 있는 유·무명용사 및 전직 대통령

지하 위패봉안 실

묘소 등 각종 시설물을 돌아보았다. 현충원은 유족들과 방문객들이 언제라도 참배할 수 있도록 개방된 곳이었다. 오후 늦게 귀가 길에 올랐다.

우리 민족이 갈 길은 가까운 곳에 있지만, 가는 길은 너무나 먼 것 같기도 하였다.

보길도, 윤선도 유적을 찾아

　며칠 전부터 아내가 부산에 거주하는 김용태 친구의 부인 노盧
여사와 빈번히 통화하더니 전남 완도군 노화도에 가기로 했다고
한다. 친구 부인의 친정 나들이였는데 차량운전 때문에 부득이 동
행하기로 했다. 하루 전에 부산 친구한테 도착하여 준비물을 마련
하고 2017년 2월 15일 두 가족 부부가 05시에 기상하여 상가점포
에서 간단히 식사하고 6시 20분경에 출발하였다.

　부산, 기장에서 해운대 톨게이트를 거쳐 남해고속도로 → 섬진
강 휴게소 → 보성차 휴게소 → 송지면 소재지를 거쳤다. 신정리
에서 노 여사 친구가 주문한 물건(소문난 떡방아간)을 찾고 땅끝 마을
선착장에 도착하였는데 기장에서 출발한 지 5시간이나 소요되었
다. 이때 노 여사가 선착장에서 초등학교 동기를 만났는데 51년만
이라 한다. 꿈 많은 홍안의 소녀들이 이순耳順을 훌쩍 지나 상봉한
것이다.

낮 12시경에 땅끝 마을에서 승
선하니 해광운수의 '드림 장보고
호'였다.

승객은 30여 명으로 날씨가 맑
고 파도가 잔잔하였는데 노화도
산양진 선착장까지는 30분 정도
소요되었다. 옛날이나 지금이나
바다는 참 낭만적이었다. 곧이어
마을에 도착하여 친구의 장인, 장
모님, 처남 및 가족들과 반갑게 인
사를 하였다. 친구 장인어른은 그

동안 건강을 다소 회복하셨다 하셨고 장모님과 처남 및 가족은 매
우 인정이 깊은 분들이었다. 나는 이번이 두 번째 방문인데 20여
년 전에 하계휴가로 두 가족이 함께 방문한 적이 있었다.

점심으로 참도미, 전복을 대접받고 차량으로 4명이 보길도로 갔
다. 20여 년 전에는 친구 노행선 처남이 배를 저어 안내할 때 파도
가 심하여 되돌아왔는데 수년 전에 교량(보길대교)을 설치하여 참 편
리하였다.

고산孤山 윤선도尹善道(1587~1671년)의 작품이 남아 있는 부용동芙蓉
洞, 세연정洗然亭에 갔다. 세연정은 도로 변의 초등학교 뒤쪽에 있었
는데 그냥 지나칠 뻔했다.

선생은 1636년 병자호란을 피하여 많은 식솔들을 거느리고 제주

도로 가던 길에 자연경관이 빼어난 부용동에 정착했다고 한다. 윤선도가 살던 집은 일제시대에 그의 흔적을 지우기 위하여 초등학교를 지었다고 소개하고 있었다. 이곳에서 멀지 않은 예송리 해안에서 배를 띄우고 낚시를 즐기는 등 조선조 가사문학의 대표적인 어부사시사漁父四時詞(65세, 1651년)가 탄생했다고 한다. 다른 한편은, 이 작품은 고기잡이 나간 어부가 노를 저으며 직접 부른 노래가 아니라, 세연정에 앉아 연못에 떠 있는 조그만 배와 노 젓는 동자를 보면서 상상력想像力을 발휘하여 완성한 작품이라고도 한다. 어쨌든 문학에 대한 그의 천재성天才性이 유감없이 드러났다고 할 수 있다.

이 작품은 고교시절에 누구나 한번쯤 접했던 40수 연시조이며 봄, 여름, 가을, 겨울의 사계절을 노래한 것으로, 국문학사國文學史에 빠지지 않고 등장한다. 현대 풀이로 봄을 만끽한 두수만 노래해 본다

　(춘 4) 우는 것이 뻐꾸기냐, 푸른 것이 버들 숲이냐

　　　　　어촌漁村 두어 집이 안개 속에 들락 달락

　　　　　맑고도 깊은 소沼에 온갖 고기 뛰 논다

　(춘 9) 낚시 줄 걸어놓고 봉창에 달을 보자

　　　　　벌써 잠이 들었느냐, 자규子規소리 맑게 난다

　　　　　남는 흥興이 무궁無窮하니 갈 길을 잊었도다

그의 작품 중 56세에 전남 해남에서 수水, 석石, 송松, 죽竹, 월月을

의인화擬人化한 오우가五友歌 6수도 여러 사람들 입에 오르내리고 있다. 첫 수를 인용해 본다.

> 내 벗이 몇인가 하니 수석水石과 송죽松竹이라
>
> 동산에 달月 오르니 그 더욱 반갑구나
>
> 두어라, 이 다섯밖에 또 더하여 무엇하리

이어 선생의 흔적이 남아 있는 낙서제, 동천석실 등을 순차로 살펴보았다.

사람은 떠나가도 흔적은 남는다. 보길도는 윤선도를 주제主題로 하여 얘기를 만들어 가야할 것 같기도 하다. 완도군은 행정 단위 구역의 보길면(보길도)을 윤선도면尹善道面으로 개명改名하고, 전복을 곁들여 관광명소名所로 특화特化하는 것도 검토해 볼만 하다.

돌아오는 길에 보길도 주변을 돌아보았다. 망望끝 전망대에 도착하니 제주도 추자도가 앞에 섰다. 남해안의 보길도에서 제주도가 가장 가깝다고 한다. 경기 지역에서 왔다는 남녀 학생들이 어울려 열심히 기념사진을 찍고 있었다. 몽돌해변에서 친구가 부산에서 같이 사업했던 분을 만나고, 예송리 해수욕장 등을 둘러보았다. 무엇보다 노화도 주변을 감싸고 있는 전복양식장이 한 폭의 거대한 그림이었다.

숙소로 돌아오다 보니 동네 골목길에 옛 돌담길이 아담하게 남아 있었다. 어렸을 때는 300여 가구인데 지금은 고향을 많이 떠났고 120여 가구가 남아 있다고 주민들이 말한다. 빈집과 돌담은 비록 허물어졌지만 그 정겹던 골목에서 놀던 어릴 적 추억은 더욱 감회가 새롭다 한다. 동네와 마을을 감싸고 있는 뒷산을 한 바퀴 돌아보았는데 회관 및 주택은 현대식 건물로 바뀌었지만 넉넉한 어촌의 인심은 그냥 남아 있었다.

저녁식사 후 친구 처남 주택에서 잠잤는데 처남은 전복양식장을 운영하고 외국인 근로자 2~3명을 고용하고 있다고 하였다.

이튿날 아침, 친구 장인어른, 장모님, 처남 가족 등이 많은 짐을 싸주고 헤어짐을 섭섭해 하셨다. 특히, 노행선 친구 처남이 자동차 유류를 보충해 주었다. 어제 오던 길을 뒤돌아 부산에 도착하니 오후 4시 반경이었다. 그동안 친구 부부에게 감사하였고 대구로 돌아왔다.

너무나 친숙한 것들과의 이별연습

2017년 11월 어느 날, 모처럼 어느 동기 모임 저녁식사에 참가할 기회가 있었다.

상주, 점촌, 대구 거주 20여 명이 식사를 같이했다. 정년퇴직 후 고향을 떠나 대구와 구미에 거주한 지 7년만이다. 동기생들은 평소 낯익은 얼굴들이었고, 인편으로 자주 소식을 듣던 것으로 모두가 정답고 고마운 친구들이다. 같은 시대에 태어나 어릴 적부터 추억과 희망을 공유했고, 여생을 함께 살아가야만 하는 이웃이고 문화집단이며 인류애人類愛임에 틀림없다.

그런데, 안타까운 얘기가 나왔다. 동기생 중 한 분이 수개월 전에 배우자가 갑자기 뇌출혈로 쓰러져 사랑하는 가족들을 남기고 돌아올 수 없는 저 먼 길로 떠났다고 한다. 동기생은 하루 전에도 건강한 배우자가 차량 운전하여 백화점에 같이 다녀왔고 그날 아침은 등산 모임이 있어서 저녁 8시경 도착했는데, 아파트에 불이

켜져 있지 않아 방문을 열었더니 혼자 쓰러져 있었다고 한다. 황급히 119를 부르고 병원 응급실에서 심호흡 및 응급조치를 하였지만 깨어나지 못했다고 한다.

한창 여생을 즐기며 정답게 살 수 있는 70대 초반에 배우자가 갑자기 세상을 떠나 앞으로 그리움을 가슴에 묻고 살아야 하는 처지가 되었다. 나도 맏아들을 초등학교 1학년 때 잃어 그 슬픔을 이해하고도 남음이 있다. 사람은 나이가 들어갈수록 지난 과거는 더욱 분명하게 기억된다. 가족이 떠난 자리는 가슴에 묻고 산다. 육신은 멀리 떠났어도 그가 남긴 흔적은 가슴에 홀로 남아있기 때문이다. 아쉬움은 시시각각 예고 없이 찾아와 문을 두드리고 그리움과 안타까움은 강물처럼 흐른다. 이것이 유한한 삶을 살아가는 생명체의 한계인 것을 어찌 하겠는가.

그는 집에 들어가면 배우자가 떠난 빈자리가 그렇게 큰 줄 몰랐고, 생전에 더 다정하게 해주지 못한 것이 한이 된다고 했다. 이렇게 어느 날 갑자기 찾아오는 이별에 대비하여 당황하지 않도록 평소에 가족 및 생활주변 정리에 대한 얘기가 오고가야 한다고 의미意味 있는 말을 하였다.

사람은 언젠가 가족과 친지, 친구 및 이웃들을 이별하고 떠난다. 우리는 너무나 친숙해져 있는 것들에 대하여 언젠가는 작별할 준비가 되어있어야 한다. 살아 숨 쉬는 것들의 자연법칙이다. 장기간 병석에 누워 죽음을 예상할 수 있으면 주변정리를 할 수도 있겠지만, 어느 날 갑자기 찾아오는 불청객 즉, 뇌출혈 등 건강상의 문제,

교통사고, 화재, 천재지변 등에 대하여 부부 및 가족은 평소에 주변정리 해둘 필요가 있는 것 같다. 삶을 마감할 때 나와 관련돼 있는 것들은 무엇이며, 평소 우리 곁에 함께 있어도 고마움과 소중함을 모르고 있던 사람은 누구인지. 어느 날 당신이 떠난 뒤 아쉬움과 빈자리가 남는 것들은 무엇이 있을까?

무엇보다 부모님과 형제자매, 부부간 및 자식들, 친구 및 동기, 친척 및 이웃, 각종 모임에 만났던 사람들, 자주 다니던 공원과 산책길, 눈에 익혔던 자연환경 등이 분명하다.

그러면, 무엇을 어떻게 가족 간에 준비해둘 것인가?

우선적으로, 장례방법(매장 또는 화장), 묘소(가족묘 및 선산. 공원묘지), 연락처(사망 시 알릴 분들), 잔존 배우자 생활방법(연금 등), 채권 및 채무관계, 각종 기록물의 처리 대책 등이다. 최근의 보도 자료에 의하면 일본 등에서는 생전에 가족 및 친지, 친구들을 초청하여 작별인사 파티를 하는 분들도 있다고 한다. 또한, 나의 죽음에 대하여 엄숙한 장송곡을 틀지 말고 화려한 옷을 입고 경쾌한 리듬에 맞춰 춤을 추어달라는 가십(記事)이 소개되기도 하였다. 연극 같은 인생을 마지막으로 즐겁게 장식하고 픈 소망인지도 모르겠다.

우리는 이렇게 살아 있을 때에 평소 이별연습을 해 둬야 할 것 같다. 유한한 인생을 살아가는 숨 쉬는 생명들의 소중한 기쁨의 노래일 수도 있고, 자연에 대한 두려움의 숙명적 표현이기도 하기 때문이다.

동짓달 기나긴 밤을

일 년 중 낮이 가장 짧고 밤이 가장 긴 것은 동지冬至이다.

동지는 겨울의 정점頂點이다. 동지가 지나면 태양의 음陰 기운이 양陽 기운으로 이동하기 시작한다고 한다. 그래서 해가 바뀌는 것이라 하여 나이 한 살 더 먹는다고 한다. 2016년 12월 21일, 오늘 동지라고 아내가 늘 다니던 사찰에서 팥죽을 가져왔다.

팥죽을 들며 아내가 "또, 한 살 더 먹었네." 했다. 나는 그 소리를 듣고 "나이 한 살 더 먹기 싫으면, 다음부터는 팥죽을 먹지 않는 것이 좋겠네." 했다.

오늘 동지 긴긴 밤을 맞아 우리 국문학사에 큰 족적을 남긴 송도 3절松都三絶의 하나인 황진이黃眞伊(1506(?)~1567(?)생몰년 미상)와, 부안3 절扶安3絶의 탁월한 여류시인으로 칭송받고 있는 매창梅窓(1573~1610)의 작품을 음미해 본다. 동짓달 긴긴 밤은 황진이와 매창의 만남이

가장 잘 어울리는 날이 될 것 같다.

두 분의 작품은 학창시절 교과서 등에서 누구나 한번 쯤 읽었을 것이다. 두 사람 모두 재색을 겸비한 조선조 최고의 명기名技로서 한 시대를 풍미했다.

예전이나 지금이나 사람보다 더 그리운 것이 없다. 동짓날 긴긴 밤에 음미할 수 있는 가장 적절한 최고의 작품인 것 같다. 두 사람 모두 16~17세기 초, 조선시대 엄격한 봉건, 유교문화 사회의 여필종부, 칠거지악, 남녀칠세부동석, 엄격한 신분身分계급 등 폐쇄된 (closed) 세계에서 살았던 분들이다. 더욱이 기녀妓女 사회의 속박 속에서도 인간으로서 원초적인 사랑과 임을 향한 그리움을 은근하고 소박하게 표현한 문학 작품들이다.

오늘날의 사랑 표현이 직접적(직설적), 사실적(즉흥적), 육감적인데 비하여 그 당시의 표현은 간접적(관념적), 은유적으로 가슴 절절하게 우리의 심금을 울린다. 먼저 황진이의 노래를 음미해 본다.

> 동지ㅅ돌 기나긴 밤을 한 허리를 베어내어
> 춘풍春風이불 안에 서리서리 넣었다가
> 어른님 오신 날 밤이어든 굽이굽이 펴리라

타임머신(Time machine)을 타고 황진이가 살았던 16세기로 들어가 보자. 오늘날과 같이 전화(휴대폰), 신문, 인터넷, TV 등 대중매체가 전혀 없는 정보 부재不在의 캄캄한 암흑 시대이다. 문명의 이기利器가 전혀 없는 자연 그대로의 세상이다.

유일한 정보통신은 인편人便뿐이다. 오늘날과 같은 정보통신매체가 있었다면 어찌 이러한 불후不朽의 작품이 탄생될 수 있었겠는가?

한겨울 동짓달, 산천에 흰 눈이 쌓이고 매서운 찬바람이 제 세상을 만난 듯 문풍지를 때릴 때, 어둠에 쌓인 적막강산은 인적이 끊기고 겨울밤은 깊어만 간다. 바깥세상은 얼음만큼이나 꽁꽁 얼어붙었다. 한겨울은 추위와 고적과 연민과의 싸움이다.

그녀는 적막감과 외로움에 이불 뒤척이며 잠 못 이뤄 지필묵을 들었을 것이다.

황진이가 그토록 그리워한 임은 누구일까. 신분에 구애받지 않고 수많은 남성편력을 가진 황진이의 마음을 빼앗은 그는 누구일까? 고고한 인품을 지닌 서화담徐花潭인가. 파계승 지족선사知足禪師인가. 종친 벽계수碧溪守일까. 판서 소세양蘇世讓인가. 금강산 구경 같이 갔던 이생李生일까. 계약결혼 방식으로 6년간 동거한 명창名唱 이사종李士宗인가. 아니면 지금까지 알려지지 않은 제3의 인물 변강쇠일까 또, 아니면 마음속에 숨겨두고 혼자만 간직해야 했던 그 사람일까? 주인공이 누구를 지칭한 것인지 정확한 기록은 없지만, 그 당시 이사종과 사랑을 불태울 무렵에 나온 작품이라 한다.

그렇다면, 20세기 실존주의 철학자이자 문학가인 사르트르(1905~1980)와 보부아르의 계약결혼(1929)도 이미 400여 년 전 16세기를 살고 간 황진이의 계약결혼 방식이 원조元祖임이 분명하다. 그만큼 황진이는 시대를 앞서간 자유인自由人이고 여성운동가로 기록할 수 있다. 그 엄격한 봉건 유교사회에서 이사종과 3년간씩 교대로 6년을 동거한 방식은, 오늘날 관점에서 인간평등과 여권신장의 전주곡前奏曲이라 할 만하다.

황진이와 관련하여 또 하나 잊을 수없는 풍류 장부丈夫가 있었으니 그가 백호白湖 임제林悌(1549~1587)이다. 생전에 황진이와 교분이 있었던 그가 평안도사로 부임하는 길에 풀숲에 덮인 황진이의 무덤을 지나며 죽음을 애도哀悼했다 한다.

　　청초靑草 우거진 골에 자는다 누웠는다

홍안紅顏은 어디 두고 백골白骨만 묻혔나니

잔盞 잡아 권勸할이 없으니 그를 설워하노라

하찮은 기녀에게 조문하였다고 임제는 조정으로부터 곧 파직罷
職 당했지만 재기才氣 넘치는 호방豪放한 기질로 벼슬에 여념하지
않았다고 한다. 그 후 전국을 누비며 사랑과 풍류에 많은 일화를
남겼으며 수성지愁城誌 등 그의 작품이 다수 남아있다고 한다.

예부터 영웅호걸은 풍류와 시문詩文으로 세상을 음미했다.

인간은 주연主演이요 자연은 활동무대이기 때문이다. 황진이는
죽어서까지 뭇 남성의 조문弔文을 받았으니 이 보다 더 큰 영광榮光
이 어디 있을까. 임제는 황진이를 전설傳說로 만들어 주었고 그 또
한, 전설이 되었다. 그 당시 엄격한 신분사회에서 일개 기녀에 불
과한 황진이를 조문한 임제의 처신이 매우 파격적破格的이었지만,
오늘날의 관점에서는 너무나 인간적인 휴머니즘(Humanism)에 기초
한 평등사상平等思想이라고 볼 수 있다. 그는 시대를 앞서 간 위대한
개혁가요, 사상가임에 틀림없다.

두 번째는 첫사랑의 이별과 만남에 몸부림치는 그리움을 애틋하
게 표현한 매창梅窓(1573~1610)의 작품이다.

이화우梨花雨 흩뿌릴 제 울며 잡고 이별한 님

추풍낙엽秋風落葉에 저도 날 생각하는가

천리千里에 외로운 꿈만 오락가락 하노매라

춘삼월 배꽃 잎이 만개滿開되어 비 오듯 흩날릴 때 이별하고 떠난 임은 추풍낙엽이 바람에 휘날려도 아무런 소식이 없다. 천리나 떨어진 임 생각에 나는 잠 못 이뤄 꿈속에서만 헤매는데, 그 사람도 나를 생각하는지 외로운 꿈만 가득하다.

타임머신을 타고 그 당시로 돌아가 보자.

이 시詩에 나타난 그의 연인戀人은 유희경劉希慶(1545~1636)으로 1590년 첫 만남에서 둘이는 사랑에 빠졌다 한다. 이때 매창은 28살이요 유희경은 40대 중반이라 한다. 유희경은 다시 만날 것을 약속하고 한양으로 올라갔지만 곧이어 임진란 7년 전쟁이 터졌다. 그동안 매창은 남장男裝을 하고 그를 찾아 나섰지만 헛걸음치고 울며불며 돌아와 다음과 같이 읊었다 한다. 첫사랑의 아픔인 것 같다.

> 기러기 산채로 잡아 정들이고 길들여서
> 님의 집 가는 길을 역력히 가르쳐 두고
> 밤중만 님 생각 날 제면 소식 전케 하리라

기러기를 산채로 잡아 정情을 주고 길들여(training) 낭군님 찾아가도록 길道을 가르쳐주어, 한밤중 님 생각이 날 때마다 소식 전傳하고 싶은 애절함을 표현했다.

일찍이 영국, 프랑스 등에서는 귀소본능과 방향감각이 있는 매, 비둘기 등을 원거리 통신수단과 군사軍事 용도로 사용된 사례가 있다. 매의 발足등에 첩지 등을 달아 아군我軍에게 정보를 전달하였던 것이다. 그러나 기러기를 이용한 사례는 찾지 못했다. 기러기는 계절적 동물로서 한 번 가버리면 돌아오지 않는다. 아마도 소식 전하는 것이 불가능하였기 때문에 애써 기러기로 표현한 것 같기도 하다.

오늘날처럼 우편제도가 있었다면 반가운 소식을 군사우편 등으로 빈번히 전해주었을 것이다. 더욱이 전화(휴대폰), 인터넷, 신문, 라디오, TV 등 열린 세계에 있었다면 언제든지 목소리 듣고 상봉이 가능했을 터이다. 400여 년 전과 오늘날을 비교하면 참으로 격세지감이다. 문명의 이기利器를 누리지 못했던 암울했던 시대의 생명들은 이렇게 그리움을 노래했다. 오늘날, 언제라도 소식 전하는 스마트폰(smartphone)의 편리함이 그 당시 매창의 기러기를 대신하고 있다.

이때, 유희경은 의병義兵으로 전란에 참여하여 많은 공을 세웠다. 임란 후 면천免賤되어 벼슬길에 나선 그는 몸조심하느라고 15년 후(1607)에 상봉했으며, 열흘간 머문 후 영원한 이별을 고하고 한양으로 떠나갔다 한다.

그러나 매창은 첫사랑 유희경뿐만 아니라 당대의 문인 학자인 허균許筠과도 10년 동안 우정을 교류하였다 한다. 조선 최고의 문장가요, 인문주의자인 허균과 우정을 나누었다는 것은 놀라운 일이었다고 생각된다. 그를 연구한 일부 학자는 매창의 진짜 사랑이 유희경과 허균 중 누구인지 궁금하다고 한다. 혹시나 매창은 두 사람 모두 마음속에 간직한 것이 아닐까. 인간은 원초적으로 두 사람

이상을 사랑할 수 있다고도 한다. 매창이 38세에 요절하고 허균이 49세에 역모죄로 비극적인 삶을 마감한 데 비해 유희경은 88살까지 장수했다 한다.

그녀의 시詩가 많은 사람들에게 애송되고 널리 퍼지면서 부안 사람들이 무덤에 비碑를 세우고 그의 한시漢詩 58수를 모아 "매창집梅窓集"으로 간행하였다. 부안의 자랑이요 국문학사의 금자탑金字塔이라 하겠다. 전북 부안에서 수년 전에 그녀의 시비詩碑를 세운 기념공원을 조성했다고 하는데 아직까지 가보지 못했다. 언제쯤 한번 들려 보고 싶었다.

2018년 1월 6일, 그동안 미루었던 매창공원을 가족과 함께 찾았다. 공원은 5,400평이고 2001년에 완공되었다고 안내판에 소개하고 있었는데. 매창의 묘가 안장돼 있고 이화우梨花雨 등 6작품을 새겨놓았으며 또한, 매창의 생애와 관련한 유희경, 허균 등의 작품을 소개하고 있었다. 부안 사람들의 매창에 대한 사랑이 예전이나 지금이나 지극한 것 같다. 부안문화원에 들려 근무하시는 분을 만나 인사를 하였는데, 올 7, 8월에 매창의 테마공원 전시관이 개관될 예정이며 매창집이 2차로 발간될 것이라 하였다.

때마침 부안 상설(수산)시장에 들러, 겨울에 먹는 맛이 제철이라는 숭어회(탕) 점심에 매화梅花 향기 그윽한 술 한잔 곁들여 귀갓길에 올랐다.

參考文獻

1. 어우야담(유몽인 저), 신익철 외 3인 옮김, 돌베개(2009)

2. 세기를 넘나든 조선의 사랑, 권현정, 연문미디어(2007)

3. 겨레 얼 담긴 옛시조감상, 김종오 편저, 정신세계사(2012)

제4부

칼 럼

대한민국은 ○○공화국이다

우리는 언제부터인가 사회의 각종 이슈(Issue), 비리非理, 결함 등 우리 정서情緒에 맞지 않는 것을 빗대어 표현하는데 매우 익숙해져 있다. 이러한 표현은 정치·경제·사회·문화 등 전반에 걸쳐 당시의 사회적 모순이나 문제점을 지적한 단면斷面이요, 그 시대가 개선사항을 요구하는 적절한 표현일지도 모른다.

예를 들면, 1960~70년대 산업화, 도시화가 시작되면서 많은 인구가 서울로 집중되고, 좁은 지역에 과도한 인구가 밀집되어 서울공화국이라 했다. 1980년대 후반부터 부동산 투기 붐이 한창 기승을 부릴 때에는 부동산공화국이라 했다. 부정, 부패와 뇌물賂物이 당연시되던 시절에는 뇌물공화국이라고 자조自嘲 섞인 허탈감을 달랬다. 그렇다면 이러한 공화국 타령의 근거는 어디서 나온 것일까?

이제, 이러한 ○○공화국 시리즈의 허실을 간단하게 살펴보고자 한다.

우리 헌법 제1조 ①항은 "대한민국은 민주공화국이다"라고 첫머리에 규정하고 있다. 헌법은 국가의 기본법이고 최상위 규범이다. 국체國體는 공화국이고 정치는 민주 정체政體이다. 이때의 민주民主는 공화국의 정치적 내용이 민주적으로 형성될 것임을 요구하는 규정이다. 민주와 반대되는 독재獨裁 또는, 전제專制정치체제 등은 국가 주권이 한 개인이나 특정계급에 좌우되어 그들의 의사대로 정치가 행해지지는 것을 말하는 것이라 하겠다.

이러한 헌법조문의 공화국 앞의 '민주'라는 단어를 빼고 적정한 낱말을 끼워 넣어, 사회적 모순을 쟁점화爭點化하는 우리 국민의 재치才致가 헌법학자憲法學者들 만큼이나 놀랍다고 생각된다. 소위 '대한민국은 ○○공화국이다'

먼저, '서울 공화국'을 빗대는 내용을 살펴보자.

우리 사회는 해방 전후, 정치·경제·사회·문화 등 모든 분야에 걸쳐 많은 변화과정을 거쳐 왔다. 유교 문화권인 조선시대에는 "사람이 태어나면 서울로, 말馬이 태어나면 제주도로 보내라"했다. 서울은 출세와 권력·일자리 중심이었다. 모든 길은 서울로 통했다. 그렇게 조선왕조 500년을 거쳐 오늘에 이어왔다. 세계 각국의 역사도 마찬가지다. 봉건 왕조시대에도 서울을 먼저 점령占領해야 했다. 또한, 한 나라의 수도首都는 그 국가를 대표하는 상징성이 있다. 워싱턴하면 미국을, 도쿄하면 일본을, 북경하면 중국을 연상하는 것과 같다. 노무현 정부시절에 수도를 세종시로 옮기려고 했지만 대법원은 '관습법이론'을 들어 대한민국 수도는(서울)이라고 판시했다. 헌법 개정이 필요하다는 것이었다.

　이러한 서울의 팽창은 산업화, 도시화가 진전되는 1960~80년대 농촌 인구가 서울로 집중集中하기부터이다. 농촌은 공동화空洞化하기 시작했고 서울은 인구 팽창으로 주택 등이 부족하여 달동네가 아파트로 대체되었다. 이윽고 강남개발 및 신도시 조성 등으로 인구 1,000만이 넘는 대도시로 변모하고 복잡해져 '서울은 만원滿員'이라고 했다.

　급기야 인접 경기 지역 일부가 수도권으로 편입되고 주변 지역을 신도시로 조성하여 더욱 비대해졌다. 지하철, 교통, 통신시설이나 대학, 문화, 교육, 레저, 숙박, 공원시설 등은 서울부터 집중 개발되어 왔다. 이제 서울 및 수도권에 인구 5,100만의 과반수가 거주한다고 한다. 이와 같이, 서울은 역사적, 규모, 교통, 통신, 인구 집중 등 모든 면에서 타 지역과는 달리 편중되는 현상을 가져와 그 역할이나 중요성 못지않게 많은 역기능에 노출되어 있다. 특히, 도시개발에 따른 인구 편중 및 안보 측면에서 더욱 두드러진다.

　두 번째는 '부동산 공화국'을 빗대는 내용이다.
　부동산학에서는 '토지와 그 정착물'을 부동산이라고 말한다. 그 대표적인 것이 땅과 주택(일반, 공동)이다. 우리나라는 1960~80년대 산업화, 도시화가 진척되면서 토지와 주택이 모든 경제 주체의 중요한 자산資産이 되었다. 1970년대 서울 강남개발로 시작된 부동산 열풍이 각종 개발 사업으로 이어졌다. 투기 열풍은 땅값, 주택 값을 천정부지로 치솟게 했다. 부유한 자는 더 많은 부동산을 소유하고 가난한 자는 더욱 가난하여 빈부격차, 세대 간의 갈등을 가져왔다.

부동산 투기의 문제점은 건전한 노동과 성실히 일하여 그 대가를 받는 경제 정의를 도외시하고, 매매, 임대 시에 발생하는 가격과 프리미엄 등의 한탕주의 불로소득不勞所得으로 국민경제를 악화시키는 데 있다. 지금까지 별 볼일 없던 전답이나 야산 등이 어느 날 신도시로 조성되거나, 대단위 아파트단지 건설 및 입주 등으로 일확천금을 노리는 부동산 투기가 극성을 부려 자고 일어나면 억대 부자가 생겼다고 한다.

신도시 조성 및 개발지역에는 한탕주의와 투기에 열중하는 사람들로 붐볐다.

이러한 부동산 열풍은 국토종합계획 및 도시계획 등에 의해 2000년대 중반까지도 서울 및 경기도 외곽지역에 신도시 붐이 일어났고, 2008년 금융 위기 때도 주택 가격 만은 상승하였으며, 인접한 광명, 성남, 하남 등의 주택 가격 상승은 수도권으로 이어졌다.

노무현 정부(2003~2008년)는 국토균형개발 및 인구 분산, 고용기회 확대 등으로 세종시에 신행정도시 건설을 착수하고, 전국 시·도별 단위로 혁신도시를 조성하기 시작하였다. 서울과 지방이 생존할 수 있는 거시적 정책 목표로써 너무나 합당한 것이었다. 그러나 신도시, 혁신도시 조성 및 각종 개발로 인한 부동산 가격 상승은 경제

성장 및 국민 소득증대에 기여하기도 했다. 그렇지만 일부 부동산 투기로 인하여 우리 경제에 미치는 악영향도 지적되었다.

이러한 부동산 대책으로 정부는 가계부채 증가의 핵심인 LTV(주택담보인정 비율) 및 DTI(총부채상환비율)을 강화시키거나, DSR(총부채원리금상환비율)을 도입하여 주택담보 대출한도를 줄이기도 한다. 즉, 은행 대출을 받아 부동산 투자하는 악순환을 끝내야 한다는 것이다. 더불어 전매제한, 청약당첨자 제한, 분양가 상한제, 임대주택 공급확대, 보유세인 종합부동산세의 인상 등을 강화하기도 한다.

세 번째는 '뇌물 또는, 부패 공화국'을 빗대는 내용이다.

뇌물賂物이란 개념을 명확히 하기 위하여 국어사전을 찾아보니 '직권職權을 이용하여 특별한 편의를 보아 달라는 뜻으로 주는 부정한 금품'이라고 한다. 형법 제129조 및 133조에서는 구체적으로 그 종류와 명칭, 직무와 대가성 등을 적시하고 있다.

인류 역사가 시작된 이래 동서고금을 막론하고 상·하 집단 및 계층, 인간관계 등에서 어느 조직, 사회, 국가를 막론하고 뇌물이 성행되었다는 것은 잘 알려진 사실이다. 특히, 사회가 부정부패하거나 뇌물이 만연하면 개인의 파멸뿐만 아니라 그 조직, 제도, 체제 등은 붕괴되거나 스스로 무너지고 만다.

뇌물 제공의 원인인 부정부패 행위는 규범적인 사회의 틀 속에서 개인적 원인이나 법, 제도적 미비, 환경적 요인 등에서 발생한다. 이로 인한 가장 큰 문제점은 부패 문화가 당연한 듯이 정착되어 가진 자와 못 가진 자의 갈등 요소로 발전하고, 결국에는 불신 사회로 변모하여 구성원 모두를 피해자로 만드는 데 있다.

이러한 때에 공직자 등에 대한 부정청탁 및 금품 수수를 금지하여 공직자의 공정한 직무수행을 보장하고 공공기관에 대한 신뢰를 확보하기 위하여 '부정청탁 및 금품 등 수수의 금지에 관한 법률'이 입법예고를 거쳐 2016년 10월부터 시행되고 있다. 일명 '김영란 법'이라 한다. 이 법은 부정청탁의 금지 행위에 인가·허가·면허·특허·승인·검사·시험·확인 등 법령에서 일정 요건을 정하여 직무 위반을 처리하는 행위를 규정하고 위반 시는 처벌하는 내용을 담고 있다. 단 직무관련성이 있어도 관혼상제와 정情이 있는 식사 비용은 3만 원, 선물은 5만 원(단 농축산물 10만 원), 경조사비 10만 원 이하는 사회상규에 위배되지 않는 행위로 하고 있다.

이외에도 ○○공화국 타령의 소재素材는 우리 주변에 너무나 흔하게 늘려 있다.

사례를 보면, 유치원생의 유아교육, 초중고 입시, 대학등록금 및 취업 준비 등의 사교육비私教育費로 가계家計가 휘청거리는(학원 또는, 사교육 공화국)/ 취업난으로 안정된 공무원만이 살길이라고 너도 나도 학원가를 맴도는 공시족公試族 출현 세태(공무원 공화국)/ 정권이 바뀔 때마다 전前 정부의 행적을 뒤집어보는 적폐청산 소동(적폐 공화국)/ 광우병 소동 등 각종 이슈에 과장誇張(허위) 논란으로 혼란을 부추기는 선전·선동煽動행위(선동 공화국)/ 자기들의 의견만 옳다고 시도 때도 없이 공공기관 또는 길거리에서 과격시위示威하는 양상

(시위 공화국)/ 각종 시위 현장에 신원을 알 수 없도록 마스크(mask) 등으로 복면覆面하고 용감함을 과시하는(마스크 공화국)/ 국가 이념과 정체正體보다 당쟁에 몰두하는 조선시대의 당파黨派싸움을 연상하는 정치권의 행태(당파 공화국) 등등이다.

이러한 공화국 타령이 오늘을 살아가는 우리 대한민국의 현 주소이다.

지금까지 살펴본 바와 같이 각종 이슈, 사건에 따른 공화국 타령은 확대 생산되고 소비되어 입맛에 따라 즐길 것 같기도 하다. 우리 사회가 쟁점화 되어 있는 각종 병폐들을 정리하거나 수정, 개선하는 정책들이 실효를 거둘 때 저비용, 고효율의 원만하고 정상적인 국가로 발돋움할 수 있을 것이라고 생각한다. 이러한 갈등요소는 우리사회가 점차 밝은 사회를 지향하는 과정過程이기 때문이다.

우리는 언제쯤 '공화국 타령'을 벗어날 수 있을까?

대한민국의 영토는
'한반도와 그 부속도서'로 한다

우리 민족은 지리적으로 중국, 러시아와 접하고, 동해와 태평양을 사이에 두고 일본, 미국 등과 연하여 있다. 그러나 정치政治, 이념적理念的으로는 미국, 일본과 한 축을 이루고 또 다른 중국, 러시아를 한 축으로 하는 양대 세력권 밑에서 지정학적인 국토지리 및 해양 공간에 위치하고 있다. 우리는 강대국들의 기침 소리에 깜짝 놀라 감기가 들릴 정도로 몸을 움츠릴 때가 있다. 왜 이렇게 약소국가弱小國家로 생존해야 하는가? 우리는 언제쯤 비상飛翔의 날개를 펼칠 것인가? 참으로 답답하다.

우리 헌법 제3조는 "대한민국의 영토는 한반도와 그 부속도서로 한다"고 명문으로 규정하여 대·내외에 선포하고 있다. 즉, 우리의 영토 한계를 만천하에 알린 것이다. 앞으로 영토를 변경함에는 헌법을 개정하여야 한다. 이러한 영토조항을 헌법에 명시한 국가는 세계에서 흔치 않다고 한다.

　이러한 헌법 규정은, 우리 국민의 관념적觀念的 영토 개념을 한반도로 축소·고정시키고 그 사상적思想的 한계를 스스로 노출시켜 세계만방에 알렸다는 명백한 증거證據이기에 매우 조심스럽게 접근해야 한다. 우리는 어렸을 때부터 고구려, 발해 등이 우리의 역사라고 배웠다. 그리고 언젠가는 회복해야 할 영토임을 미완未完으로 남겨왔다. 그런데 헌법 규정에 우리 영토를 스스로 한반도로 고정시키고 명문으로 선언함으로서 일어나는 문제점을 생각해 볼 수 있다.

　우선, 중국의 동북공정東北工程 추진을 정당화正當化시켜주고 스스로 도와주는 결과가 되는 것 같다. 왜냐하면, 대한민국의 영토는 한반도와 그 부속도서로 하며, 고구려 옛 땅인 요동과 만주지방은 더 이상 우리의 역사가 아님이 분명해졌기 때문이다.

　중국은 수년전부터 고구려, 부여, 발해 등은 그들의 변방邊方정부이고, 만주 및 대동강 이북은 고려시대 이전까지 그들의 영토라는 주장으로 동북공정을 추진 중이다. 역사 교육에서 고구려, 발해 등은 더 이상 우리의 역사가 아니기 때문에 그들은 마음 놓고 작업을 할 수 있다. 우리는 남북통일 후의 국경 및 영토문제 등에 대한 장기적인 안목과 대책을 가져야 한다. 앞으로 헌법개정 시, 영토조항 삽입 여부는 충분한 검토가 필요한 것 같다.

　다음으로 우리나라 초·중·고 대학생 및 국민, 후손들에게 우리 영토領土의 역사歷史 인식과 사고방식思考方式을 한반도로 고착固着시키는 결과를 초래할 수 있다. 우리 역사 인식의 관념적觀念的 한계가 분명해졌기 때문이다. 고구려 옛 땅 회복은 불가능한 것이거나 아예 포기한 것인가를 묻지 않을 수 없다. 또는 현 상태의 한반도로 만족하는 것으로 볼 수도 있다. 우리는 스스로 역사를 버리고 있는 것 같다.

오늘날 대한민국은 중국의 동북공정으로 만주·요동지역을 잃을 염려가 있고 동쪽으로 일본의 독도분쟁으로 끊임없이 침략당하고 있는 실정이다. 그야말로 총·칼 없는 역사전쟁이 시작되고 있다. 언젠가는 화산火山의 폭발처럼 우리에게 큰 위협으로 다가올 수 있다.

우리는 자라나는 후손들에게 체계적인 역사교육을 강화하고 그 위협을 사전에 대비해야 할 것이다.

지방의 통폐합이 다가온다

2016년 한국고용정보원이 '한국의 지방소멸에 관한 7가지 분석' 이라는 보고서를 통하여 향후 30년 이내에 전국 226개 기초자치단체 중 79개 지자체가 사라질 것이란 연구보도가 나왔다. 이것은 일본 마스다 히로야가 2014년 '지방소멸' 이라는 책에서 향후 30년 이내에 일본열도의 절반, 896개 지자체가 소멸하고, 대도시만 생존하는 극점極點 사회가 올 것이라고 예측한 충격적인 보고서가 나온 적이 있는데, 한국고용정보원이 마스다가 사용한 접근방식과 지표(20~39세 여성인구비율), 고용기회 등을 사용 및 차용하여 7가지 분석을 시도한 결과보고서라고 한다.

우리나라 인구 분포 역시 서울 등 수도권, 일부 광역도시 및 기업도시에 편중되어 있다 즉, 젊은이들의 일자리가 없는 농촌 중심 사회는 황폐화되고, 저출산과 인구감소, 고령화로 인하여 지방의 붕괴 및 국가소멸이라는 각종 위험 적신호가 켜져 있다.

2016년 9월 7일 통계청이 발표한 '2015년 인구주택 총 조사' 및 이와 관련한 각종 통계·주요 신문 보도자료 등에 의하면 우리나라 국민을 나이 순서대로 한 줄로 쭉 세웠을 때 중간점에 오는 중위연령 즉, 한국인의 평균연령이 41.2세로 사람의 나이로 말하면 40대가 되었다고 한다. 또, 우리나라는 2000년도에 65세 이상 노인 인구가 전체 인구의 7%를 넘는 고령화사회에 접어들었고 2017년에 14%를 넘는 고령사회, 2026년에는 20%를 넘는 초고령사회에 접어들 것이라 한다. 한마디로 대한민국이 늙어간다는 아주 흥미롭고도 충격적인 진단이 나왔다. 그와 동시에 우리 사회가 인구감소에 대한 위험 적신호赤信號를 계속 보내고 있다는 사실이다.

일찍이 영국의 인구학자 폴 윌리스(paul wallace)는 '인구지진(Age-quake)'을 65세 이상 노인 인구가 전체 아동 인구(0~14세 이하)를 역전逆轉하는 현상으로 설명했다. 인구 감소와 고령사회의 충격을 지진地震에 빗대어 그 충격파는 자연지진의 리히터 규모 9.0수준(2010년 동일본 대지진)에 달할 것이라 한다. 이것은 출생자수 감소와 노인 수명 연장에 따른 결과이다.

이러한 대도시 인구 편중 및 저출산, 인구감소, 고령화에 따른 문제점은 지방자치단체 존립에도 대책이 요구되고 있다. 농촌지역 최소 행정구역 면面 단위의 평균 연령은 52.5세로 이미 50대에 접어들어, 미국 37.8세, 중국 36.8세, 인도 37.3세, 일본·독일 46.5세 등에 비하여 아주 높은 수치를 기록하고 있다고 한다.

　지금까지 전통적인 역사, 문화 등의 지역공동체 중심지였던 읍면 및 시군 지역이 인구 감소로 사라질 위기에 직면했다는 것은 지방의 고유 지명과 역사성이 함께 묻혀 버리는 안타까운 일이라 할 수 있다. 지금까지 읍면 지역 인구가 밀집하여 시로 승격되거나, 광역시 등으로 확대 발전하여 왔기 때문이다.

　1970년에 총인구의 59%가 읍·면(농어촌)에 거주하였는데 이후 지속적으로 감소하여 왔으며, 2016년8)에는 18.5%만이 거주하고 있으며 2040년(경)에는 약 8%만이 남아있을 전망이라 한다. 앞으로 농어촌 지역의 소멸은 시간만 남겨 놓고 있다.

---

8) 2016년 통계청 자료 : 총인구 51,269,554명중 邑지역 4,707,855(9.2%). 面지역 4,793,569(9.3%). 市의 洞지역 41,768,130(81.5%) 거주.

예를 들어, 서울 인구가 1949년에 144만여 명에 불과했지만 1960~70년대 산업화·도시화를 거치면서 급격히 증가하여 1990년에 1천만 명을 넘어섰다. 이렇게 농촌 인구가 서울 등으로 편중되고 포화상태가 되자 주택 및 교통 등의 문제로 2000년대 이후 수도권이 인접 경기 지역으로 확장되었다. 이에 따라 서울 및 경기 지역이 우리나라 인구 5천100만 명의 절반 이상이 거주하게 되는 기형적인 인구 분포가 된 것이다.

젊은이들이 직업 등 고용 기회를 찾아 서울 등 대도시로 떠나버리고 노령인구만 남게 된 농촌 지역은 더욱 공동화空洞化·경로당敬老堂화 되었다. 젊은이가 떠난 농촌은 아기 울음소리가 들리지 않는다. 젊은이가 떠나면 우선 그 지역의 초등학교·중학교·고등학교가 순차로 폐교되거나 통폐합되어 없어진다. 지역 대학 역시 구조조정 및 통폐합으로 소멸된다.

2017년 9월, 통계보도 자료에 의하면, 이미 면 단위 24곳은 초등학교가 없어졌고 읍면 412개소는 보육시설조차 전무하다는 비관적인 통계가 나왔다. 가임 인구가 없어 시·군 단위 산부인과 및 병·의원도 없어진다. 특히, 노인 인구가 어린이 인구를 2배 이상 초과하여 장래에 인구 급감을 가져올 가능성이 있는 지역은, 경북 의성군 등 전국적으로 76개소에 이른다고 한다. 기타 지역도 상당수가 위험 지역에 포함될 시간만을 남겨놓고 있을 뿐이다.

이러한 각종 조사 보고에서 시·군·구 기초자치단체 중 86개 지역이 고령화율 20%를 넘었으며, 광역자치단체 중에서는 전라남도가 21.1%로 초고령 사회에 접어들었고 그 뒤를 이어 전북·경북·강원·충남·충북·부산·제주·경남·대구·서울·광주·대전·경기·세종의 순서로, 모두 10% 안팎 수치로 고령화사회 또는, 고령사회로 접어들었다고 한다. 가장 낮은 지역은 울산광역시 8.9%이지만 역시 고령화사회에 접어들었다고 한다.

저출산 및 인구감소·고령화로 인한 문제점은, 학생 수 감소로 인한 교육 여건 및 제도의 획기적 변화, 지방의 통폐합, 남성 위주 국방인력 부족으로 여성인력 보충 문제, 조세 인구 변화, 노인 유권자 증가 등으로 정치·경제·사회·문화의 모든 분야에 걸쳐 대변화를 예측할 수 있다.

그렇다면, 지방의 살 길은 무엇인가?

① 인구 유출을 막을 수 있는 생산성 있는 거점據點 도시 육성 ② 젊은이의 일자리가 있는 기업도시 육성 ③ 저출산, 고령화 대책 등으로 요약할 수 있겠다.

만약, 이와 같은 대도시로의 인구유출과 저출산 등의 정책환경 변화에 적절히 대응하지 못한다면, 지방의 통폐합은 어떻게 추진될 것인가? 여러 가지 방안이 있겠지만, 다음과 같은 대안代案이 제시될 수 있다.

예로부터 지방 행정구역은 인구人口와 토지土地를 기준으로 정해져 왔다.

우리 역사는 통일신라 이후 고려, 조선, 오늘에 이르기까지 지역 여건 및 정책 환경 변화 등에 따라 읍·면, 시·군·구, 시·도 지방 행정 구역이 수차례 변경되어 왔다. 현재의 예측대로 인구감소가 지속될 경우, 지방자치단체의 구조조정 및 통폐합은 불가피한 실정이다. 통폐합 기준은 국회의원 선거구 상·하한선(14~28만 명)이 될 수 있을 것 같지만, 최소 인구 20만 명 이상은 유지되어야 지방정부로서의 역할이 가능하다고 본다.

먼저, 기초 자치단체 시·군은 인접한 2~5개 지역을 역사성·생활 근거지 등을 기준으로 통폐합하고 광역화하는 방안이다. 오늘날 지하철·국도·고속도로·철도·KTX 등 대중교통 및 광역교통망 확충으로 전국이 바둑판처럼 1일 생활권으로 접어들었기 때문이다. 즉 기초단체인 시·군을 통폐합하여 광역화하거나, 시군을 이웃한 특별시, 광역시로 편입, 조정하는 방안이다.

두 번째, 도심都心 지역의 특별시, 광역시 구區는 인구보다도 면적面積이 너무 협소하기 때문에 장기적·계획적인 도시계획 시행都市計劃施行 등에 지장이 많다. 이러한 곳은 2~3개 구를 통폐합시켜 적정한 도시 공간 확보가 필요하다. 특히, 도심 중심부 자치구區는 상가건물은 많지만 거주는 외곽 지역에 살기 때문에 야간에 도심 공동화空洞化 현상이 일어나는 곳이 있다. 이러한 곳 역시 인접 지역과 통폐합하여 도시계획을 원만히 할 수 있도록 해야 하겠다.

세 번째, 서울 등 수도권 지역에 편중된 인구분산人口分散 정책을 과감히 실시하여야 한다. 재정이나 건축 등에 대한 제재制裁가 불가피하다. 왜냐하면, 서울 등 대도시 인구는 조밀하지만 오히려 출산율이 낮아 더욱 고령사회로 빠져들 것이다. 2018년 2월 28일 자 통계청이 발표한 2017년 출생, 사망통계 잠정 자료에 의하면 2017년 합계 출산율은 1.05명이지만, 서울지역은 평균치에도 훨씬 미치지 못하는 0.84명, 부산은 0.98명이라 한다. 수십 년 이내에 서울 등 대도시 역시 고령화되어 경로당敬老堂으로 변할 수 있다는 예측이 가능하다.

네 번째, 지방자치를 현행 기초단체인 '시군구' 단위에서 광역단체인 '특별·광역시·도道' 단위로 조정하는 방안을 유력하게 검토할 수 있다. 이때 읍면, 시군의 역사와 전통이 사라질 수도 있지만, 단점과 함께 순기능이 존재할 수도 있다.

다섯 째, 지금까지의 인구 동태와 정책 환경 변화 등 제반여건을 분석하고 전국 지방행정구역을 지역 특성에 따라 일괄 재편성하는 방법이다. 이것은 최후의 방법이 될 수 있겠다.

지금까지 살펴본 바와 같이, 대도시 인구 편중偏重, 저출산, 인구감소, 고용정책, 고령화, 인구분산 등에 대한 정부와 지방의 종합적인 대책이 필요하다고 생각한다.

미국에서 날아 온
'중국발發 황사경보'의 국제정치학

황사黃砂는 노란 빛깔의 모래 및 미세먼지로 중국 북부 및 몽골 지역의 황토가 바람에 날려서 온 하늘에 누렇게 끼는 현상으로 눈병, 기침, 호흡곤란 등 인체에 심각한 피해를 주는 봄철의 불청객이다. 올 봄에는 예년과는 달리 잠잠한가 싶더니 예측 못한 중국 시진핑 국가주석이 미국에서 속셈을 살짝 들춰내 평소의 마음가짐이 여실히 드러나는 황사 경보警報가 날아왔다.

2017년 4월 21일 자 전후하여 각종 일간신문, 방송보도 자료에 의하면 "한국이 중국의 일부였다."고 트럼프 미국 대통령이 지난 6~7일 중국과의 정상회담에서 시진핑 중국 국가주석으로부터 들은 것이라 했다. 시진핑이 트럼프에게 정확하게 어떠한 말을 어떻게 했는지는 자세히 모르지만 '월 스트리트'가 보도한 트럼프 대통령의 발언 전문을 다음과 같이 각 일간지가 앞 다투어 소개하고 있었다.

"그리고 그는 중국과 한국의 역사에 대해 이야기했다. 북한만이 아니라 한국(남한이나 북한의 한쪽만이 아닌 Korea 전체)을 이야기했다. 수천 년의 역사와 많은 전쟁을 말하는 것이다. 한국은 실제로 중국의 일부였다고 하더라. 10분정도 들으니 북한 문제가 쉬운 일이 아니란 것을 깨달았다."

이 보도는 많은 논쟁을 낳았고 비판이 쏟아졌다. 일본의 일부 언론은 대서특필했고, 미국 일부 언론도 트럼프의 발언이 경솔했다고 보도하기도 했다. 중국 외교부는 그런 말을 했나 여부는 고사하고 "한국인은 걱정하지 말라."라는 애매한 답변을 내놨고, 우리 외교부는 '일고의 가치도 없다.'고 했다. 사실 이것은 약소국가로서 당해야 하는 일대 비극이 아닐 수 없다.

아마도 두 정상이 처음 만나 북한 핵개발에 심도 있는 얘기를 나누었을 때 시진핑은 한국과 중국의 역사에 대하여 평소 그의 역사관을 피력했을 것이라는 추측이 가능하다. 그리고 트럼프는 단순하게 생각했던 북한 문제가 쉬운 일이 아니란 것을 깨달았을 것이다. 그렇다면, 이러한 시진핑의 본심이 드러나는 근본적인 원인이 어디서 나온 것일까? 분노의 감정에 앞서서 우리 역사가 자주성自主性을 상실하고 중국에 예속隷屬된 사대주의事大主義와 일본에게 국토를 빼앗긴 과정을 차례로 돌아보자.

우리는 오늘날까지 국경을 접하고 있는 중국, 러시아, 일본과의 직접적 관계에서 문제의식을 갖고 객관적인 틀에서 그 존재를 살펴야 할 필요가 있다.

먼저, 중국과 접해 있던 단군조선, 기자조선, 한사군, 부여, 옥저, 가야국 등의 영역領域 문제는 학자에 따라 의견이 분분한 것 같기도 하고 확립된 정설定說이 없는 것 같기도 하다. 그 원인은 일제 식민사관에 의해서 축소, 왜곡, 날조된 것이 많았기 때문이라 한다. 근래에 와서는 중국이 동북공정으로 고구려, 발해 등을 그들의 지방정부로 편입하여 고대사를 만들고 있다고 한다. 이에 대하여 우리는 적극적으로 대처하지 못하고 있는 실정이다.

두 번째는 수, 당의 침략을 번번히 물리치고 대제국大帝國을 형성했던 고구려가 나당羅唐 연합군에 의하여 멸망(668년)하자 만주 일대를 상실한 것이다. 연개소문이 죽자 그의 아들 3명이 서로 정권을 잡고자 반목한 것도 멸망의 한 원인이다. 고구려의 멸망은 동북아시아 질서를 중국에 넘겨준 사건으로 만주 일대는 중국에 예속되었다. 고구려 유민이 세운 발해渤海 역시 마찬가지였다.

세 번째 고려왕조는 고구려 옛 땅을 회복코자 북진정책을 꾸준히 추진하여 청천강과 영흥 선에 그쳤지만 자주성自主性을 가졌다. 인종 13년 묘청(1135)은 칭제건원稱帝建元과 정금론征金論을 주장하며 국호를 대위大爲 연호를 천개라 했다. 단재 신채호는 그의 『조선사연구초』에서 조선 역사 천년 이래의 일대 사건이라며 자주와 독립성獨立性을 높이 평가했다. 또한, 몽골의 6차까지 침입에도 불구하고 최 씨 무인정권(1196~1258)은 1259년 몽골과 강화조약을 맺기까지 30여 년을 항쟁했으며, 삼별초는 끝까지 자주의식을 가졌다.

네 번째 조선왕조를 창업한 이성계는 아예 싸워보지도 않고 명明에 조공朝貢을 바치는 속국屬國으로 엎드렸다. 위화도 회군(1388)과 조선 건국(1392) 및 멸망(1910) 원인을 살펴보자. 고려 말에 명(1368)을 세운 주원장이 원을 몽골 지역으로 몰아내기 위하여 북부 지역에서 전력을 기울일 좋은 시기를 맞이하여, 우왕과 최영은 요동정벌을 위하여 군사를 일으켰지만 이성계는 4대불가론을 들어 위화도 회군으로 역성혁명 했다. 오늘날은 성공한 쿠데타도 추후에 처벌할 수 있었지만, 그 당시는 약육강식 시대였다.

조선왕조는 작은 나라가 큰 나라에 기대어 단순히 왕조王朝를 이어가겠다는 사대주의事大主義를 취하였다. 이후 세자 책봉 및 왕위에 오르는 것도 승인 받아야 했다. 조선이 황제라 칭하지 못하고 스스로를 낮춰 중국에 예속隷屬되기를 원한 것이다. 명의 주원장은 얼마나 기뻐했을까? 조선은 그저 굴러온 호박이었다. 그가 만약 요동정벌에 성공했다면 자손만대 우리 민족 최고의 영웅英雄으로 추앙받았을 것이다. 왜냐하면, 천년千年에 한 번 나올까 말까하는 기회機會였기 때문이다. 우리는 다시 영웅의 출현을 갈망하고 기다려야 하는 민족이 되는 것 같다.

중국은 진시황 이래 중원을 차지한 자가 스스로 황제皇帝라 칭했지만, 조선은 한 계급 낮춰 제후격인 왕王이라 칭했다. 황제는 왕王 중의 왕이고, 왕은 겨우 황제의 아들딸과 동격同格인 것이다. 즉, 아버지와 아들의 관계와 같다. 특히 조선은 그 흔한 황제 칭호를 스스로 포기하고 남에게 예속隸屬되기를 원한 것이며, 자주自主와 독립성獨立性을 스스로 헌납한 것이다. 조선왕조시대 국가 지도자들이 갖고 있는 철학, 국가관, 세계관의 한계였다.

유럽에서는 로마, 프랑스, 러시아 등이 모두 황제라 자처했다. 이웃 일본 또한, 스스로를 높여 천황天皇이라 하였고 황제와 동격으로 한다. 여기에 중국, 일본, 조선의 동양 3국國간에 역사 인식歷史認識의 근본적이고 결정적인 차이差異가 있는 것이다.

다섯 번째 우리 역사에서 중국 천하 사대주의가 깨진 것은 1895년 4월 일본이 청·일 전쟁(1894)에서 승리하여 일본 이토 히로부미와 청나라 이홍장 간에 맺어진 시모노세키조약이다. 조약 1조는 청국은 조선으로부터 종주권宗主權을 영원히 포기하고 조선의 완전한 독립獨立을 승인한 것이었다. 청과 조선의 종속관계從屬關係를 끊고 자주독립국自主獨立國임을 인정한 조약이다. 조선왕조 500여 년간 이어온 중국의 종주권 주장의 사슬을 일본이 끊어 자주권自主權을 회복시켜준 웃지 못 할 사건이라고도 할 수 있다.

이것은 그동안 조선이 중국의 일부로서 그 속국屬國이었음을 만천하에 알린 기막힌 사건이요, 조선의 국토와 이권利權을 놓고 당사국을 배제한 채 중국과 일본이 흥정한 최초最初의 역사적 기록임에 틀림없다. 이후 청은 조선에서 완전히 손을 떼었지만, 열강의 반식민지半植民地로 전락하는 수모를 당했다.

청·일 전쟁의 실패와 시모노세키조약의 굴욕은 천하 중심을 자처하고 거대한 땅덩어리를 가진 중국이 오늘날까지도 조그만 섬나라 일본을 함부로 깔보지 못하고 경계警戒하는 원인라고 볼 수 있다.

여섯 번째 시모노세키 조약 이후 고종高宗은 비로소 중국의 속국에서 벗어나 대한제국을 선포(1897)하고 자주독립국自主獨立國의 황제皇帝임을 선언하였지만, 결국 러·일전쟁(1905)에서 승리한 일본의 먹잇감이 되었다. 허울 좋은 황제국가였다. 이후 대한제국은 1905년 일본의 조선침략 특권을 승인한 열강列強의 태프트-카즈리 각서, 영·일 동맹, 포츠머스조약에서 흥정과 교환의 요리料理 재료로 추락하고 말았다는 사실이다. 중국의 속국에 이어 이번에는 일본에 강제합병(1910) 당하는 국치國恥를 당하고, 명·청 연호年號에 이어 메이지明治·쇼와昭和 사용 및 창씨개명을 강요당했다. 우리는 이렇게 중국과 일본으로부터 번갈아 온갖 수모를 당해 온 것이다.

생각해 보자. '한국이 중국의 일부였다.' 는 중국 시진핑의 역사관 바탕이 어디에 있는가를! 그들의 머릿속엔 아직도 종주권을 주장하는 조선시대를 생각하고 있는지도 모른다. 앞으로 우리는 시진핑의 행보를 주목할 필요가 있다. 지금도 중국은 우리를 그들의 지배支配하에 두려하고, 일부 정치인들은 격에 맞지 않는 모습을 보이고 있는 것 같기도 하다. 오히려 트럼프 대통령은 중요한 정보情報를 우리에게 제공해 준 결과가 되었다. 이 모든 것이 자주국방과 부국강병의 '홀로서기' 를 거부한 우리 조상들의 비참한 모습이다. 또한, 오늘날 약소국가의 현실을 너무나 잘 대변하고 있는 것 같다. 다음에는 일본이 '한국은 한때 일본의 일부였다.'고 하는 주장이 나올 수도 있다.

우리는 지금 나관중이 지은 후한後漢시대의 위魏·오吳·촉蜀의 삼국지三國志와 김유신 등이 활약한 신라, 백제, 고구려의 삼국기三國記를 읽고 있는 것이 아니라, 그동안 남북한, 미국, 중국, 러시아, 일본 간에 얽히고설켜 진행 중인 육국지六國誌를 작성作成하고 있는 중이다. 우리가 도움을 요청할 수 있는 영국, 프랑스, 독일, 국제연합 등을 합치면 열국지十國志가 될 수도 있다. 가히, 현대판 합종연횡의 춘추전국시대라고도 볼 수 있다.

우리는 안보安保 등을 통한 한·미동맹을 중심으로 하고, 일본과 소통하며 중국·러시아를 활용해야 하는 어려운 게임을 하고 있다. 일본과는 어제의 적敵이었지만 오늘의 우군友軍으로 소통해야 한다. 이것이 정치 딜레마(dilemma) 극복이 필요한 이유이다.

왜, 미국을 가까이 해야 하는가? 그들은 중화中華의 조공朝貢·책봉册封식 속국屬國으로 주변 국가를 하대下待하지 않았고, 일본처럼 강압적으로 식민통치 하지도 않았다. 또한, 그들은 사회주의社會主義 국가체제 혹은 1인 독재정치하의 왕조王朝국가 체제가 아니다. 미국은 개인의 자유와 평등, 민주주의를 기반으로 하는 국가 체제이고, 인권과 국가 간 평등에 기준하여 세계질서를 유지하려는 국제경찰군(International Police Force)로서의 역할을 담당하고 있기 때문이다. 상호 신뢰하고 한미동맹을 더욱 굳건히 하여 이 어려운 시기를 극복해 나가야 한다. 한편으로, 국제사회에 협력하면서 부국강병富國强兵의 기틀을 다져야 한다. 또한, 남북 및 국제간의 외교, 협상 등에는 이와 동등하거나 보다 우월優越한 군사력軍事力을 유지하여야 한다. 힘이 있어야 대화對話와 협상協商을 할 수 있고 기대 가능한 결과(outcome)를 얻을 수 있기 때문이다. 이러한 군사력을 갖지 못할 경우, 한반도 문제 또는 국제질서에서 발언권이 상실되고 말馬채찍을 내려놓아야 한다. 즉, 힘이 전제前提되지 않는 협상과 대화는 언제든지 깨트려질 수 있고 결국은 상대방의 중·장기적인 전략·전술에 주도권을 빼앗기거나 자주권을 상실할 수도 있다. 마지막에는 힘이 최후의 정의正義가 될 수 있기 때문이다. 최후의 승자가 누구인지는 후세 사람들이 기록할 것이다.

정치하는 사람들은 우리의 불행했던 과거 역사를 직시하고 백년, 천년 후, 후손들의 평가를 어떻게 받을 것인지 진지하게 고민해야 할 것이다. 우리는 저 평원平原을 채찍질하여 힘차게 달릴 것인가 아니면 말馬에서 내릴 것을 강요당할 것인가의 선택選擇의 기로岐路에 설 수도 있다.

인구멸종으로 대한민국이 소멸한다

서기 2750년, 대한민국 영토에는 세계 각지에서 흘러온 수많은 이방인異邦人들이 몰려와 살고 있다. 대한민국이라는 국가는 인종人種이 없어 소멸되었다 한다.

비어 있는 땅에는 아프리카, 유럽, 중국, 인도인 등 세계 각국에서 건너온 인종이 혼합하여 거주하고 있다. 이전의 대한민국 영토는 남의 땅이 돼 있는 것이다. 인구人口가 없어 저절로 대한민국이 지구촌에서 사라진 경우이다. 한마디로 저출산으로 인한 인구 절벽, 결혼 절벽, 고용 절벽, 지방 붕괴, 대한민국 소멸이라는 시나리오가 가져오는 국가 소멸의 끔찍한 경우를 가정假定해 보았다.

2014년 8월, 양승조 의원이 국회입법조사처에 의뢰하여 분석한 결과에 의하면 합계출산율이 1,19명(2013년 기준)이 유지될 경우, 2750년에는 한국인은 멸종될 것이란 흥미롭고도 충격적인 전망을 내놓았다. 이것은 국회입법조사처가 자체 개발한 시뮬레이션의 '입법정책수요 예측모형'에서 도출된 결과라 한다. 2013년 기준하여 인구소멸 카운트다운이 되어 잔여 시간을 앞으로 736년 남겨두고 있는 것이다. 앞으로 특별한 대책이 없는 한 국가소멸은 너무도 자명하다고 할 수 있다.

위 보고서에 의하면 인구가 감소하는 시기는 2032년부터 감소되기 시작하여 2056년이면 4,000만 명 이하에 이르고, 2074년에는 3,000만 명, 2097년에는 2,000만 명, 2136년에는 1,000만 명, 2172년에는 500만 명, 2198년에는 300만 명 이하로 계속 감소하여, 2379년에는 10만 명 2503년에는 1만 명 이하로 떨어지고, 드디어 2750년에는 최종 인구멸종시점이라 한다.

우리 주변에 30~40대가 되어도 결혼을 못하거나 안 한 젊은이들이 너무나 많다. 임시직의 취업 불안, 조건이 맞지 않는 만남, 자아성취로 혼자 살겠다는 여성, 안정된 직장을 갖기 전까지 포기한 경우, 결혼을 해도 자식 없이 살거나 1명만 두겠다는 등 사유도 각양각색이다. 이렇게 결혼이 늦어지거나 포기해야하는 세태가 되었다.

일찍이 맬더스(Malthus, 1798)가 그의 인구론人口論에서 인구 폭발을 경계하였지만, 오늘 우리는 오히려 인구감소人口減少로 인한 국가경쟁력 약화와 국가 소멸 위기의 안위安危를 걱정하는 시대가 되었다.

인류의 역사가 시작된 이래 한 국가가 흥하고 망하는 것은 타 국가의 침략을 받아 항복하거나 국력 쇠약 및 내부 갈등으로 스스로 무너지는 경우 등으로 볼 수 있다. 수많은 국가가 이 지구상에서 생성되거나 소멸되어 갔다. 그런데 오늘날에 와서는 뜻밖에도 인구감소가 국가경쟁력 약화 및 존망存亡의 한 원인이 되었다.

2016년 통계청이 발표한 2015년 총인구조사 장래인구추계에서 출생아 수가 2016년은 41만 3,000명, 2017년은 41만 1,000명, 2018년은 41만 명으로 추계했다 한다,

그런데 2018년 2월 28일자 통계청이 발표한 2017년 출생·사망 통계 잠정 결과에 의하면 2017년 합계 출산율은 1.05명이고, 출생아는 35만 7,700명이라 한다. 한마디로 인구재앙人口災殃이 벌써 시작되었다는 위험신호危險信號가 켜졌다는 사실이다. 이대로 가면 수년 이내에 출생아는 20만 명 이하로 추락할 수도 있어 국가적 재앙이 닥칠 것이라 한다. 그야말로 발등에 떨어진 불이다.

지금까지의 출생아 수를 연대 별로 비교해 보면, 1960~70년대까지는 100여 만 명이상이었다. 인구 폭발을 걱정하여 그 당시의 가족계획구호는 "삼천리는 만원이다, 둘만 낳아 잘 기르자, 둘도 많다, 하나만 낳아 잘 기르자" 등 가족계획과 산아제한이 정부의 시책이었다.

이전의 각 시군 보건소에는 가족계획, 모자 보건, 결핵요원 담당자가 있었다. 초창기 예비군 훈련장에서는 가족계획요원에게 정관수술을 하면 당일 훈련을 면제해주기도 했다. 이러한 적극적인 산아제한 시책으로 1972년대 90만 명, 1975~80년대는 80만 명, 1984

년부터 2000년도까지는 60~70만 명, 2001~2002년도는 50만 명, 2014년도에는 435천여 명으로 떨어져 현재까지 40만 명 선을 유지하여 왔다. 그런데, 2017년 출생아는 35만 7,700명이라는 최악最惡의 결과가 나온 것이다. 이제는 반대로 '출산장려 운동'을 벌여야 하는 시대가 된 것이다.

그동안의 '통계청 인구동태자료 합계출산율'을 살펴보면 1960년에는 6.0명이었다. 1975년에는 3.43명이었으나 1985년에 1.66명으로 추락한 이후, 2014년 1.19명이었고 2016년에는 1.17명 2017년에는 1.05명으로 갈수록 낮아졌다. 즉, 가구당 1명 정도이다. OECD 선진국은 2.1명이지만, 우리는 세계 최저수준이라 한다. 현재 인구를 유지하려면 합계출산율이 2.0 정도가 되어야 하지만, 이를 회복한다 하여도 인구감소는 60년은 계속된다고 한다.

2015년 현재 우리나라 총인구는 5,100만으로, 15~64세의 생산 가능 인구는 2016년 3,763만 명을 정점으로 감소하기 시작하여, 2020년부터는 연평균 30만 명 이상씩 감소할 것이라 한다.

이러한 출생아 수 감소 및 고령화는 정치, 경제, 문화, 사회 등 전반에 걸쳐 생산성을 저해하고 드디어 국가 존망 위기를 걱정하는 시대가 되었다.

2018년 1월 19일 자 조선일보 A14면은 저출산, 고령화로 인해 서울 은평구 모 사립초등학교가 신입생 감소로 폐교廢校 신청을 했다고 보도하고 있다. 지방에 이어 서울 도심지都心地도 안전지대가 아님을 알 수 있고, 반대로 노인들의 치매 의료비는 4배로 증가했다고 한다.

우리 정부는 기획재정부 등 20여 개로 나누어 그 분야별로 업무를 다루고 있지만 젊은 층 및 미혼 남녀들의 저출산, 결혼정책, 고용정책, 고령화 등을 총괄 전담하는 부서는 아직까지 없는 것 같다. 대통령직속위원회의 '저출산고령사회위원회'에만 맡겨놓을 문제는 아닌 성 싶기도 하다.

위원회委員會 제도라는 것은 전문가를 동원하여 정책 결정을 내릴 수 있는 장점이 있지만, 신속성과 적시성이 없고 책임전가 현상 등 시간과 비용이 많이 들어 오히려 업무 추진에 어려움이 있을 수도 있기 때문이다.

선거의 정치학

- 투표용지는 세상을 얻는 유일한 도구이다

우리는 어릴 때부터 선거選擧에 매우 익숙해져 있고 매사에 당연한 듯이 받아들인다. 초등학교 반장·어린이회장 선출부터 중·고·대학 학생회장 및 임원 선출에 이르기까지 선거 등의 연속이다. 사회에 진출하여 선거권을 가지면 지방자치단체장 및 지방의원, 교육감, 국회의원, 대통령에 이르기까지 모두 선거 과정을 거친다.

더욱이 공공기관(단체)의 농·축협장 및 지역별 향우회장, 각급 학교동창회장, 자생조직 친목회장 등에 이르기까지 온통 이 세상은 대표자를 뽑는 선거 등으로 날을 지새워 역사가 이뤄진다. 민주사회일수록 선거가 생활화되는 것이다.

선거는 오늘날 대의민주정치제도 하에서 그가 속한 조직이나 단체의 집단구성원이 그의 대표자나 임원 등을 투표 등의 방법으로 정치적 의사결정을 하는 최종 단계라고 볼 수 있다. 이렇게 당선된 대표자는 합법적 정당성을 획득하고 그 조직의 업무와 권한을 대변한다. 그러면 이러한 선거의 역사는 어떻게 이뤄졌고 당선된 대표자의 역할과 권한은 어떠한지를 살펴보자.

인류 역사 이래 봉건사회 및 19세기 제국주의 이전까지는 강자强者가 지배하는 약육강식의 시대였다. 부족 및 봉건국가시대, 중국 왕조의 통일국가 형성과정, 칭기즈칸의 유라시아 제패, 신라의 삼국통일, 왕건의 후삼국 통일, 나폴레옹의 유럽통합 시도 등을 생각해 보라! 강자는 막강한 군사력과 지지세력, 병참(보급)기지 확보, 첩자諜者등의 정보화 능력, 전술(전략)등으로 싸움터(오늘날의 선거구選擧區)에서 상대방을 제압하고자 치열한 격전과 승패를 거듭하여 마침내 천하天下를 얻는다.

그러나 대의 민주정치가 정착된 오늘날에는 선거選擧라고 하는 시스템이 승자를 결정하는 방식으로 대체되었지만, 선거과정에서 표票(戰利品)를 얻는 방법은 약육강식 시대 사생결단식의 치열한 전투 못지않다. 표를 얻어야 상대방을 제압하고 승리할 수 있기 때문이다. 예를 들어 대통령 선거가 시작되면 전국을 1개 선거구選擧區(싸움터)로 하여 승자勝者를 결정하는 치열한 전투(선거홍보 및 득표행위 등)가 시작된다고 볼 수 있다. 선거일정이 공고되고 후보자候補者(영웅호걸)가 등록하면 23일간의 결전이 시작된다.

각 후보자 진영에서는 중앙 및 지역별 유세, TV토론, 인쇄물 배포 및 공약公約 등으로 상대방을 공격하고 방어한다. 이때 대중성 및 인지도 등이 후보자를 더욱 돋보이게 할 수도 있고, 상대방의 취약성을 공격하기 위하여 흑색선전이나 온갖 네거티브가 등

※ 2002년 6월 모某대선후보 자식의 병역의혹 제기사례- 거짓으로 밝혀진 것은 선거가 끝난 2년 후 대법원 판결로 당사자는 허위사실 유포행위로 징역형을 받았지만 이미 버스(Bus)는 지나간 뒤였다.

장하기도 한다. 한치 앞을 분간하지 못하는 강변江邊에 안개가 자욱히 서리고 공방전攻防戰이 극도에 이르면 때 아닌 유탄流彈으로 장수將帥(후보자)가 치명상을 입고 낙마落馬하는 경우도 있다.

선거는 한바탕 일회성 전투(투표용지 기표행위)로 끝난다. 약육강식 시대에는 상대방이 굴복하기 전까지 수없이 격전이 벌어졌지만, 선거는 예기치 못한 불의의 기습으로 상대방이 난타 당해도 축구 등 운동경기처럼 잠시 중단하거나 재시합이 없는 치열한 전투이다. 비정한 승부의 세계이다.

약육강식 시대의 심판관은 최후의 승자勝者로서 그를 중심으로 모든 역사가 기록되었지만, 대의민주정치제도 하에서는 선거를 주관하고 통제하는 것은 선거관리위원회이다. 허지만 제한된 선거기간(대통령 23일, 국회의원 및 지자체장. 의회의원 14일)으로 허위사실 여부를 직접 밝힐 수 없는 맹점이 있다. 선관위는 강제 수사권이 없다. 또, 검찰 수사의 실체적 진실은 수개월이 걸릴 수도 있다. 사람들은 이러한 것에 착안하여 확인되지 않는 상대방의 약점과 인신공격으로

만신창이를 만들거나 기타(Guitar) 치고 노래하며 감성感性을 자극하여 변신을 연출하는 등 표票를 얻는 작전은 치열하다.

헌법 제114조는 선거와 국민투표의 공정한 관리 및 정당에 관한 사무를 처리하기 위하여 선거관리위원회를 두고 있다. 제116조는 선거운동은 각급 선거관리위원회의 관리 하에 법률이 정하는 바에 의하여 균등한 기회가 보장되어야 하고, 선거에 관한 경비는 법률이 정하는 경우 외에는 정당 또는 후보자에게 부담시킬 수 없도록 하여 선거관리 및 비용에 대한 선거공영제選擧公營制를 실시하고 있다. 우리나라 선거공영제는 세계 어느 국가보다도 매우 독특하다고 한다.

정당政黨에 국고보조금을 지급하는 외에 여성 추천 보조금, 장애인 추천 보조금 등이 있다. 사회적 약자라는 명분으로 여성의 정치적 진출을 지원하기 위해서라고 한다. 이에 대한 반론도 만만찮다. 또한, 후보자 개인에게는 미국 등과 같이 모금募金을 해서 선거를 치루는 것이 아니라 국가가 일정 득표율 획득 시에는 선거비용을 보전해주는 것이다. 즉, 국가가 세금을 들여 정당과 후보자 등에 선거 비용을 보전하는 것이다.

이러한 선거 과정을 거쳐 당선된 자는, 제로섬(Zero-sum)게임의 전리품으로 승자독식勝者獨食의 일방적인 세계世界가 펼쳐진다. 그에 부여된 영역의 천하를 얻고 임기 동안 권한을 여의봉如意棒처럼 휘두를 수 있다. 이러한 선거제도는 이 세상을 구하는 유일唯一한 방법이 되었다. 미흡한 점이 있다면 선거 과정에서 나타나는 마타도

어(흑색선전 등), 표를 얻기 위한 세금 퍼주기 복지福祉공약 등이 국가 재정財政을 위협하고 부도不渡 위기를 걱정하는 시대가 되었다는 것이다.

이제, 세상을 구할 수 있는 것은 오직 선거라는 투표 결과의 전리품戰利品뿐이다. 우리는 국민 주권의 행사로써 대표자를 뽑거나 정치적 의사 결정을 하는 투표행위를 쉽게 포기하거나 기권하여서는 안 될 것이다. 이 조그만 행위가 국가·지방 및 기관·단체 등의 명운이 걸려 있기 때문이다. 소중한 주권 행사를 바르게 표현해야 한다.

제5부

우리나라 지방제도와 지방자치 역사 개요

우리나라 지방제도와 지방자치 역사 개요

　우리나라 지방행정사의 時代 區分에 대하여는 일정한 定說이 없다고 한다. 일반적으로 王朝, 文化類型, 地方自治發展정도에 따라 나누기도 하지만, 자료의 不正確性 등의 사유로 통일국가를 이룩한 新羅의 삼국통일 이후로 잡는 것이 일반적이다.

　따라서 여기에서도 근대적 地方行政 發展過程을 중심으로 부족국가 및 삼국시대, 통일신라, 고려 및 조선시대, 일제강점기, 美軍政 및 政府樹立 이후 현재까지를 時代別로 구분하여 차례로 간략히 살펴보았다. 국가행정의 기초는 지방조직이다.

　지방이 튼튼해야 국가가 바로 선다.

1. 部族國家 및 三國시대

• 고대 부족국가인 夫餘의 지방제도는 5部制로서 國都를 중심으로 4方으로 확정되었고, 국도의 중심지를 中部라 하고 4方을 4 出道라하여 여러 邑落이 있었다.

• 마한·진한·변한의 3韓시대는 통일된 국가체제의 사회가 아니고 78個의 小部族集團이었다.

• 고구려·백제·신라의 3國시대는 모두 부족국가로 출발하여 부족연맹체로 발전하였고, 그 후 중앙집권적 專制王政體制를 확립했다.

- 고구려는 6대 태조왕(B.C 53~ A.D 46)때에 고대국가체제를 확립하였고, 전국을 5部행정구역(계루부·절노부·순노부·관노부·소노부)으로 편성되었다.

- 백제는 13대 근초고왕(346~375)때에 고대국가체제를 형성하였고 행정구역을 都內에는 5部制를, 지방에는 5方制(中方·東方·西方·南方·北方)을 채택하였고, 各坊의 長을 方領이라하고 方밑에는 郡을 두었다.

- 신라는 19대 눌지왕(417~457)때에 고대국가체제가 확립되고 행정구역으로 都內에는 6部制, 지방에는 52邑勒이 있었다. 22 대 지증왕(500~514)때에 中國의 州郡制가 도입되어 24대 진흥왕(540~576) 때에 전면적으로 실시되어 州의 長을 軍主라 했다. 이때 전국을 上州(상주), 下州(창녕), 한산주(경주), 실직주(삼척), 비례홀주(안변)의 5州로 나누었다.

2. 統一新羅시대(9州 · 5小京 실시)

• 3國을 통일한 신라가 확대된 영토를 통치하기 위하여 지방행
정조직을 강화하고, 신문왕 5년(685)에 전국을 9州 5小京으로 설
치하였다.

- 이때, 9州는 尙州(상주), 良州(양산), 康州(진주), 熊州(공주),
  全州(전주), 武州(광주광역시), 韓州(경기도 광주), 朔州(춘
  천), 溟洲(강릉)이며, 9州 밑에는 117郡 293縣을 두었고 말단
  행정구역으로 鄕邑과 村落이 있으며 특별행정구역으로 部曲
  이 있었다.

- 5小京은 독립된 행정구역으로 中原京(충주), 北原京(원주), 西
  原京(청주), 南原京(남원), 金官京(김해)이다. 오늘날의 직할
  시, 광역시 개념이다.

3. 高麗시대(12牧, 10道 및 5道 · 兩界制 실시)

• 중앙집권적 봉건체제를 확립한 6대 성종 2년(983)은 중앙에 3
성 6부를 두고, 지방행정조직은 12牧制(상주, 진주, 전주, 나주, 승
주, 황주, 충주, 공주, 청주, 광주, 해주, 양주)를 실시했다.

- 同 14년(995)에는 전국을 10道制로 나누어 그 밑에 州 · 縣을
  두었다. 전국 10道는 關內道, 中原道, 河南道, 江南道, 嶺南道,
  嶺東道, 山南道, 海洋道, 朔方道, 浿西道이며, 오늘날의 道制

의 시초라고 볼 수 있다.

- 또한, 교통망인 驛站제도를 정비하여 이전의 교통로가 신라는 경주, 백제는 공주와 부여, 고구려는 평양 중심이었던 것을, 수도인 開京중심으로 재편성했다. 고려의 역참제도는 조선시대에도 대부분 그대로 이어져 한양을 중심으로, 전국을 9개 간선도로 554개 역으로 정비·운영되었다.(경국대전)

• 제8대 현종 9년(1018)에 지방관제로 5道·兩界制가 정착되었는데 5道는 楊廣·慶尙·全羅·交州·西海道이고, 兩界는 군사적 목적으로 국경지대에 설치한 東界·北界이다. 道에 按察使 兩界에 兵馬使가 파견되었다. 5道·兩界 밑에 4京, 4都護府, 8牧, 15府 및 郡·縣·鎭을 두었다.

- 이때 4京은 開京(개성), 西京(평양), 東京(경주), 南京(서울)이고, 4都護府는 安南(전주), 安西(해주), 安北(안주), 安東(안동)이며, 8牧은 尙州, 慶州, 晉州, 忠州, 淸州, 全州, 羅州, 黃州이고, 牧 밑에 郡, 縣이 있었고 군사적 요충지에 鎭이 설치되어 兩界 밑에 두었다.

4. 朝鮮시대(8道 및 13道制 시행)

• 태종 13년(1413)에 전국을 8道(京畿·江原·忠淸·全羅·慶尙·平安·黃海·咸鏡)로 나누고, 그 밑에 府, 大都護府, 牧, 都護府, 郡, 縣을 두어 지방체계를 확립했다.

- 성종 2년(1471)에 8道의 행정구역 일부 변동으로 4府, 4大都護府, 20牧, 44都護府, 82郡, 175縣이었다.(經國大典)
- 고종 2년(1865)에 8道 밑에 5府, 5大都護府, 20牧, 75都護府, 77郡, 148縣으로 변동되었다.(大典會通)
  - 각 地方官으로 道에는 觀察使(종2품) 大都護府에는 大都護府使(정3품) 牧에는 牧使(정3품) 都護府에는 都護府使(종3품) 郡에는 郡守(종4품) 縣에는 縣令(종5품) 또는 縣監(종6품)을 두었다. 이러한 지방관은 모두 王의 代理人으로서 역할을 하였으며 報告體系에 그들 간에 上下系統이나 垂直的 關係가 없었다.
- 고종 32년(1895) 5월 26일에 8道 지방행정 조직을 폐지하고 전국을 23府·336郡으로 개편하여 府에는 관찰사, 郡에는 군수를 두었다. 종래의 府·牧·郡·縣 등 행정구역을 모두 郡으로 통칭한 것이다. 중앙 및 지방 관제를 개혁했다.
  - 이때 지방행정의 主務部는 內務衙門이고 內務大臣→ 觀察使 → 郡守의 지휘감독 체계가 확립되었다.
  - 同 11월 3일 鄕會條規 및 鄕約辦務規定을 두어 鄕會制度가 지방주민으로 하여금 公共事務처리에 참여할 수 있도록 했다.
- 고종 33년(1896)에 23府制를 폐지하고 다시 13道制를 실시했다.
  - 13道制는 종래의 8道에 기초를 두어 京畿·江原·黃海의 3個道를 제외하고 慶尙·忠淸·全羅·咸鏡·平安道의 5個道를 南·北으로 分割한 것이다.

13道 밑에는 7府(廣州·開成·江華·仁川·東萊·德原·慶興), 牧(濟州), 郡을 두었으며, 道에는 관찰사, 府에는 부사, 牧에는 목사, 郡에는 군수를 두었다.

- 이때 관찰사는 부사·목사·군수를 지휘 감독하고, 각종 법령에 따라 행정사무를 집행하게 되었다.
- 러시아 공사관에서 환궁한 고종은 自主獨立國임을 선언하고 大韓帝國(1897)을 선포했다. 연호를 광무(광무개혁)라 했다. 정치구조는 전제정치 체제였고 皇帝는 행정 및 관리임면 등 모든 권한을 가졌다. 그러나 日本 등 열강의 침탈에서 벗어나지 못하였다.
• 대한제국 고종 광무 9년(1905년) 전국을 다시 8道로 개편하였으나, 이듬해(1906년) 전국을 13道 3.335개面으로 재정비하였다. 道에는 관찰사, 郡에 군수, 面에 면장을 두었다.

5. 日帝 强占期(1910~1945년)

• 대한제국은 일본에게 1905년에 을사조약으로 外交權, 1907년에는 정미7조약으로 行政權, 1909년에는 기유각서로 司法權, 1910년에는 경찰권 이양조약으로 警察權이 박탈되는 등 마침내 1910년 8월 29일 合倂되어 朝鮮總督府가 설치되고 植民統治에 들어갔다. 즉, 정치적으로 자주 독립국가임을 선포한 지 13년 만에 이번에는 일본의 식민통치로 전락한 것이다.

- 1910년 勅令 357호, 朝鮮總督府地方官制를 두어 전국을 13道, 12府(제2의 지방행정구역), 317郡(제2의 지방행정구역), 4,322 面(최하급 지방행정구역)을 두고, 지방관으로 道에 長官(후에 도지사로 개칭), 府에 부윤, 郡에 군수, 面에 면장을 두었다.

- 1910년 府令 제8호 '面에 관한 규정'을 두어 종전의 面·坊·社 기타의 다양한 명칭의 행정구역을 面으로 통칭하고 漢城府(서울)를 京城府로 개칭하여 京畿道 관할 아래 두었다.

• 1913년 道의 관할구역과 府·郡·面·洞·里의 명칭과 관할구역을 대폭 조정하고 1914년 3월 1일 지방행정구역은 12府 218郡 2,517面으로 하였다.

• 1917년 6월에는 '面制'가 공포되어 面에서 敎育 사무를 제외한 관내의 모든 公共사무를 처리하였다.

• 1919년에 각 府·郡에 警察署를 두고 面에 駐在所(오늘날의 支·派出所)를 두었다.

• 1930년 '面' 중의 '指定面'을 邑으로 개칭하고 각 구역의 지방행정기관으로 道에 도지사, 府에 부윤, 郡에 군수, 邑에 읍장, 面에 면장을 두었다.

6. 美軍政시대(1945~1948년)

• 1945년 11월 2일 美軍政法令 제21호는 일제식민정책을 제외

하고 조선총독부 지방관제를 그대로 계승하였다.

- 1946년 美軍政法令 제106호, 서울市를 경기도 관할에서 분리하여 道와 같은 지위로 승격시켜 서울特別市로 개칭하고, 제주도는 전라남도에서 분리하여 道로 승격시켰다. 지방행정기관에는 道知事, 서울特別市長, 府尹, 郡守, 面長 등의 보통 지방행정기관과 중앙행정기관에 직속된 특별행정기관을 두었다.

7. 제1공화국(1948. 8. 15.~1960. 4. 19.까지 이승만 대통령)

- 1948년 8월 15일 정부수립 후 지방행정에 관한 임시조치법(1948. 11. 7. 법률 제8호)을 제정하여 행정구역과 행정기구 등을 일부 수정했다.

- 1949년 8월 12일 법률 제44호로 국가공무원법이 제정·공포되고, 이듬해 1950년 2월 10일 지방공무원령이 제정·공포되어 공무원제도의 기초가 최초로 마련되었다. 이에 의하면 任用權者의 專制와 인사폐단을 방지하기 위하여 道, 서울特別市, 郡에 人事委員會를 두고 지방공무원에 대한 考試와 銓衡, 懲戒에 관한 사무를 관장하게 하였다. 그 후 1963년 11월 1일 법률 제1437호로 지방공무원법이 제정·공포되고 이후 수차례 개정되어 오늘에 이르고 있다.

- 1949년 7월 4일, 법률 제32호로 최초의 '地方自治法'을 제정·공포하였는데 主要內容은

- 지방자치단체의 종류를 서울特別市·道와 市·邑·面으로 이원화하였다.
- 서울특별시장과 도지사는 대통령이 임명하고, 市·邑·面長은 해당 市·邑·面議會에서 選擧하도록 했다.(間選制)
- 道밑에 郡을 두고 인구 50만 이상의 市에는 區를 두며 市·邑·面에는 洞·里를 두었다.
- 자치단체의 사무, 공무원의 수, 지방의회의 임기, 지방세의 종류 등을 상세히 규정하였다. 그러나 1950년 6.25사변 발발 및 정국불안 등으로 地方議會를 구성하지 못하였다.

• 1952년에 최초로 地方議員 總選擧를 실시하였다. 同 4월 25일 기초단체의원인 市·邑·面議會議員과 同 5월 10일에 광역단체의원인 서울特別市·道議員 선거를 실시하고 地方議會를 구성한 것이다.

• 1956년 2월 지방자치법 2차개정 시, 市·邑·面長을 간선제에서 주민이 직접 선출하는 直選制로 바꾸고 同년 8월 8일 市·邑·面長 직접선거와 同년 8월 13일 서울 特別市·道議員 선거를 실시했다.

• 1958년 12월 24일 제4차 지방자치법 개정으로 市·邑·面長을 주민 직선제에서 政府任命制로 同 12월 26일 공포하였다.

8. 제2공화국(1960. 4. 19.~1961년 윤보선 대통령 및 장면 내각)

• 1960년 제5차 지방자치법이 개정되어 同 12월 광역단체장(서울특별시장·도지사) 및 기초단체장(시·읍·면장)을 주민 직선제로 하고, 그 임기는 4년으로 하였다.

9. 제3공화국(1961~1972년, 박정희 대통령)

• 1961년 5월 16일 군사정변으로 전국의 지방의회가 강제 해산되고 지방자치단체 任命制가 시행되었다.

• 1961년 9월 지방자치에 관한 임시조치법으로 邑面自治制를 郡自治制로 전환하고 邑長·面長은 郡守가 임명토록 하였다. 이때부터 읍·면 지역 공동체 중심이 郡 중심 체제로 바뀌는 계기가 되었다.

  - 이때 邑·面은 기초 지방자치단체로서의 地位를 상실하고 새로이 기초자치단체로 승격된 郡에 각종 公簿와 財産, 法人格과 관련된 일체의 權限과 事務를 인계하여 郡의 단순한 행정구역이 되었다.

  - 지방자치에 관한 임시조치법은 그 후 수차례 개정되어 邑·面·洞·里長의 임용권·자격요건 및 인구 15만 이상의 市長 임용자격 등에 특별규정을 두게 되었다.

• 1962년 12월 26일 제3공화국 헌법으로 '이 법에 의한 최초의

地方議會構成時期에 관하여는 法律로 정한다'고 규정하였다.

10. 제4공화국(1972~1979년, 維新憲法, 박정희 대통령)

• 1972년 유신헌법은 地方議會構成을 祖國 統一 時까지 유예할 것을 헌법부칙에 규정하였다.

• 1973년 광역행정의 수단인 地方自治團體組合과 行政協議會의 설치 근거를 마련하고, 市·郡·邑·面의 구역 변경의 근거를 大統領令으로 하였다.

• 1975년에는 인구 2만 명 이하의 面일지라도 郡廳소재지는 邑으로 승격하도록 했다.

11. 제5공화국(1980 ~ 1988년, 전두환 대통령)

• 1981년 地方議會구성을 지방자치단체의 財政自立度를 감안하여 순차적으로 하되 그 시기는 법률로서 정할 것을 附則에 규정하였다.

• 인구 100만 명을 초과하는 大都市行政의 발전을 위하여 부산직할시(1963년 1월 1일)에 이어 대구·인천·광주(1986년 1월 1일)·대전(1989년 1월 1일)을 정부 直轄로 하였으며, 그 후 1995년 1월 1일자로 모두 廣域市로 개칭하여 오늘날에 이르고 있다.

12. 제6공화국(1988~현재까지)

* 1988년4월, 지방자치단체의 종류를 광역단체인 특별시·직할시·도와 기초자치단체인 시·군·자치구로 이원화하고, 1991년 3월 26일 시·군·구 의회의원 선거와 同 6월 20일 서울특별시·직할시·도의원 선거를 실시하였다.

* 1995년 6월 27일(김영삼 대통령, 文民政府), 역사적인 전국 동시 4대 지방선거가 실시되어 지방자치단체장(서울특별시장·광역시장·도지사 및 시장·군수·구청장)과 지방의원(서울특별시·광역시·도의원 및 시·군·구의원)을 선출하고, 同 7월 1일 자로 본격적인 지방자치시대가 개막되었다.

  - 이때 15個 광역자치단체(서울특별시·광역시 5·道 9)와 230個 기초자치단체 (市 67·郡 98·自治區 65)의 地方政府가 出帆한 것이다.

* 이후, 지방자치단체장 및 지방의원의 任期滿了(4년)에 따라 제2회 전국 동시 지방선거가 1998년 6월 4일, 제3회(김대중 정부) 2002년 6월 13일, 제4회(노무현 정부) 2006년 5월 31일, 제5회(이명박 정부) 2010년 6월 2일, 제6회(박근혜 정부) 2014년 6월 4일로 순차적 시행되어 2018년 6월 13일 7번째(문재인 정부) 지방선거를 실시하였다.

參考文獻 : 崔昌浩, 地方自治制度論. 三英社 (1991)

鄭世煜, 地方行政學. 法文社 1990)

朴璉鎬, 人事行政新論. 法文社 (1990)

沙伐誌, 尙州文化院. 尙州文化研究會(1999)

慶尙道7百年史, 慶尙北道7百年史編纂委員會(1999)

朝鮮日報 및 각종 報道資料 등

내가 걸어온 길

■ 학력 및 자격증

1963. 02. 20. 상주북부초등학교 졸업

1966. 01. 20. 상주중학교 졸업

1966. 03. 05. 상주고등학교 입학

1968. 11. 12. 상주고등학교 자퇴

1983. 08. 25. 합격증서(고등학교졸업) - 대구직할시교육위원회 검정고시위원장

1990. 02. 28. 졸업증서(법학사) - 한국방송통신대학장, 문학박사 이병호

     (문교부 장관)

1991. 01. 21. 합격통지서(경북대학교 행정대학원 석사과정) - 경북대학교 총장

1994. 02. 25. 학위기(행정학 석사) - 경북대학교 총장, 의학박사 김익동

2015. 11. 30. 공인중개사자격증 - 대구광역시장

■ 인사발령통지서, 임용장

1974. 04. 04. 현역복무(육군 상병) 만기전역 - 제36사단장

1974. 05. 12. 9급행정직 공개채용시험 합격 - 경상북도(상주군 인사위원회)

1974. 07. 08. 인사발령통지서(상주군 모서면) - 상주군수

1976. 10. 11. 인사발령통지서(상주군 낙동면) - 상주군수

1979. 01. 24. 8급 인사발령통지서(상주군 사벌면) - 상주군수

1981. 05. 01. 7급 인사발령통지서(상주군 이안면) - 상주군수

1986. 01. 01. 인사발령통지서(상주시 중앙동) - 상주시장

1987. 07. 09. 인사발령통지서(상주시 민방위과) - 상주시장

1991. 01. 01. 6급 인사발령통지서(신흥동 사무장) - 상주시장

1992. 01. 25. 임용장(계림동 사무장) - 상주시장

1994. 04. 08. 임용장(상수도관리사업소 관리계장) - 상주시장

1995. 01. 01. 임용장(상주 시민운동장관리사무소장) - 상주시장

1996. 07. 11. 임용장(농정과 양정계장) - 상주시장

1998. 10. 19. 인사발령통지서(기획감사담당관실 기획담당) - 상주시장

2002. 08. 05. 인사발령통지서(상하수도사업소 상하수도행정담당) - 상주시장

2006. 03. 08. 5급 임용장(한방산업단지관리사업소장 직무대리) - 상주시장

2006. 06. 19. 임용장(한방산업단지관리사업소장) - 상주시장

2007. 02. 28. 임용장(시설관리사업소장) - 상주시장

2009. 02. 11. 임용장(중동면장) - 상주시장

2010. 07. 01. 공로연수 파견(총무과) - 상주시장

2010. 12. 31. 정년퇴직(공직생활 36년6월) - 상주시장

■ 상훈 등

1975. 12. 31. 표창장(군정 기여) - 상주군수

1978. 04. 01. 감사장(예비군 창설 10주년) - 제5799부대장(육군 소장)

1984. 10. 02. 표창장(목민봉사) - 상주군수

1986. 08. 01. 상장(소양고사 7급 2위) - 상주시장

1986. 12. 31. 표창장(병무행정 유공) - 대구지방 병무청장

1988. 07. 27. 표창장(을지연습 유공) - 경상북도지사

1990. 07. 01. 상장(소양고사 7급 1위) - 상주시장

1990. 11. 01. 표창장(화재예방 및 진압) - 내무부장관

1993. 12. 31. 표창장(일선기관 장기근속) - 경상북도지사

1996. 03. 07. 상장(경북도민체전 교통대책 아이디어 입선) - 상주시장

1996. 06. 29. 모범공무원 증 - 국무총리

2003. 04. 18. 우등상(제6기 수도과정) - 한국수자원공사 교육원장

2010. 12. 31. 녹조근정훈장(정년퇴직) - 대통령